PIERRE, L'AIGLE ET LE CACTUS

ROMAN NOUVEL-ÂGE

Pierre, l'aigle et le cactus
Par : Paul-Claude Delisle

© Copyright 1995 Les Presses d'Amérique
Une division de l'Agence littéraire d'Amérique
50, rue St-Paul Ouest, bureau 100
Montréal (Québec) H2Y 1Y8
Téléphone: (514) 847-1953
Télécopieur: (514) 847-1647

Illustration de la couverture:
Michel Poirier

Composition et montage:
Publinnovation enr.

Correction d'épreuves:
Brigitte Beaudry
Magali Blein

Distribution exclusive:
Québec Livres
2185, Autoroute des Laurentides
Laval (Québec)
H7S 1Z6

Dépôt légal: 4^E trimestre 1995

ISBN: 2-921378-64-7

Paul-Claude Delisle

PIERRE, L'AIGLE ET LE CACTUS

ROMAN NOUVEL-ÂGE

LES PRESSES D'AMÉRIQUE

Je tiens tout particulièrement à remercier Daniel Côté de son apport technique à la rédaction de ce livre ; on ne naît pas écrivain, on le devient à force d'écrire et de se faire corriger la grammaire.

Mes remerciements sincères à France, Roland, Paulette, Carolle et Rachelle. Je m'en voudrais de passer sous silence les nombreuses inspirations de Joshua ; sans lui, cette histoire n'existerait pas.

« Consoler et guérir, c'est le rôle de la littérature. »
André Gide

I

La cime d'un résineux mort éclate en gerbes d'étincelles rougeoyantes. Soulevées par une rafale, elles s'étendent comme une traînée lumineuse. Le feu prend alors un élan. Il court sur le sommet des arbres, et la forêt s'enflamme. La végétation humide fume. Des teintes de rouge, d'orange et de jaune sont libérées, et une fois entremêlées, elles forment un tableau fascinant.

Un boucan de tous les diables mobilise mon attention. Rugissant du fond des bois, il se nourrit de tous les échos. Mes oreilles, prêtes à exploser, bourdonnent.

Le vent change de direction. Les flammes reviennent en arrière et enserrent le lac. À la surface des eaux et du sol se répand une épaisse fumée blanchâtre à forte odeur de bois grillé ; celle-ci me prend à la gorge.

Aussitôt, la conscience du danger naît en moi. Incapable de le fuir, ce drame étranger vient me chercher. Je ne joue plus le rôle du spectateur, mais deviens en quelque sorte acteur. Et la perspective de mourir m'envahit subitement ; un frisson d'angoisse et de terreur me glace.

En vitesse, je vide le campement en emportant quelques effets : boîtes de conserve, hache, trousse de premiers soins, corde, vêtements et sac de couchage. Le moteur de la chaloupe démarre du premier coup et l'embarcation s'enfonce dans la fumée opaque. Le moteur s'arrête pile au milieu du lac.

De grosses gouttes de sueur se forment sur mon visage. Elles coulent à flots le long de mon corps tant la chaleur est intense.

L'atmosphère est suffocante. J'arrache mon T-shirt, l'imprègne d'eau et l'enfile ensuite sur ma tête. Couverts, le nez et la bouche tirent péniblement un peu d'air frais. J'aspire à pleins poumons, puis pour minimiser les risques d'asphyxie, je me couche à plat ventre dans la barque.

Mes yeux hagards se posent sur les boîtes de conserve qui jonchent le plancher. Leur présence me rassure un peu pour le moment.

Au bout de quelques longues minutes, je relève la tête pour examiner la situation, mais l'écran de fumée m'empêche de bien voir.

La fumée âcre me monte à la tête et l'alourdit. Je crains pour ma vie. Mes pensées tourbillonnent. L'effroi s'empare de mon esprit ; le manque d'air pur me terrasse. Je me meurs d'une crise de suffocation et glisse dans l'inconscience.

Le feu poursuit son chant et sa danse sans la moindre opposition. Il est désormais maître des lieux.

Lorsque je reprends connaissance, tout est si calme qu'on entendrait une mouche voler. Dans l'air flotte une odeur de brûlé. Je me redresse de peine et de misère et m'assieds sur le banc de la chaloupe.

Je jette un regard circulaire. Là-haut, un jour mat s'impose où le soleil timide s'accroche à un ciel plutôt gris. En contrebas, la désolation d'un champ de bataille s'offre à ma vue. Des arbres noirs, calcinés se tiennent encore debout sur un sol fumant. La forêt est tombée aux mains d'un ennemi de taille, frappée avec brutalité par les foudres de sa colère.

Quelques îlots de végétation ont néanmoins été épargnés. Dernières enclaves du monde vivant d'hier, ils constituent des havres de régénération de la nature. Il semble qu'il y ait toujours des survivants — à n'importe quel type de catastrophe — pour continuer la propagation des espèces animales et végétales.

Mon regard tente de percer l'arrière-plan, mais ne peut l'explorer bien loin. Le lac occupe une dépression dans la région montagneuse.

J'inspecte mon corps. Il est couvert de cendres. Je me nettoie les mains et me rafraîchis le visage.

Mon estomac crie famine et ma gorge déshydratée revendique son dû. J'ouvre deux boîtes de saumon avec mon couteau de chasse. J'en avale le contenu, puis lampe un litre d'eau.

Après m'être rassasié, je considère l'ampleur du désastre. Une chaloupe et son pauvre contenu résument mon présent univers. Le réservoir à essence du moteur est à sec. Les cendres de bois ont troué mon sac de couchage. Et les conserves sont rares ; cela me permettra tout au plus de subsister quelques jours.

Combien de temps ai-je été inconscient ? Je consulte ma montre à affichage numérique. Plus d'une bonne journée s'est envolée. De folles pensées s'entrechoquent dans ma tête. Comment se peut-il que l'avion soit en retard ? Ne devait-il pas venir me cueillir tôt ce matin ? Or, quelques heures se sont écoulées et l'appareil n'est toujours pas là.

Une idée soudaine me traverse l'esprit. Si jamais le souffle du brasier flottait encore sur le secteur, aucun hydravion ne pourrait y amerrir. Car quelle que soit la performance du pilote, il se trouverait dans l'incapacité d'ouvrir une brèche dans le rideau de flammes. Il me faut à tout prix connaître la gravité du problème.

Je décide d'escalader le mont dénudé à l'ouest. En haut de ce piton volcanique, la vue domine la forêt sur des dizaines de kilomètres.

J'aborde la rive, amarre la barque et gravis le versant de la montagne décharnée. Mon pied foule le sol mort. Quelle dévastation !

La mort sournoise, l'invitée indésirable, attaque souvent à l'improviste. Elle rôde sans cesse autour de l'existence. Et un beau jour, après avoir louvoyé, elle assène le coup, fatal et décisif. Peut-être la vie s'avère-t-elle fragile, mais elle sait renaître de ses cendres. Régénérée, elle ressort de terre et meuble le vide de sa vitalité, plus belle qu'hier, comme si elle avait subi une cure de désintoxication. C'est l'insondable mystère de la dualité de la vie et de la mort. Or, sommes-nous tenus de mourir pour mieux renaître ?

Les lieux donnent des signes de vie déconcertants : un couple d'aigles à tête blanche survole le lac !

Mes yeux suivent leurs gestes gracieux. Ces oiseaux sont faciles à reconnaître. Leur tête et leur queue toutes blanches contrastent avec le corps brun sombre. Ce coin de pays en regorgeait avant l'incendie de forêt. Les innombrables lacs du secteur leur fournissaient une pitance à base de poisson.

Arrivé au faîte de l'éminence pointue, je découvre avec horreur l'ardeur active du brasier. Le ciel est noir de fumée compacte et la terre, marquée au fer rouge. Le feu se cachait seulement derrière le moutonnement des montagnes. Je me trouve en face des portes de l'enfer. Jusqu'aux confins de l'horizon, j'aperçois le même diabolique entêtement du feu sur son innocente victime. La rage de l'incendie assombrit mes espoirs : elle empêche tout sauvetage immédiat.

Soumises à la panique, mes pensées s'embrouillent. Je tire néanmoins de mon cerveau pétrifié de désespoir, cette consolation : ici, je connais un moment de répit. Mais pour combien de temps ? Je pourrais retomber dans les mains de l'ennemi si le vent changeait de direction.

Le couple d'aigles réapparaît. Suspendus par les vents, ils planent, insouciants. Le port d'ailes de près de deux mètres supporte leur vol à voile. Ils passent au-dessus de ma tête.

Tout à coup, ils trompettent et descendent en piqué vers une butte dénudée à une centaine de mètres derrière moi. Ils feignent de s'abattre sur un grand oiseau. Face à cette attaque-surprise, ce dernier est sans réaction.

Mon cœur bondit. Est-ce l'occasion de lui chercher noise ? Ces aigles sont-ils à ce point inconscients de la catastrophe dans laquelle nous sommes plongés ?

J'identifie l'oiseau assailli. C'est un aigle immature : il ne possède pas la tête et la queue blanches des adultes.

Les assaillants reviennent à la charge. Dans un vol en rase-mottes, ils foncent sur lui, mais l'évitent à la dernière seconde. Celui–ci reste impassible devant l'assaut et affiche un comportement incompréhensible. N'importe quel animal aurait fui en pareil cas.

Après maints essais infructueux, les deux rapaces capitulent. Mes yeux sont rivés sur l'oiseau de marbre. Le voilà qui hérisse les plumes de sa poitrine pour les lisser de son bec. Après ce brin de toilette, il déploie ses longues ailes foncées d'un seul mouvement et étale ensuite sa queue. On peut alors voir le dessous de cette dernière, où se dévoile une alternance de lignes claires et sombres.

Hé ! mais c'est un aigle doré, le maître incontesté des oiseaux ! Que fait-il ici, le roi des montagnes et des plaines ? Fichtre non ! je dois me méprendre. Ici, il n'existe que des aigles à tête blanche. Des plumes jaunâtres à son cou attirent alors mon regard.

Tout excité, je m'empêtre dans les lacets de mes bottes et trébuche sur une roche. Non mais, quelle cloche je peux être parfois ! Je viens d'extirper un œillet de ma bottine. C'est bien le moment !

Conservant mon sang-froid, je garde un œil sur l'oiseau. Sans bruit, je me relève et conduis mes pas aux allures de guépard vers la butte, en me dissimulant derrière des rochers. Mes enjambées abattent la distance en peu de temps.

À moins de dix mètres, la tache dorée au cou se distingue comme noir sur blanc. Aucun doute ne subsiste désormais dans mon esprit : c'est bien un aigle doré.

Cette rencontre est unique dans ma vie d'ornithologue amateur. Mon cœur bat à grands coups. Je finis par oublier le drame qui se déroule non loin d'ici.

Je marche sur la pointe des pieds vers l'oiseau. Deux, quatre, six… et huit mètres sont franchis. Il se tient maintenant à portée de la main.

Mon approche ne provoque aucune réaction. L'aigle a les yeux clos. Sa respiration sifflante semble se démener à un son de tambour. Est-il malade ? Mais voilà qu'il ouvre les yeux d'un iris bleu pâle pour se fixer sur les miens. Nous nous regardons l'un l'autre. Il pénètre la profondeur intime de mon être. Je perds contenance.

Mon esprit capte des pensées avec une clarté de cristal.

« Je me porte à merveille. Puisse la paix demeurer avec toi. »

Abasourdi, je fige, le temps d'un moment. Serait-ce le rapace qui…? Voyons, un oiseau ne parle pas. Non, mais enfin les émotions intenses d'avant-hier soir m'ont éreinté. Et mon imagination exaltée en profite pour me jouer de mauvais tours.

« Mais non ! tu ne rêves pas, Pierre. C'est bien moi qui te parle.

— Hein ? Qui est-ce qui m'entretient ainsi ? »

Mon regard se promène de gauche à droite et s'arrête sur l'aigle.

« Toi ! » dis-je, incrédule, en le pointant du doigt.

Il dodeline de la tête. Je n'en crois pas mes yeux.

Un ange passe.

Je prends la poudre d'escampette et regagne en un rien de temps la chaloupe. M'éloignant à force de coups de rames, je m'arrête à bout de souffle au beau milieu du lac. Les battements de mon cœur font dans ma tête un bruit assourdissant. Cette halte les régularise et me permet de recouvrer mes esprits.

Ma foi, l'incendie m'a rendu fou : les oiseaux babillent à présent d'une manière étonnante ! Je me résous à ramer en direction du camp. J'ai d'autres chats à fouetter que de me préoccuper d'un aigle parlant ou de savoir si mon état de santé mentale est devenu chancelant — quoique je présume être encore sain d'esprit.

Le campement se trouve dans une triste désolation. Seule la charpente de bois des deux tentes, effleurée par les flammes, se maintient ; les toiles de coton ont carrément brûlé.

J'explore les lieux. Quel ravage ! Les deux gros bidons d'essence ont sauté. Rien n'a échappé au passage du feu sauf quelques boîtes de conserve, bien que les étiquettes se révèlent illisibles, la fumée les ayant noircies.

J'ai la surprise de découvrir le téléphone mobile. Je le dégage des débris d'une table effondrée et l'allume, mais aucun son ne sort. Mes yeux tombent sur la batterie de l'appareil. Le brasier l'a fait fondre, aussi suis-je dans l'impossibilité de communiquer avec le monde extérieur pour demander de l'aide. Il pourrait s'écouler bon nombre de jours, sinon des semaines avant que l'on me porte secours.

Je ressens un vide profond qui se répand comme une onde. Ce sentiment d'abandon me ravage l'âme. Je m'affaisse, le cœur serré par une horrible angoisse. Que faire ?

Dans une attente anxieuse où il faut tuer le temps, — qui n'en finit pas — les heures paraissent une éternité. Or, comment les occuper puisque d'ennui je péris ?

Mes réflexions trompent cet ennui en ressassant l'inoubliable journée que fut la veille de l'incendie. Tôt ce matin-là, j'avais consulté un bijoutier-joaillier du centre-ville de Kenora. Que d'événements passés en moins de vingt et une heures !

II

Les facettes de la pierre précieuse s'irisèrent à la lumière tamisée du jour. Songeur, le vieux bijoutier-joaillier la roula de ses doigts crasseux.

« De toute ma vie, je n'ai vu si splendide gemme. »

Translucide et de teinte gris bleu, elle formait un octaèdre parfait d'un centimètre.

L'homme la pesa sur une microbalance.

« C'est un diamant de cinquante-deux carats. »

Il avait prononcé cette phrase les dents serrées. Se débarrassant du compte-fils à la tête, le joaillier se montra curieux.

« De qui le détenez-vous ?

— De personne. Je l'ai découvert.

— Ah oui ? Où ça ?

— Dans la forêt.

— Juste ciel ! Où ça dans la forêt ?

— Sur le bord du lac des Bois. Que représentent cinquante-deux carats ? dis-je pour changer de sujet.

— Nous évaluons le prix d'un bijou en fonction du nombre de carats. Un carat équivaut à un cinquième d'un gramme. Nous tenons compte aussi de la perfection et de la coloration du cristal. Mais où diable l'avez-vous pêché sur le lac des Bois ?

— Sur une île. »

J'optai pour cette réponse évasive, car je ne voulais pas lui donner de précision. Et pour l'être, elle l'était ! En effet, cette immense étendue d'eau douce — située aux frontières de l'Ontario, du Manitoba et de l'état américain du Minnesota — compte douze mille îles. Ses rives totalisent une distance de cent cinq mille kilomètres en ligne droite, incluant le contour des îles.

La partie nord-est de ce lac comprend la petite ville de Kenora. Sa structure évoque Venise, car les commerces au bord du lac se sont un peu étalés dans l'eau. Aussi les insulaires font-ils leurs courses en bateau. Il se trouve en plus des vedettes de la police qui patrouillent les eaux et une station d'essence sur le lac pour faire le plein des embarcations à moteur.

« La raison pour laquelle j'insiste est bien simple. On ne déniche pas les diamants n'importe où. Alors, serait-ce par hasard une plage que fréquentent les gens ?

— Ah ça non ! Il n'y a pas âme qui vive à cent lieues à la ronde.

— Ah, bon ? Vous savez, ils sont rares au Canada. Quelques-uns ont été récemment mis à jour en Saskatchewan dans des kimberlites. Cette roche tire son origine des grandes profondeurs de la croûte terrestre. Elle utilise les fractures pour jaillir à la surface de la Terre. »

Comme celui–là ne découlait pas de cet environnement, je demandai :

« Est–ce le seul endroit où on les trouve ?

— Non. Des alluvions glaciaires en emprisonnent. Leurs arêtes sont toutefois émoussées à cause du roulement du matériel. Or ces arêtes coupantes excluent sans nul doute cette hypothèse.

— Y en aurait–il d'autres à examiner ?

— Des météorites en contiennent parfois. Cependant aucun cratère n'est connu dans le secteur. Mais enfin, où donc l'avez-vous trouvé ? Peut-être puis-je vous aider. »

Devenant cramoisi de pudeur, je crachai finalement le morceau.

« Une… plante… l'a produit.

— Comment ! me prenez-vous pour une cruche ?

— C'est la pure vérité, je vous l'assure. Ce caillou dérive d'une plante. Je l'ai vu de mes propres yeux. »

Malgré sa méfiance, il ouvrit des yeux ronds.

« De quelle plante s'agit-il ?

— D'un cactus. »

Éberlué, le joaillier se demandait si j'hallucinais ou si je ne me moquais pas plutôt de lui.

Alerte, il me relança :

« Dans quelle région l'avez-vous découvert ? »

J'échafaudai un mensonge afin de me tirer d'embarras.

« Près de la pointe d'Isacor. Combien vaut ce diamant ?

— Je ne sais pas. Vous détenez une gemme de la plus belle eau, d'une valeur d'au moins un quart de million de dollars. Bien sûr, je ne suis pas qualifié pour établir cette expertise, mais je peux l'envoyer à Toronto.

— Non, merci. Ces informations me suffisent. »

J'étais simplement venu à la bijouterie pour contenter ma curiosité.

« Euh ! j'ai une proposition à vous faire... À titre d'ancien prospecteur, je pourrais vous être utile dans la recherche de diamants... », avança le vieil homme hésitant.

Pendant qu'il me parlait, je remarquai une mosaïque de petites veines bleues sous sa peau pigmentée de taches brunes. Le joaillier gonflant sa poitrine livra le fond de sa pensée d'une voix forte.

« ...Pourquoi ne pas faire équipe ensemble ? Vous pourriez profiter de mon expérience dans ce domaine. Le fait d'en avoir trouvé un témoigne de la présence de bien d'autres dans le secteur. En ce cas, partenaire, indiquez-moi l'endroit. »

Je le dévisageai pendant une seconde ou deux. Il avait le port droit d'un chêne malgré son âge avancé. De sa figure ronde ressortait un large front noué de grosses rides. Ses cheveux blancs épais, gominés, jaunis par le tabac, retenaient tant bien que mal des mèches rebelles. Ses petits yeux bruns expressifs, pleins de malice, n'inspiraient aucune confiance.

J'appréhendais ses belles manières patelines. Cet ancien prospecteur fardait sa pensée. Il n'avait qu'une idée en tête : coûte que coûte, il voulait connaître l'endroit d'où provenait la pierre précieuse. Dieu merci ! j'exerçais le métier de géologue, et j'étais bien placé pour savoir ce qu'il mijotait...

« Merci, je peux me débrouiller seul. »

Son regard noir se fixa sur moi d'une façon haineuse. J'enfonçai le cristal dans la poche de mon pantalon et quittai la bijouterie sans plus de cérémonie. Le joaillier colla son nez contre la porte vitrée de son commerce et me regarda partir.

Je filai au ministère des Richesses naturelles en vue de consulter un biologiste. Pendant le trajet en automobile, une évidence me sauta aux yeux. Les hommes se cloîtrent souvent dans leurs idées. Ils révoquent en doute une chose étrange aussitôt qu'ils ne peuvent l'intégrer dans leur petite boîte noire de classification.

Le cas du joaillier offrait un exemple typique d'une telle étroitesse d'esprit. Prisonnier de la rigidité de sa science, il fallait que le diamant provienne d'un environnement géologique. Or, ce cactus l'avait donné en moins de trois semaines après la floraison, comme une fleur fécondée passe à l'état de fruit. Le processus végétal de la pierre soutenait bien sûr un paradoxe ; il n'empêche que c'était un fait.

J'étais tombé sur de minuscules cactus deux mois auparavant au cours d'une randonnée pédestre. Bien dissimulés dans le lichen, ils foisonnaient sur des affleurements plats jouxtant le lac des Bois. La surprise me cloua sur place. Je les imaginais dans le désert. D'ailleurs, aucun de mes manuels sur la flore n'en mentionnait la présence dans le coin.

Je cueillis un cactus et le replantai dans un pot de terre sitôt revenu chez moi. Quatre semaines plus tard, il fleurissait.

Arrivé au bureau du ministère, je demandai à être présenté à un botaniste. Au bout de cinq minutes, un homme dans la quarantaine, vêtu d'un sarrau blanc usé, vint à ma rencontre. Grand et mince, il portait un collier de barbe rousse indisciplinée qui noyait joues et menton. La bouche fine, le front fuyant, les cheveux ébouriffés et des lunettes rondes à monture d'écaille conféraient à l'arrivant un air intellectuel.

« Je suis le doc Landry. Qu'y a-t-il pour votre service ?

— J'ai mis la main sur un cactus dans le bois. Pouvez-vous l'identifier ? »

Il faillit perdre ses lunettes tant il fut surpris.

« Un cactus !... Oui bien sûr. Veuillez me suivre. »

Nous nous engageâmes dans un long corridor. Une fois parvenus à un laboratoire, je sortis le pot de cactus du sac de papier. Le biologiste l'observa en silence durant de longues minutes.

La plante grasse se composait d'articles épineux en ovale, légèrement renflés, d'environ trois centimètres de long. Une mince moelle les rattachait, formant ainsi des tiges boudinées. Les tiges les plus longues étaient constituées de sept segments tout au plus. Le vert très tendre des nouvelles pousses contrastait avec le vert foncé des tiges inférieures. À cet égard, la plante devait avoir au moins sept ans.

Après s'être consacré à l'étude minutieuse du cactus, le doc Landry m'interrogea.

« Où l'avez-vous dégottée ?

— Dans le parc de Sioux Lookout.

— Vraiment ?

— Hé oui ! À l'occasion d'une randonnée pédestre, j'ai aperçu des segments de cactus à...

— Nous pouvons dans le cas présent parler de raquettes.

— Pourquoi ce terme ?

— Ne trouvez-vous pas que les renflements de la tige articulée ressemblent à des raquettes en miniature ?

— Ma foi oui.

— Poursuivez ! Je vous écoute.

— Je disais donc que des raquettes s'étaient accrochées au bas de mon pantalon. J'ai donc cherché leur provenance, et j'ai décelé les cactus. Ils formaient une colonie à perte de vue. »

Le biologiste prit un air songeur.

« Regardez comme il est fragile », ajoutai-je.

Je frôlai de mon index les épines d'une raquette de tête. Collant le bout de mon doigt, elle se détacha de la tige.

« Cette adhérence est attribuée aux nombreux crochets microscopiques sur la surface des épines. Quand avez-vous découvert les cactacées ?

— Il y a quelques semaines.

— Ont–elles fleuri ?

— Oui.

— Quelle était la couleur des fleurs ?

— Bleu avec des rayures jaunes.

— Et leur dimension ?

— Environ deux centimètres de large. Elles surplombaient les articles sommitals. »

Je profitai de l'occasion pour commenter davantage.

« Ces cactus me paraissent se reproduire par bouturage bien qu'ils portent des fleurs. Voyez-vous, ces raquettes solitaires dans le pot, dis-je en pointant du doigt, proviennent des tiges. Elles s'en sont détachées voilà plus d'un mois, et sont toujours vivantes.

— Elles se multiplient autant par bouturage que par les graines issues de la pollinisation des fleurs.

— Ah ! je l'ignorais ! Mais enfin, qu'est-ce qu'elles foutent ici ?

— Je ne sais pas. Elles ne poussent pas dans le coin.

— Je m'en doutais bien. Elles résident dans le désert, non ?

— Détrompez-vous. Il existe quatre espèces de cactus indigènes au Canada, soit dans le sud-ouest de l'Ontario, le Manitoba et la Colombie Britannique.

— Mais c'est impossible ! Comment font-ils pour survivre à un hiver aussi rude que le nôtre ?

— Contemplez le port du cactus. Il est aplati et jouit d'une croissance latérale au lieu de verticale.

— Et puis ?

— Cela permet aux cactacées de s'abriter sous la neige qui les isole du froid. Leurs cellules spongieuses renferment en outre une substance antigel, laquelle assure une protection additionnelle contre les rigueurs de l'hiver.

— Ça alors, c'est pas ordinaire ! Qu'est-ce que les plantes n'inventeraient pas pour s'adapter à leur milieu !

— Vous savez, vous êtes la première personne à nous signaler leur présence dans le secteur.

— Ah, bon ? Et quel est le nom de cette souche de cactus ?

— Si je ne m'abuse c'est un oponce, communément appelé corne de raquette. Son aire de reproduction se situe dans le sud-ouest de la province. Vous m'obligeriez si vous me le laissiez pour un examen méticuleux. Revenez dans une heure ou deux. J'aurai déterminé avec exactitude son type à ce moment-là.

— Je vous cède uniquement quelques raquettes », tranchai-je après une certaine hésitation.

Je ne voulais pas confier à un étranger ma poule aux œufs d'or qui pond des gemmes de grande valeur. Et mieux valait taire la production du diamant.

« Bon ! j'estime pouvoir m'accomoder des éléments que j'ai sous la main. Avant de quitter, voulez-vous avoir l'obligeance de remplir ce formulaire pour le recours à nos services », ajouta-t-il.

Je m'acquittai de la tâche. Cet entretien m'avait on ne peut plus satisfait. Il était clair que ces plantes grasses appartenaient à une souche rare : elles se révélaient étrangères à notre région. Et puis, quelle espèce de cactus de par le monde produit des pierres précieuses ?

« Encore un dernier service avant de partir.

— Lequel ?

— Pouvez-vous désigner sur la carte l'endroit où vous avez dégotté les cactacées, à seule fin de dresser un inventaire de notre flore locale ? »

Tiens ! un autre qui souhaitait me tirer les vers du nez.

Il déroula une carte topographique du parc de Sioux Lookout. Au moyen d'un crayon à mine, j'esquissai un très gros cercle, lui refusant toute précision.

Je retournai chez moi et replaçai le pot de cactus au milieu de ses semblables, près de la baie vitrée du salon. Une trentaine de plantes sauvages croissent chez moi, par amour des végétaux et par désir d'agrémenter ma maison.

Je me suis documenté sur elles en me plongeant dans la lecture de livres, telle *La vie secrète des plantes* par Tompkins et Bird[1]. Et j'y ai découvert un monde inconnu à couper le souffle. On y rapporte, entre autres, une expérience scientifique qui m'a fort bouleversé.

Il s'agissait de trois philodendrons dans lesquels on avait introduit des aiguilles raccordées à un appareil mesurant la résistance électrique. Un homme devait entrer dans la pièce close où ils se trouvaient et en détruire un. Pendant sa destruction, l'électro-encéphalographie des deux plantes témoins de l'événement enregistra un tracé en crescendo. Ce résultat démontra, selon le chercheur, la perception et la sensibilité des plantes à leur environnement.

L'expérimentation fut poussée plus loin. Le lendemain, des hommes, dont l'assassin, étaient tenus de défiler un à un devant les deux plantes témoins du crime. Au moment où celui-ci pénétra dans la pièce, l'électro-encéphalogramme indiqua une réaction aussi prompte que la veille : elles l'avaient en fait reconnu. Cette recherche mit donc en évidence la faculté de mémorisation des plantes, en plus de leur émotivité.

Deux autres expériences ont également retenu mon attention. La première concernait les travaux d'un scientifique japonais. Au moyen d'équipements électroniques, il prouva devant un auditoire déconcerté que son cactus pouvait parler, compter et additionner jusqu'à vingt.

Dans la deuxième, un Américain relatait le froissement de son philodendron lors de la visite d'un ami. Ce dernier l'avait vexé en le comparant au sien qui était plus beau. La plante décida de ne plus répondre aux essais scientifiques. Sa bouderie dura deux semaines. En plus de noter ces fortes émotions, comme la bouderie, le chercheur remarqua qu'elle discernait aussi les siennes. Et la distance n'influait, semblait-il, aucunement sur la réceptivité. En réalité, quand l'Américain faisait l'amour à l'autre bout de la ville, le philodendron ressentait l'orgasme comme si c'était le sien.

Grâce aux livres, je me suis passionné pour le monde sibyllin des plantes. Je voulais tout connaître et le cactus était le sujet de mes expériences. En gros, je tentais de reproduire un test soviétique où l'on tenta de persuader un rosier de se défaire de ses épines. Par une suggestion quotidienne,

---

1 Éditions Robert Laffont.

l'expérimentateur lui garantissait la sécurité entre ses mains et exprimait aussi le souhait de le toucher sans risquer de se blesser.

Impressionné par cette expérience, je me mis en tête d'appliquer cette méthode au cactus. Puis, un beau jour après sa floraison, un caillou apparut à la place de fruits. Je ne sus trop quoi penser de ce phénomène, car je ne lui avais fait aucune suggestion en ce sens. Cette plante recelait un secret.

Je me réjouissais de l'avoir apportée au docteur Landry. Il allait élucider le mystère sous peu. Peut-être produisait-elle des diamants contrairement au jugement du vieux joaillier incrédule.

Je me rendis par la suite, un peu en retard, au bureau de la compagnie minière pour laquelle je travaille. La secrétaire me remit un message transmis par télex, en provenance d'un laboratoire de géochimie de Thunder Bay.

Il répertoriait l'analyse minérale d'une quarantaine d'échantillons de roche. Une équipe de géologues les avait envoyés, à la suite de la découverte d'une zone minéralisée au nord d'un ancien puits de mine. Ce relevé affichait des résultats aurifères exceptionnels, entre 19 et 136 grammes d'or par tonne métrique.

La circulation des données provoqua un torrent d'enthousiasme de la part des patrons. Et toute la boîte contracta la fièvre de l'or. Il fut arrêté une heure plus tard que je partirais sur-le-champ coordonner les étapes ultérieures à l'investigation de la zone aurifère.

Je communiquai avec les deux géologues de terrain — Richard et Jean — comme chaque matin de la semaine. Ils étaient enchantés des résultats d'analyse et attendaient avec impatience mon arrivée.

Je quittai le bureau et montai dans un taxi. Entre-temps, la compagnie réservait un hydravion, puisque la propriété minière se trouvait en pleine région sauvage. Elle était située à neuf cent cinquante kilomètres au nord-nord-ouest de Kenora en passant par la ville de Thompson au Manitoba.

Au cours du trajet vers l'hydrobase, j'arrêtai chez moi pour me changer et prendre mes hardes. J'ordonnai ensuite au chauffeur de faire halte au ministère des Richesses naturelles.

Visiblement agité, le docteur Landry demeura sans voix dans le hall. Il me fit plutôt signe de le suivre au laboratoire. Détenant une raquette du cactus dans un plateau de dissection, il m'avertit :

« Observez bien le phénomène qui va se produire. »

Je n'eus pas les yeux dans ma poche. Il s'empara d'un scalpel et incisa la raquette. Un liquide rougeâtre visqueux en sortit pour se répandre sur le plateau.

« Eh ! mais... elle saigne !

— Ce n'est pas du sang.

— Eh bien ! qu'est-ce que c'est alors ?

— Un suc appelé latex. Il en existe de trois différentes couleurs : blanc, rouge et jaune. Ce suc était connu des indigènes qui, encore tout récemment, en tiraient le colorant pour peindre leur corps ou leurs vêtements... »

Le biologiste se tut. Son air perplexe en disait long, beaucoup plus qu'il ne m'en avait révélé jusqu'à présent. Pourquoi cet homme de science adoptait-il un ton affolé pour débiter des banalités ? Il y avait assurément anguille sous roche.

« Qu'a-t-elle de si particulier cette coulée de latex ? »

Il épongea son front en sueur avec un mouchoir. D'une voix à demi-éteinte, il déclara :

« Aucun cactus ne secrète de latex ni ne porte de fleurs bleues à l'occasion de la floraison. Nous sommes en présence... d'une nouvelle espèce. »

La nouvelle ne me surprit guère. Après tout, si cette espèce avait couru les rues, l'homme serait depuis longtemps informé de la production de diamants. Et il en ferait actuellement la culture comme l'élevage des huîtres à perle au Japon.

« Voudriez-vous venir avec moi sur le terrain me montrer les cactacées ?

— J'aimerais bien, mais je ne suis pas disponible. Je pars à l'instant au Manitoba. Il serait par ailleurs compliqué de nous y rendre. Le secteur est peu accessible.

— Soit, je comprends. Je m'accomoderai de l'endroit désigné sur la carte. Je vous remercie d'avoir pris la peine de vous arrêter à nos bureaux pour me faire voir votre cactus. »

J'attrapai l'hydravion — un Cessna. Après quatre heures et demie de vol, la machine arriva à destination en fin d'après-midi. Le campement était vide. Je renvoyai le pilote, sûr que Richard et Jean travaillaient encore dans le bois.

Au bout d'une heure d'attente, l'inquiétude m'envahit. Le vacarme de l'engin les avait forcément avertis de mon arrivée, alors pourquoi cette absence ? Cela sentait mauvais. Je branchai le téléphone mobile à la batterie et appelai le bureau à Kenora.

On m'apprit une sale histoire. Un ours avait attaqué Jean et il lui avait disloqué l'épaule. Grâce au ciel, cette journée était la livraison hebdomadaire de la bouffe. Le pilote s'était pointé au camp pour cette occasion, une demi-heure après l'accident. Ils avaient transporté d'urgence Jean à l'hôpital de Thompson. Richard serait de retour demain midi seulement.

Faute de mieux, je comptai les clous de la porte.

Le vent se leva pendant la soirée. Il recouvrit le firmament étoilé de gros nuages noirs menaçants. Je me réfugiai dans la tente et m'endormis d'un bloc.

Je me réveillai à l'aube, désireux d'aller uriner. Dehors, quelques gouttes d'eau vinrent s'aplatir sur le tapis de mousse. Puis, le crépitement accéléré d'une douche drue s'abattit. Je me dépêchai de me soulager la vessie et me recouchai. Cette eau bienvenue abreuvait une région assoiffée par un été torride.

Le tambourinage de la pluie sur la toile me garda un bon moment éveillé. Soudain, le ciel se déchira dans un grand cri. Et la foudre traça une vive lueur éblouissante. Je sautai en bas du châlit pour sonder la voûte nuageuse.

Un second éclair surgit des ténèbres et frappa la cime d'une épinette. L'arbre s'embrasa sur-le-champ. Le vent dispersa des brandons dans la forêt pour la livrer aux flammes.

Le tout se passa si vite que je n'eus pas le loisir de lancer un appel de détresse : l'incendie rasait déjà le campement.

III

Cela dépeint ma journée de mercredi. Dire qu'en ce vendredi matin, avec l'argent touché par la vente du diamant, je me serais taillé une place au bord de la mer ! Me voilà plutôt perdu au fin fond des bois, et je suis loin d'en être sorti.

Je rejette loin de moi la page de cette chaude journée. Il serait plus sain de penser à autre chose que de m'apitoyer sur mon sort. Faute d'effacer le passé, il faut savoir s'adapter aux circonstances.

À la recherche de pensées plus apaisantes, l'étrange rencontre de l'aigle revient à ma mémoire. Comment diable savait-il mon nom ? Cette énigme sollicite ma curiosité au point de me faire oublier ma peur initiale. Je décide de la satisfaire en regagnant les lieux de notre rencontre.

La barque fend l'eau calme en direction de la rive opposée. Mon regard anxieux se fixe sur la butte pendant la progression sur le lac, mais je n'aperçois rien.

La chaloupe touche la grève. Je mets pied à terre et m'aventure vers le piton volcanique. Mon esprit gagne en excitation au cours de la montée. Et mon cœur se démène à tout rompre.

Une fois rendu au sommet, la déception se lit sur mon visage : l'aigle est absent. Mes yeux planent à sa recherche sur la région entière.

Soudain, une ombre se profile. Elle grossit à vue d'œil. Je renverse la tête, et pousse un grand cri d'épouvante. Tombant du ciel, le rapace, serres ouvertes et ailes recourbées, fonce sur moi. Mes yeux effrayés sortent de leur orbite. Mon sang se glace. Je retrouve néanmoins mes jambes, et les prends aussitôt à mon cou.

Une pensée étrangère pénètre dans mon esprit.

« Voyons, Pierre, n'aie crainte. »

Cependant je ferme mon esprit à cette pensée.

Ma fuite éperdue me conduit face à un ours noir qui me lance un énorme grognement. Saisi d'une peur bleue, je passe comme une flèche devant lui.

L'animal s'élance à ma poursuite.

Est-ce l'ours qui a attaqué Jean ? À cette pensée, la chamade de mon cœur redouble. Pourquoi l'incendie l'a-t-il épargné ? N'ai-je pas eu assez d'aventures rocambolesques ces deux derniers jours sans devoir en attirer d'autres ? J'aurais mieux fait de rester dans la chaloupe.

Le rapprochement des pas pesants de la bête interrompt mes pensées. Je tourne la tête pour examiner la situation quand tout à coup le sol se dérobe sous mes pieds. Mon corps bascule dans le vide.

Des arbrisseaux ralentissent ma chute. J'en heurte un de plein fouet. L'arbrisseau ploie, se détend et me rejette sur un fond rocheux. Peu après, l'animal atterrit à quelques pas de moi. Sa présence dans la pénombre du trou soulève en moi un vent de panique.

Couché par terre, je vois seulement ses pattes de devant. Frappant le sol, elles s'agitent comme un beau diable dans l'eau bénite. L'ours pousse des grognements brefs. Il attrape ma jambe gauche. Ses griffes s'y enfoncent. Un cri de douleur s'échappe de ma gorge. D'un seul mouvement, la bête m'attire subitement vers elle.

Ma main droite fouille la ceinture de mon pantalon et dégage le couteau de chasse. Je me dresse sur mon séant en brandissant l'arme. Mes coups rapides atteignent les pattes de l'ours. Mon geste désespéré porte fruit. Il jette un hurlement de fauve blessé. Et ses pattes disparaissent sitôt de ma vue.

Une descente dans les ténèbres s'ensuit, accompagnée de notes déchirantes. Le bruit d'une chute dans l'eau retentit peu après des profondeurs. Des clapotis d'enfer et les râlements abominables de l'animal se propagent par la suite. Un silence glacial sature finalement l'atmosphère devenue lourde.

Ouf ! enfin, je respire. Quelle histoire ! On se serait cru en pleine fiction.

Un examen sommaire de mon corps révèle des ecchymoses et de nombreuses égratignures. Du sang frais englue mon pantalon lacéré. Je grimace au toucher de ma jambe endolorie par une large plaie. Ma chair montre des marques de griffades profondes. Le sang continue à gicler de ma vilaine blessure. Je l'étanche par la pose d'un garrot confectionné à l'aide de ma chemise à carreaux.

L'angoisse du moment m'amène à négliger les élancements de ma jambe. Mon regard inquiet sonde plutôt l'obscur environnement. J'ai échoué, semble-t-il, sur la galerie d'un ancien puits de mine.

Au cours de la dégringolade, la détente d'un arbrisseau m'a rejeté aux abords du boyau. L'ours, quant à lui, plus lourdaud, s'est retrouvé entre le trou vertical et le tunnel, s'y accrochant avec l'énergie du désespoir. Mais il a lâché prise lorsque je l'ai poignardé dans les pattes. Il s'est vraisemblablement cogné aux murs dans sa chute pour périr ensuite noyé au fond de l'excavation.

Au-dessus de moi, en relevant la tête vers le trou béant, apparaît un coin de ciel bleu. Une distance de dix mètres me sépare de la liberté.

Je ne suis toutefois pas au bout de mes peines : l'aigle s'est penché sur la bouche du puits. Que me veut-il donc ? Me chercherait-il ? De tout temps dans l'histoire humaine, jamais une parole ou un écrit quelconque n'a rapporté à ma connaissance que les rapaces harcelaient les hommes. Or celui-là n'a pas l'air d'adopter la sage attitude séculaire de ses congénères. Et bien sûr, il fallait que je tombe sur lui !

Quoi faire ? Je ferme les yeux, et rassemble mes idées. Un éclair de génie me traverse sitôt l'esprit. Un petit détail à la suite de la lecture d'anciens rapports géologiques de la propriété s'est tout à coup imposé à mon esprit. Le voilà ! La galerie de ce trou déboucherait sur le flanc d'une colline.

Avant la moitié de ce siècle, les prospecteurs fonçaient des puits verticaux ou inclinés dans la zone minéralisée, selon son pendage. Et à partir de ce travail, on avait coutume d'excaver des tunnels d'exploration dans le sous-sol. Cette pratique permettait de prospecter d'autres dépôts minéralisés.

Savourant l'idée de filer à l'anglaise, j'esquissai un large sourire. Ce boyau me donnait l'occasion de tromper la vigilance de cet "épouvantail à moineaux".

Mes yeux percent les ténèbres du tunnel. Une fois habitués à la noirceur, je m'y engouffre. J'avance de quelques pas à peine que de nombreuses chauves-souris traquées foncent dans la galerie. Dans un vol désorganisé, elles percutent contre les parois ou se heurtent de plein fouet pour s'écrouler sur le sol.

Je me flanque par terre en vue d'esquiver ce nuage confus qui s'échappe de la cavité.

L'activité diurne et le désarroi de ces bêtes m'interloquent. Ces animaux ne sont-ils pas nocturnes ? Et leur radar n'est-il pas censé les guider d'une manière admirable ? Ce n'était assurément pas le cas quelques minutes plus tôt.

Il se passe des choses étranges depuis que je suis arrivé au camp. Et la fréquence de ces phénomènes commence à me donner de fortes inquiétudes. À ce rythme, il ne manquerait plus que des tarentules ou des vipères pour achever le tableau de mon histoire abracadabrante ! Je me demande à tort ou à raison si la folie ne me guette pas.

J'en suis là de mes réflexions quand soudain la terre tremble. Une fine pluie de débris s'abat sur moi. En moins de deux, elle égale la grosseur de cailloux de plusieurs centimètres. Je recouvre aussitôt ma tête de mes bras.

La situation tourne au tragique. Des bancs de rochers entiers se détachent des murs du tunnel. Ils s'effondrent dans un vacarme assourdissant. J'attends la mort certaine.

Le calme revient cependant au bout de vingt secondes. Mes oreilles bourdonnent encore en dépit de l'air ambiant rendu sourd. J'en ai été quitte pour de la peur.

Le bouclier canadien a éternué dans cette partie du monde où les séismes sont inhabituels. Je m'explique la panique des chauves-souris. Les animaux ne devinent-ils pas l'approche de tremblements de terre quelques minutes avant la secousse ? Leur instinct, paraît-il, leur permettrait de puiser des informations dans l'inconscient collectif.

Devant moi, la galerie s'est affaissée à moins de trois mètres. D'énormes blocs de pierre anguleux bloquent désormais le passage. Peu s'en est fallu que je sois enseveli sous les décombres. Il n'y a plus d'issue praticable de ce côté.

Je rebrousse chemin vers l'unique sortie possible. Que vois-je ? L'aigle. Pourquoi donc la mort ne l'a-t-il pas fauché lors de la secousse sismique ? Elle aurait résolu mon problème.

La moutarde me monte au nez.

« Que complotes-tu, espèce de sale bête ? Pourquoi t'acharnes-tu à vouloir me faire la peau ? Ne te satisfais-tu pas de m'avoir précipité au fond du puits ?

— !!!?... »

L'expression d'innocence que dégage son visage m'exaspère au plus haut point. Il n'en fallait pas plus pour que j'explose.

« Arrh ! Maudit rapace à la gomme ! Tu n'auras pas ma peau. Je ne me laisserai pas faire. »

Mon ton devient sarcastique.

« Tu ne vendras pas la peau de l'ours (!) avant de l'avoir tué. Au fait, il y en a une de disponible dans le gouffre.

Contente-toi donc de cette fourrure de choix. Tu n'en dénicheras pas de plus authentique. »

Je me répands ensuite en menaces et en injures. L'aigle demeure indifférent à ma crise de rage. Au bout de cinq minutes, ma voix faiblit. Je me trouve soudain idiot de l'invectiver. Ne suis-je pas en train de gaspiller ma salive ? Il ne comprend rien à mes propos. Et son regard niais confirme mes dires.

« Il est plus facile de donner tort aux autres quand tout va de travers au lieu de s'examiner pour découvrir l'origine de ses malheurs », énonce l'aigle.

Je suis au comble de l'étonnement. Ces paroles sont tombées de son bec sans qu'il ne s'ouvre.

« N'aie pas peur. Je ne tiens pas à te causer un préjudice. Tu interprètes mal mes intentions. N'aurais-tu pas au fond perdu le contrôle de tes émotions en jugeant mal la conjoncture ? Et ne serait-ce pas la raison pour laquelle tu te trouves dans cette position délicate ?... »

Ce n'est pas possible ! Je dois délirer. Que fait-on en pareil cas ? Je me pince les joues afin de vérifier si j'ai bien les yeux en face des trous. Mais qu'ai-je donc cru obtenir en agissant ainsi ? L'aigle n'a pas pour autant disparu de ma vue.

« ...Si je voulais te faire la peau, je l'aurais eue depuis longtemps. Ne sois pas effrayé. Je désire ton bien. »

Mes hallucinations dérivent à coup sûr d'un phénomène paranormal. Mais aucun de mes bouquins d'ornithologie n'a soufflé mot sur la capacité des oiseaux de "parler". Je devrai déposer une plainte contre la Société Ornithologique d'Audubon de New York à mon retour à Kenora pour leur manque de perspicacité !

Une fois dissipé l'effet de surprise, le doute brûle en moi. Et s'il disait vrai ? Je suis enclin à admettre ces propos articulés. Ils me semblent honnêtes. J'ai en somme cru qu'il voulait m'attaquer quand j'ai perçu son ombre sur l'affleurement. Ai-je eu le loisir de réfléchir ? Non. Mon instinct de conservation a réagi plus vite que ma raison.

Mes réflexions m'apaisent un peu. Peut-être ne me veut-il aucun mal après tout. J'essaie alors de me convaincre des bonnes dispositions du rapace.

Il profite de l'occasion de mon silence pour exprimer une autre opinion.

« Tu sais, nous vivons dans un monde d'illusions, car les émotions déforment la réalité. »

Non mais, il est pénible ! Je ne suis guère disposé à méditer sur de savantes réflexions, cloué dans une galerie souterraine où je suis abandonné entre la vie et la mort. Toutefois, j'ai une curiosité. Aussi, je coupe court à sa poésie didactique.

« Comment sais-tu mon nom ?

— J'en suis informé parce que je te surveille depuis longtemps. »

Tu parles d'une réponse ! Comme j'adore les gens qui prennent des airs mystérieux !

« Qui es-tu, toi qui prétends me connaître ?

— Je suis un grand voyageur. »

Sa réponse élusive déçoit. Car c'est bien connu, invariablement, les aigles émigrent du Nord vers le Sud à l'automne et parcourent le chemin en sens inverse au printemps.

« Comment puis-je t'entendre si tu n'articules pas ?

— Par la transmission de pensée. »

Bien sûr ! Par la pensée ! C'est bête, j'aurais pu y penser moi-même. Il est malin.

Ayant dans l'idée de lui clouer le bec, je réplique :

« Et comment puis-je la saisir puisque tu ne t'exprimes pas par le même langage que moi, hein ?

— La pensée est un langage universel », se contente-t-il de répondre d'un petit air déluré.

Cela tombe sous le sens ! C'est simple comme bonjour — un truisme même ! C'est si indéniable que je commence à suspecter la réalité.

L'oiseau met un terme à mes réflexions. D'une agilité fort surprenante, il pousse de son bec une énorme pierre. Elle déboule avec un grand fracas à quelques centimètres de moi.

Je m'exclame, furieux :

« Holà ! Qu'entreprends-tu ? Tiens-tu à me tuer ?

— Je souhaite juste te prouver que j'existe réellement.

— Ça crève les yeux ! Ce damné cauchemar s'éternise un peu trop, sapristi ! »

J'ignore ce dont il s'agit. Mais j'ai le sentiment au cours de ces derniers jours de mener une vie de bâton de chaise. Mon existence serait-elle ennuyeuse à ce point ?

Ce mauvais rêve semble réel. Je ne suis donc pas au bout de mes difficultés !

L'oiseau de proie soupire.

« Enfin, ce n'est pas de si tôt ! »

Je me suis laissé entraîner dans une drôle de galère ! Un aigle doré me harcèle sans relâche au lieu de me fuir. Mais ce rapace qui coule sa pensée dans la télépathie affirme vouloir mon bien. Ma foi, cette aventure côtoie le ridicule. Qui croirait en cette histoire à dormir debout ? Ce n'est pas moi et pourtant j'y suis jusqu'au cou.

Je lève la tête vers l'oiseau de proie pour planter mon regard dans le sien. Surpris, il pose sur moi ses yeux bleus perçants. Il doit se demander si je suis idiot. Et moi donc !

IV

Le soleil se dresse sur le gouffre humide en le zébrant de ses rayons. La lumière ruisselle dans l'ouverture béante, à mi-chemin de la galerie où je me tiens et le haut du passage vertical.

De longues traînées de couleur rouille bariolent les murs du trou, causées par l'oxydation des sulfures sous l'action de l'écoulement des eaux de surface. Les quelques arbustes nains qui ont pris racine dans les fissures des parois s'élèvent au ciel.

Mon regard plonge et se noie dans un trou sans fond. Je laisse choir une roche à seule fin de chronométrer son temps de chute. Plouf, dans l'eau ! Les puits de mine abandonnés ont tendance à s'en remplir ; parfois, ils en sont submergés. Le chronomètre de ma montre marque quatre secondes. Sa profondeur est supputée à plus de cent soixante mètres. Un frisson me parcourt le corps. Si j'étais tombé au fond de l'excavation, je serais mort à l'heure actuelle...

Je me demande comment je pourrais escalader les faces rocheuses du trou. Seulement dix mètres me séparent du boyau de la clé des champs, mais la liberté est pourtant loin de m'être donnée. Quel paradoxe que cette sensation de la toucher du bout des doigts alors qu'il me paraît impossible de l'étreindre de nouveau !

L'examen de ma situation soulève de nombreuses questions. Si je grimpe, les arbrisseaux seront-ils aptes à supporter mon poids ? Par contre si je reste ici, comment les secouristes seront-ils informés de ma présence dans ce trou ? Et puis, la faim ne manquera pas de me traquer avant l'intervention des secours.

Une seule solution se dessine : gravir les murs en m'agrippant aux arbrisseaux. Cependant ma jambe blessée risque de m'ennuyer au cours de la montée.

Mon regard inquiet se porte sur l'aigle qui épie mes moindres gestes. Je le consulte sur mon projet.

« Qui n'ose point, n'a rien », déclare-t-il.

Décidément cet oiseau est un drôle de pistolet ! Il aurait pu dire autre chose afin de m'encourager à aller de l'avant.

Prenant mon courage à deux mains, je tends les bras vers un arbrisseau au-dessus de moi, et m'y pends. Il se révèle solide. Me voilà alors parti. Face au mur, je me soulève des bras, allonge la jambe gauche vers la face adjacente au puits, puis pose le pied sur le tronc d'un autre arbrisseau. Là, je transmets le poids à mon bras droit et libère ainsi la main gauche, laquelle attrape un second arbrisseau. D'un seul mouvement, je parviens à la paroi du côté droit de la galerie, presque suspendu dans le vide.

Je monte ainsi en diagonale, quelques mètres plus haut, en direction de la face opposée au tunnel. Soudain, un bruit s'élève de la tige que serrent mes mains. Mon visage se convulse à la peur de dévaler. De profondes respirations atténuent mon angoisse toutefois.

Le craquement sec se renouvelle. Ma tête se relève sur le coup pour quérir l'aigle du regard.

« Ne t'affole pas », conseille-t-il.

Mais il est fou ! Comment ne pas paniquer lorsque ma vie est menacée ?

La tige recommence de plus belle à craquer ; elle faiblit sous mon poids, et casse. Un long cri inarticulé sort de ma gorge. Mes mains essaient de saisir d'autres arbrisseaux, mais je perds pied.

Ouahhh… je tombe.

Je tombe d'aplomb sur mes jambes, trente centimètres plus bas. Je me plaque aussitôt contre le mur. La terreur me cloue immobile. La sueur détrempe ma chemise de coton. Après un bout de temps, je balaie d'un coup d'œil le bas. Oh ! je me tiens sur une corniche !

Comment se peut-il que j'aie abouti à une corniche qui ne se trouvait même pas là deux secondes auparavant ? Dire que j'ai fait toute cette mise en scène pour rien ! Non mais, je me suis couvert de ridicule !

La pensée du rapace pénètre mon esprit.

« Pierre ! »

Je me retranche dans le silence. Il m'appelle de nouveau. Agacé, je l'engueule d'un ton hargneux, lequel m'était plutôt destiné par suite de ma mise en scène ridicule.

L'aigle s'envole d'un puissant battement d'ailes.

« Ne pars pas. J'ai besoin de toi. Tu as mal interprété mes propos injurieux », criai-je à tue-tête.

Néanmoins son ombre se fond dans le ciel. Non, mais alors ? Il me sermonnait plus tôt parce que j'avais perdu le contrôle de mes émotions. En vérité, on est beau parleur quand on n'est pas concerné.

Je me suis mis dans de beaux draps. Me voilà cloué à l'étroit sur une corniche d'un mètre carré. Mon Dieu ! que vais-je devenir ?

L'oiseau de proie arrive en coup de vent et se pose sur le plancher du tunnel. Son bec serre un ballot.

« J'apporte de quoi te redonner du courage, Pierre.

— Qu'est-ce que c'est ?

— Des provisions.

— Où as-tu pris ça ?

— Dans la chaloupe. »

D'un seul bond, il atteint le moignon d'un arbre nain sur le mur opposé à la galerie, puis gagne la corniche où il dépose le ballot.

Je le déballe. Dans le sac de couchage troué, il y a la trousse de premiers soins et de quoi boire et manger. L'aigle a eu un bon mouvement, moi qui croyais qu'il m'avait quitté à cause de mes propos injurieux.

« Merci.

— Tu sais, Pierre, je tiens et tiendrai toujours à toi. »

Le sens de ces pensées m'échappe. Cependant la présence de ce compagnon de fortune me réconforte en ces moments de dure épreuve.

J'enlève le garrot de ma blessure afin de l'enduire d'une crème antiseptique. Puis j'applique des gazes que je bande au moyen d'un pansement.

L'humidité du trou me transperce de la tête aux pieds ; aussi je me glisse dans le sac de couchage. Bien au chaud, j'ouvre une boîte de conserve avec mon couteau de chasse. J'offre à mon protecteur de partager mon repas. Il accepte.

L'aigle porte la nourriture à son bec avec ses énormes serres recourbées. Celles-ci constituent hors de tout doute une arme très redoutable. Leur aspect commande le plus grand respect...

Le contenu de la boîte a disparu en moins de deux bouchées. J'en ouvre une autre pour la circonstance.

Pendant qu'il s'empiffre de saumon, une brûlante envie de le caresser s'impose à moi malgré son air féroce de carnassier. Quel ornithologue amateur serait à même de se vanter un jour d'avoir palpé un aigle doré ? Et il est là, à portée de la main.

D'une intonation sollicitant une faveur spéciale, je demande :

« M'accorderais–tu la permission de te toucher ?

— Mais comment donc ! », approuve-t-il, avec une lueur de jouissance visible dans le creux de ses yeux pétillants.

Hésitants, mes doigts effleurent ses plumes soyeuses. Puis ma main s'engage le long des flancs et du ventre qui abondent d'une écume de duvet. Ils explorent ensuite son corps brun foncé. Son cou et sa nuque jettent des taches d'or. Ses ailes se révèlent longues et arrondies. Des bandes blanches rayent discrètement sa queue. Ses pattes jaunes et massives sont porteuses de quatre petits poignards noirs, à chaque extrémité.

Avec les serres dont il dispose, il y a longtemps qu'il aurait eu ma peau s'il avait voulu me la faire. Persuadé maintenant de la sincérité de ses intentions, je passe aux confidences :

« Tu sais, je présumais basculer dans le vide quand l'arbrisseau a cassé tout à l'heure. Mais à ma grande surprise une corniche se trouvait sous mes pieds. Je m'explique mal sa présence. Elle n'existait pas auparavant ; j'en suis convaincu.

— Peut-être as-tu mal regardé.

— Comment ne l'aurais-je pas aperçue puisque je cherchais un moyen d'escalader les parois ? Tout ça n'a ni rime ni raison.

— Tu te fais de la bile pour rien. Laisse courir, tu es épuisé. L'essentiel est d'être en vie, non ? »

Mes doigts se faufilent dans ses plumes. L'aigle me semble au comble du plaisir puisque le voilà abandonné aux caresses. Son abandon dissipe mes derniers doutes.

Une question me brûle les lèvres :

« Tu me connais ?

— Ça oui ! et mieux que quiconque. Je l'ai dit ; nous nous sommes rencontrés à plusieurs reprises.

— Ouais… Mais, où ça ?

— Les endroits comptent peu. Tu ne m'as jamais reconnu. »

J'ai un haut-le-corps. Comment puis-je le reconnaître ? Je n'ai jamais vu d'aigle de ma vie avant cet été.

Il réplique comme s'il avait perçu ma pensée.

« Tu as sans cesse soupçonné ma présence, mais tu as préféré m'ignorer.

— Allons donc !

— Mais oui ! En surmontant ta peur aujourd'hui, tu t'es avisé de mon existence, en plus d'instaurer un contact physique. Tu as rétabli ces relations parce que tu te tenais entre la vie et la mort. Pourquoi l'homme doit-il être dans une situation désespérée pour qu'il regarde la réalité en face ? »

L'étonnement se peint sur mon visage. Ces paroles ont éveillé un faible écho dans le fond de mon âme, mais quoi ? Je me tue en vain à me souvenir en quelle occasion je l'aurais rencontré.

« Je ne vois pas, concédai-je.

— Ne cherche pas une réponse sur le plan physique. Tâche plutôt de comprendre que j'ai toujours été omniprésent. »

En voilà une blague ! Où dois-je donc fouiller si ce n'est pas sur le plan physique ? Une idée saugrenue coule dans mon esprit. Me parlerait-il de l'au-delà ? Non, ce n'est pas possible ! Je n'ai jamais eu la chance de nouer des liens semblables. Mais enfin un oiseau est-il propre à exprimer sa pensée en termes non équivoques ?

« Au contraire je la maîtrise à la perfection », m'assure-t-il.

Ma foi, il lit dans mes pensées les plus intimes ! Il va falloir à l'avenir être plus prudent.

« Eh bien ! pourrais-tu mieux expliquer le fond de ta pensée ?

— Je te soutenais, entre autres, lors de ton voyage intérieur quand tu as parcouru le monde. Tu voulais sentir glisser dans tes veines un sang clair, lequel s'était épaissi avec le temps. Tu recherchais en somme la Vérité, mais tu n'as jamais compris qu'elle gisait en toi. »

Je reste sans voix, la gorge nouée d'un sanglot retenu. L'aigle ajoute :

« Je sais que tu souffres pour devenir toi-même. Organiser son monde intérieur chaotique conduit souvent à des heurts dans la foulée de la réalité extérieure. »

Ces paroles avivent de poignants souvenirs, terrés au plus profond de mon cœur. Il venait de démasquer la plaie cachée de mon âme. Il consultait mes pensées tel un livre ouvert, et cela me déplaisait.

Le rapace enchaîne :

« Je suis celui qui oriente ta démarche spirituelle. Je suis celui à qui tu confies tes secrets, tes chagrins et tes espoirs, ainsi suis-je le gardien de ton trésor insoupçonné. Et je m'applique par tous les moyens possibles à ce que tu en prennes conscience. »

Ces phrases m'atteignent jusqu'au plus profond de mon être. Le rempart de mes émotions endiguées plie sous le poids imprévu de la douleur. Je suis gagné sur le coup par de chaudes larmes qui voilent ma vue. Et l'abcès se vide soudain dans un torrent de larmes. Jaillissant de toutes parts de mes yeux, elles coulent sur mes joues et les inondent. Je pleure tout mon soûl. Une à une, des souffrances depuis des années refoulées dans mon inconscient remontent à la surface.

L'aigle parlait avec feu d'une époque que j'estimais enterrée depuis longtemps. En fait, je traversai, adolescent, une période noire typique de cet âge, quoique tardive dans mon cas. Ce fut le voyage qui sonna mon réveil. Parti à la découverte du monde extérieur, il devint plutôt un périple intérieur très douloureux. L'ignorance de ma personne et son tissu d'incohérences me firent tomber dans une crise existentialiste.

Pendant cette période difficile, je cherchai en vain une image reflétant la dimension particulière de mon âme et des valeurs pour l'encadrer. Bien que mon introspection eût réussi à faire le point sur certaines choses, elle ne s'avéra que fragmentaire. Confus, mon esprit s'égara dans le néant, se révoltant contre tout ce qui heurtait la vision naïve de mon univers intérieur.

Néanmoins, le temps étouffa et cicatrisa ces tourments. N'eussent été de livres à caractère philosophique et la rencontre d'hommes généreux durant cet épisode de ma vie, j'aurais à coup sûr versé dans l'aliénation.

Mes pleurs finissent par céder au rire. Une certitude joyeuse emplit mon cœur et des rayons de bonheur pénètrent dans mon âme. Des soupçons ont tout à coup éveillé en moi l'identité probable de l'aigle.

Il existe des situations banales dans la vie qui peuvent nous déconcerter si l'on prend le temps de s'y arrêter. Ce l'était souvent lorsque je me rendais, par exemple, chez un libraire. Dans ces cas-là, je me sentais poussé vers un rayon et mettais la main par hasard sur un livre en rapport avec mes états d'âme. J'avais toujours attribué la cause de ces poussées à un être invisible qui me guidait.

Mon regard sonde le rapace. Je sais maintenant par instinct que cela provenait de lui.

« Serais-tu mon ange gardien ?

— Oui... si tu veux.

— Pourquoi ne t'es-tu pas dévoilé plus tôt ?

— Je l'ai tenté à plusieurs reprises, mais tu m'as sans cesse fui.

— Hein ?

— Bien sûr ! Regarde comment les événements se sont déroulés voilà à peine une heure.

— Allons donc ! Je n'ai jamais vu un aigle doré de ma vie avant aujourd'hui.

— Une précision s'impose ici. Je me manifeste à toi avec ce corps de rapace pour la première fois.

— Pourquoi n'es-tu pas apparu comme un aigle plus tôt ?

— Selon notre loi, nous pouvons seulement inspirer la personne par l'intuition ou par une tournure d'événements propices à satisfaire son cheminement spirituel.

— Ainsi, tu n'as pas le droit de faire acte de présence corporelle.

— C'est ça !

— Pourquoi te révèles-tu à moi en ce cas dans une forme ?

— Je suis fautif de rompre le code d'éthique quoiqu'il nous soit permis d'enfreindre *la loi de la non-ingérence* dans des circonstances particulières.

— Ah ! Et quelle était la circonstance particulière qui se prêtait à la transgresser ?

— Rien, sauf que tu as fait les premiers pas dans la bonne direction.

— Hein ? aucune raison majeure ne te motivait ?

— La fonction de guide est d'ouvrir les yeux de l'âme de nos protégés. Ma patience était à bout. Depuis tes premiers pas, tu tournes en rond, tel un chaton qui court après sa queue. »

Je me demande pourquoi j'aborde toutes ces questions. Je me moquais éperdument des véritables motifs pour lesquels il avait outrepassé sa loi. L'important est qu'il se tenait auprès de moi.

Qui m'aurait prédit une rencontre du troisième type entre mon ange gardien et moi sur une corniche d'un mètre carré surplombant un trou profond de cent-soixante mètres ! La rencontre est sympathique, mais je ne peux pas en dire autant de l'endroit.

« Que penses-tu de l'idée de poursuivre cette conversation dans un lieu un peu plus charmant ?

— Tu as raison. Je t'attends là-haut. »

Prêt à s'envoler, je lui barre le passage de mon bras.

« Minute ! Comment vais-je monter à la surface, moi ?

— Il suffit de désirer y être, et tu y seras. »

C'est le comble de l'ironie. La chose est facile pour lui. Il possède des ailes, mais moi ?

Je rétorque :

« Très drôle ! Le bipède que je suis est coincé dans un puits de mine dont la sortie se trouve à sept mètres plus haut.

— Et alors ?

— Des parois lisses m'empêchent de les gravir. Puis les rares arbrisseaux enracinés dans les fissures sont trop fragiles pour supporter mon poids.

— Mais encore ?

— Il serait téméraire de me lancer dans une telle entreprise. Le tremblement de terre a déstabilisé les murs, et ils peuvent en l'espace d'une seconde s'écrouler. Par ailleurs, je ne vole pas. Vois-tu, je ne peux pas te rejoindre là-haut. Comprends-tu ça ?

— Au fait, tu as la frousse de grimper, non ?

— Ça oui ! J'ai une peur bleue de mourir. La catastrophe est inévitable si je commets une seule erreur au cours de la montée. Mais quel fou ne craindrait-il pas de périr en pareil cas ?

— C'est bien ce que je présumais. Tu es incapable de distinguer l'illusion de la réalité. C'est ça ton problème. »

Furieux, je le toise des pattes à la tête.

« Quoi ! je suis incapable de distinguer la réalité. Eh bien ! comment appelles–tu ça ? »

Ce disant, ma main libère une roche branlante du mur pour la laisser choir. Une avalanche d'enfer s'ensuit.

Du tac au tac, sa réponse claque.

« Une illusion sans plus.

— Hein ? une illusion ? Et d'après toi, nous sommes tous victimes de la même illusion ! C'est toute une coïncidence ! Pourquoi ne pas déclarer à ce compte-là que si plus le monde perçoit la même chose, plus ce concept tend à s'affirmer !

— Ai-je soutenu une telle hypothèse ? objecte-t-il. Ne m'embarque pas dans cette galère. Toi seul vis cette illusion.

— Essaies-tu de me faire croire que je rêve les yeux ouverts ?

— Mais non !

— Serais–tu alors en mesure de m'expliquer ?

— La peur, quoique compréhensible, te plonge dans une illusion. Avec un peu de foi, tu serais déjà en haut au lieu de discourir en vain sur les raisons qui t'empêchent d'escalader ces parois.

— Mais quelles salades es-tu en train de me raconter ?

— Est-ce ma faute si tu es lent d'esprit... »

Ça, par exemple ! Autant dire que je ne suis qu'un lourdaud ! Je me demande qui ne douterait pas de la situation présente — à part lui, bien entendu.

« ... La vie est juste une illusion pour les âmes éternelles. Cette aberration de l'esprit est renforcée par les émotions et les sentiments — passagers. L'état permanent définit la seule réalité ; elle est incalculable à l'échelle humaine. »

Cet essai philosophique oiseux ne me conduit nulle part. Ma réalité est claire : comment me dépêtrer de ce trou ?

L'aigle interrompt mes pensées.

« Que tu es têtu ! En croyant en tes moyens au lieu de te laisser abuser par les circonstances actuelles, tout ce cauchemar serait désormais du passé. »

Non mais, il fait du vent... parce que ce *n'est pas un aigle*[1]. Il en a certes l'apparence, mais l'air ne fait pas la chanson !

Un sourire narquois prend naissance à la commissure de mes lèvres. Je lui lance une boutade féroce.

« Je saisis pourquoi tu es un pauvre ange gardien sans titre particulier. Le parler d'un véritable maître n'est-il pas une eau de roche claire ? Or, le tien est trouble, résonne comme un tambour et sent le souffre par-dessus le marché !

— Le rationnel de ton intellect t'éloigne de la compréhension intuitive. J'aurais beau retourner la question dans tous ses sens, tu ne comprendras pas davantage. C'est avec l'expérience et le cœur que nous pouvons concevoir Ce Qui Est. L'expérience permet de démasquer les illusions, précise-t-il sans sourciller à la remarque désobligeante.

— Eh bien ! soit. J'ai l'esprit engourdi, je le reconnais. »

Mon aveu inattendu rend l'aigle muet d'étonnement. En fait, je voulais relancer la discussion dans une autre direction. J'avais une idée brillante et je désirais la lui soumettre sans délai.

« Je crois avoir trouvé le moyen de m'échapper d'ici.

— Ah! lequel ?

— Puisque tu es un ange gardien, tu possèdes sans doute des pouvoirs surnaturels à satisfaire les désirs les plus insensés. Je ne veux pas savoir comment, mais je ferme les yeux et tu exauces mon vœu en me transportant là-haut.

— Comment ? s'écrie-t-il.

---

1 Il n'a rien d'un esprit supérieur.

38

— Tu pourrais à titre d'exemple me soulever par lévitation. Je ne poserai aucune question sur la façon dont tu y auras recouru, je te l'assure.

— Tu es désespérant, Pierre. Tu comprends tout de travers. Quelle pesanteur d'imagination tu as !

— Quel est le problème ?

— Le problème est que je t'ai trop accordé de faveurs.

— Ah oui ? Lesquelles ?

— Comment présumes-tu que cette corniche se trouvait là ? »

Tiens, tiens ! L'aigle ouvrait maintenant le panier de crabes !

« Tu vois ! J'ai raison. Tu es capable d'accomplir des miracles.

— Là, tu te trompes. Si la nature m'a doté de pouvoirs surnaturels, il est moins certain que je les utiliserai pour te porter assistance.

— Et pourquoi donc ?

— Que deviendrait ton plan de vie si je recourais à mes dons ?

— Ne te sens-tu pas en partie coupable de m'avoir entraîné dans cette fâcheuse aventure ?

— Hum ! Il est temps de devenir responsable de tes actes. Je ne t'ai pas poussé en bas, pour autant que je sache. J'ai assez discuté pour le moment. Je t'attends là-haut. »

Le rapace s'en va sans tambour ni trompette en me laissant à mes petites misères. Je peste avec fureur. Mon ange gardien me lâche lorsque j'en ai le plus besoin. Mais qu'est donc censé être la vocation de ces êtres ? Ne se veulent-ils pas des protecteurs ? Et pourquoi le mien renonce-t-il à son rôle ?

Je maudis l'univers de m'en avoir donné un faux ; une tête de cochon d'aigle qui ne veut rien savoir. Je l'imagine sur le coup avec une tête de cochon. Pis encore, je troque la queue courte et droite contre une en tire-bouchon. Mon imagination s'amuse de cette manière à le tourner en dérision — un cochon volant !

Cette image m'arrache des rires à en pleurer. Ce brin d'humour est tel que j'oublie ma position délicate pendant une minute. Mais ma dure réalité ne tarde pas à se manifester — ne devrais-je pas plutôt dire ma grosse illusion !

Je rage d'impuissance, emprisonné ci-dessous. Comment vais-je me tirer de ce mauvais pas ?

Je regarde les murs. Je ne cesse d'examiner ces parois. Combien de fois les ai-je observées depuis ? Le tremblement de terre les a fissurées, et a rendu toute expédition dangereuse. Il est hors de question de m'aventurer à les gravir. Je n'ai qu'à passer la main sur celles-ci pour les voir s'effriter au passage.

Je risque un coup d'œil là-haut dans l'espoir d'apercevoir le rapace. Son absence me crève le cœur. Me voilà ainsi livré seul au destin. Je m'écrase par terre en proie à une détresse ineffable. Mon état d'âme accuse le désespoir. Il n'y a plus rien à espérer hormis l'apparition subite d'une équipe de sauvetage — ou la mort.

Le suintement de l'eau le long du mur asperge le sommet de mon crâne. Ces intermittentes gouttes troublent mon abdication. Elles finissent par susciter quelques pensées gaies. Dans mon désarroi, surnagent deux éléments de mon existence : je suis d'abord favorisé par la fortune en disposant d'un diamant d'une grande valeur et également par l'amour qui m'habite depuis peu.

Ah ! l'amour... De tendres souvenirs d'un passé récent — voilà un mois déjà — refluent à ma mémoire, et mes pensées se tournent vers celle que j'aime...

V

L'impression qu'une paire d'yeux était fixée sur moi éveilla soudain mon attention. Je me retournai pour chercher la personne en question. Je repérai une jeune employée préposée à la caisse qui dardait sur moi un regard de braise. Démasquée, elle m'adressa un radieux sourire. Et sans crier gare, la foudre me tomba dessus dans un éclair blanc, allumant une flambée de passion.

Comment était-il possible de ne pas l'avoir remarquée au cours des cinq derniers mois que j'habitais Kenora ? Elle s'était pourtant toujours trouvée là, mais elle ne pénétra le champ de ma conscience qu'à cet instant seulement. Or, combien de personnes sont ainsi condamnées au même sort par notre indifférence ou par le port de nos œillères ?...

Une semaine plus tard, je retournai à la banque pour les affaires de la compagnie minière. Une vague de chaleur déferla sur mon corps lorsque mes yeux aperçurent la caissière. Elle se tenait à son guichet. Une puissante séduction s'exhalait d'elle. Tout mon être s'alluma du désir fou de l'amour.

Posté au comptoir d'accueil, je lorgnai le va-et-vient perpétuel des clients. Comment pourrais-je arriver à me faire servir par elle ?

Une observation s'imposa à mon esprit. Elle servait une personne sur trois ; aussi attendis-je de former un nombre ternaire aussitôt qu'une femme se fût avancée vers elle. Un homme entra et se plaça à la suite des autres. Le compte était parfait : huit personnes faisaient maintenant le pied de grue.

Fusionné avec la file d'attente, je profitai de l'occasion pour rassasier mes regards d'elle. Belle à croquer, elle était du type athlétique et approchait la trentaine. De grands yeux, noyés de vert, égayaient son visage haut en couleur. Sur ses épaules ruisselaient des cheveux blonds et bouclés.

Perdu dans la contemplation, mon tour arriva enfin. Le succès avait couronné mon dessein : son guichet était libre. Je m'y dirigeai, et tendis le carnet à souche.

« Salut ! Tu me parais exténuée ! », dis-je en anglais.

Elle m'accueillit d'un second sourire, le premier s'était trahi au moment où elle m'avait distingué au milieu de la foule.

« Je suis un peu fatiguée », me répondit-elle en bon français.

Elle avait un peu l'accent du Midi.

« Tu parles français ?

— Eh oui ! je le parle couramment malgré que je sois anglophone.

— Je ne savais pas. C'est bien. »

Ma vue se porta malgré moi sur sa généreuse poitrine, bien en relief sous sa blouse.

« Servir les clients est une rude besogne. Il faut afficher une politesse sans borne en dépit de son humeur.

— Je suis surtout éreintée de la surcharge de travail qu'apporte la bureaucratie après les heures d'ouverture.

— Comment ça ? »

Elle précisa sa pensée lors de l'apposition du sceau de l'institution dans le carnet à souche.

« Certaines filles négligent de fignoler leur fichier, et je suis tenue de me farcir tout le travail à leur place. La banque est comme une ruche. Or celle-ci contient plus de faux bourdons que d'abeilles... »

Elle releva avec fierté la tête vers moi, satisfaite de sa tournure d'esprit. J'applaudis à la réflexion judicieuse en faisant éclore un sourire sur mon visage. Toutefois, je ne sus quoi dire pour adoucir sa réalité.

« C'est la vie, j'imagine ! »

Elle me remit le carnet à souche, puis me confia un secret.

« J'attends la belle occasion pour lever le camp.

— Ah oui ?

— Que oui ! À la prochaine.

— Passe une bonne fin de journée. »

Quelle ironie mordante ! Cette petite abeille m'avait complètement subjugué. Sa beauté et sa grâce avaient illuminé l'hiver dans le fond de mon cœur et ses larges sourires épanouis, attisé le feu sous la cendre. Elle était là, au seuil de la porte de mon cœur, avide d'aimer. Je frémis d'espoir.

Mon imagination s'enflamma en laissant couler en moi de tendres pensées. Mais ce besoin éperdu d'amour maquillait-il la grisaille de mon existence ?

Incapable de contenir ma joie, je racontai à mon collègue et meilleur ami, Richard, ma flamme pour la petite abeille de la banque.

« Tu me sembles enfin avoir déniché l'oiseau rare !

— Ça oui ! Je pète du feu.

— Pourquoi ne pas lui demander de t'accompagner à mes noces. Cela servira de prétexte pour sortir avec elle. Tu as cinq semaines pour formuler ta demande avant la célébration.

— Holà ! Ne m'amène pas à aller plus vite que les violons. Je viens juste de la rencontrer. Par ailleurs, je ne sais même pas si elle est libre », répliquai-je à sa suggestion.

Son idée s'avérait séduisante, mais elle était trop hâtive à mon goût.

« C'est facile à vérifier. Assure-toi de l'absence d'alliance au doigt.

— Quoi ! cette mode existe encore !

— Les anglophones sont très conservateurs, Pierre. »

Ouais!... Aujourd'hui on porte des bagues à tous les doigts. Mais lequel concerne donc l'anneau nuptial ? Je me jugeai imbécile d'ignorer ce genre de chose à mon âge.

« Sur quel doigt dois-je fixer mon attention ?

— Tu fais bien d'aborder cette question, car d'ici deux jours je retournerai dans le bois, et il sera trop tard. À moins que tu ne veuilles étaler ton intimité au vu et au su de toute personne capable de capter les ondes du téléphone mobile.

— C'est bon ! Dans lequel est-ce ?

— L'annulaire de la main gauche.

— Bon ! je la convierai à m'accompagner aux noces si elle est célibataire quoique je crois précipiter un peu les événements », concédai-je.

Je savais bien au plus profond de moi que je ne pouvais pas rater une occasion en or comme celle-là.

La petite abeille obséda mes pensées les jours suivants. Cette hantise me poussait souvent vers les abords de l'établissement bancaire en vue de l'épier. J'étais à vrai dire fou d'elle. Et aux nombre d'heures consacrées à ce type d'activité, il devenait urgent d'avoir bientôt pignon sur banque !

Le temps fuyait, et je tenais à lui présenter ma demande dans le plus court délai. L'échéance de ma carte de crédit et la perception de mon chèque de paye m'entraînèrent de nouveau la semaine suivante vers l'institution bancaire.

« Salut ! Travailles-tu toujours aussi fort ? »

Elle baissa la tête vers moi et chuchota à mon oreille :

« Je cherche un autre emploi.

— Ça va si mal que ça ?

— Que oui ! Et je n'ai pas l'intention d'être caissière toute ma vie. Ce poste est uniquement une prolongation de mon travail d'été. Or, je souhaite compléter ma scolarité.

— Quels sont tes projets ?

— J'aimerais poursuivre mes études en sciences sociales. »

Mon regard s'arrêta sur ses doigts et s'avisa de l'absence de jonc à l'annulaire. Éperdu de joie, mon sang se mit à battre dans mes artères à un rythme endiablé. Mes mains devinrent moites et ma gorge, sèche.

Mes lèvres s'apprêtaient à lui adresser ma demande quand soudain je sentis le plancher se dérober sous mes genoux. Mon courage venait de fléchir sous ma timidité. Pourtant j'avais repassé le scénario dans ma tête au cours de ces derniers jours. Ma bouche n'avait qu'à s'ouvrir et à prononcer le premier mot pour enchaîner les phrases mémorisées. Toutefois, le mot s'arrêta sur mes lèvres. Un doute s'était présenté à mon esprit quant au succès de l'entreprise. Et si elle refusait ? Comment être sûr de ne pas être repoussé ?

L'incertitude m'amena à reculer d'un autre pas. Ma demande ne risquait-elle pas de recevoir un accueil défavorable en cet endroit peu intime ? Je lâchai finalement pied devant la possibilité de m'exposer à la risée des gens autour de moi.

Je n'eus donc plus le courage de demander ce que je désirais le plus au monde ; aussi mon être se réfugia-t-il dans le silence. La petite abeille le rompit en entamant un interrogatoire en règle.

« Ton numéro de compte en banque indique la succursale 241. De quelle région s'agit-il ?

— De Montréal, répondis-je, heureux d'être enfin délivré de mon embarras.

— Qu'est-ce que tu fabriques pour être dans le coin ?

— Je travaille en géologie pour une compagnie minière. Son siège social est ici dans votre ville.

— Et depuis combien de temps es-tu ici ?

— J'y suis arrivé au début du mois d'avril.

— Aimes-tu la place ?

— Et comment ! Votre environnement est surprenant pour une région nordique.

— Que veux-tu dire ?

— Les chênaies, les marécages de riz sauvage, les tiques, les aigles et les pélicans différencient votre région des forêts de conifères, des tourbières et des nuages noirs d'insectes piqueurs habituels du nord. Vois-tu, je présumais que les pélicans nichaient en Floride et ses environs, mais je me trompais. »

Bien que la petite abeille m'encourageât à bavarder, ma gêne m'empêcha de présenter ma requête. Je fus donc réduit au silence.

Je l'entrevis une dernière fois dans un magasin d'alimentation, deux jours avant mon départ impromptu pour le camp de base. Elle poussait un panier de provisions à la caisse enregistreuse. Ce dernier contenait peu d'articles.

Ce nouvel indice, ajouté à l'absence d'alliance à son doigt, me confirmèrent son statut de femme célibataire.

Enhardi, je me résolus à ressayer la démarche au cours de la prochaine rencontre. Or, elle n'eut jamais lieu, puisque je suis cloué dans un puits de mine abandonné. Mais qu'est-ce que je fais ici quand je devrais être plutôt là–bas en train de la courtiser ?

*

La lumière du jour s'affaiblit. Le ciel se recouvre de son manteau noir constellé d'étoiles, brillantes comme des phares lointains. Six heures se sont écoulées depuis le départ du rapace.

La période de réflexion a amoindri mon entêtement rigide. Un seul vrai désir a surnagé de mon désespoir : revoir au plus vite la petite abeille. Ainsi, je ne souhaite plus me laisser mourir dans ce trou. Et j'espère d'ici demain tirer de mon cerveau un moyen de me dépêtrer de là.

Dans un bruissement d'ailes, une masse noire se fraye un chemin et se pose sur la corniche. Le bec chargé de victuailles, l'aigle les largue à mes pieds. Puis, il se campe devant moi pour me regarder dans le blanc des yeux.

« Je me faisais du souci, Pierre. Comme tu peux le noter, j'apporte des provisions au cas où les tiennes seraient épuisées. Comment est ton humeur ? »

Malgré les apparences fort trompeuses, l'oiseau se comporte comme une mère poule. Cette marque d'affection me réconforte. Il a une bonne tête dans le fond.

Je trouve matière à plaisanter.

« Sois prudent. Tu hériteras d'une tête blanche si tu continues à te faire des cheveux blancs. De quoi aurais-tu l'air déguisé en un aigle à tête blanche ? »

J'éclate de rire en imaginant la scène. M'esclaffant toujours de ma plaisanterie, j'ajoute à grand-peine :

« J'étais de mauvais poil après ton départ. Mon moral était à plat. Mais depuis, j'ai donné à ma pensée une nouvelle forme. J'ai pris la résolution de m'échapper d'ici avec l'espoir que la nuit me portera conseil.

— Serait-ce la jeune femme de la banque qui...

— Hein ? comment es-tu au courant ?

— Je lis tes pensées. Qu'importe ! Tu es enfin prédisposé à trouver un moyen. Ne t'inquiète pas. Je te soutiendrai à fond quelle que soit la démarche entreprise. »

Puisque la situation tourne en ma faveur, je tente une dernière fois de le rallier à mon idée première — ayant encore l'esprit obnubilé par celle-là.

« Merci de ton soutien moral. Mais es-tu sûr de ne pas vouloir accomplir un miracle, puisque ça serait plus facile pour moi ?

— Comment ! n'as-tu donc rien compris ? Nous ne devons pas intervenir dans les affaires d'autrui...

— Pourquoi ne pas faire une petite exception pour moi ? l'interrompis-je.

— Cela est hors de question. Tu dois apprendre à franchir les obstacles de la vie, sinon tu n'évolueras jamais. »

Le rictus tiraillé par une impulsion incontrôlable, je ris jaune.

« Je testais la fermeté de ta position.

— C'est bon ! Je m'installe de l'autre côté au cas où tu aurais besoin de moi durant la nuit. Tâche de dormir un peu. Mieux vaut réfléchir à tête reposée. Tu commenceras à voir clair demain dans cette affaire. »

Des nuages noirs pèsent sur l'horizon et finissent par masquer les étoiles de la voûte céleste. D'imperceptibles gouttelettes d'eau se condensent sur mon sac de couchage synthétique. Il se trempe en moins de quinze minutes. Mais même s'il est imbibé d'eau, ce type de sac de couchage conserve la chaleur corporelle.

La fine pluie tombe à verse. Bien au chaud, appuyé sur la paroi rocheuse, j'écoute l'épanchement mélodieux de la pluie ruisseler sur les murs.

46

Un lointain roulement de tonnerre se manifeste. Il se rapproche peu à peu. Le vent se lève. Et le ciel, bousculé par les vents, se déchaîne en une symphonie. Puis la foudre éclate. Un grondement ressemblant à une canonnade fend l'air et s'étend jusqu'au puits. Naît sur le coup un éclair qui l'illumine une seconde ou deux.

Un craquement sec retentit après coup. Une masse informe s'écroule à l'intérieur du trou et aboutit à mes pieds. Surpris, je me cramponne fermement à la paroi.

Une fois le calme revenu, mes yeux s'aventurent à constater de quoi il retourne. C'est un grand résineux dont la tête s'enfonce dans le gouffre.

Le ciel strié d'éclairs qui avait mis ma vie en péril deux jours auparavant, m'offre-t-il l'occasion de recouvrer la liberté ? La chance semble enfin me sourire...

VI

Un temps gris s'annonce en ce troisième jour d'isolement en forêt. Quelle nuit ! Me coucher à même le roc, en position de fœtus, m'a causé une douleur térébrante au bas du dos.

J'inspecte du regard l'épinette échouée à mes pieds. Elle pend en plein cœur du puits sans toucher aux parois. Ce résineux de haut fût possède une cime souple et abondante en aiguilles. Elle dépasse d'environ deux mètres le niveau de la corniche, en direction de la galerie.

L'arbre émerge à l'extérieur du trou par un heureux hasard. Or, comment s'est-il pris à tomber dans une bouche pas plus large que quatre mètres carrés ? Sa chute tient du prodige. Mais le destin a ses causes que la raison ignore.

De l'autre côté du cadavre végétal, l'aigle, planté sur ses pattes, roupille en abord du gouffre. Je le hèle maintes fois. Il ouvre enfin les yeux, mais avec lenteur. Une interrogation agite mon esprit. Serait-il malade ?

Le rapace coule sa pensée dans mon esprit.

« Non. Je méditais. »

Il venait encore de lire dans mes pensées.

« Tu méditais ! répétai-je sur un ton surpris. Pourquoi un ange gardien s'adonne-t-il à un tel exercice ?

— Pour discipliner le mental.

— Pour discipliner le mental !

— Oui bien sûr ! La méditation apporte la maîtrise du mental en chassant toute forme de réflexions indésirables. Cela permet de donner une seule direction à l'énergie et de réaliser ainsi des idées hors de l'ordinaire. »

Ayant d'autres préoccupations plus importantes en tête, je coupe court à cet entretien.

« Ce que tu avances est intéressant, mais je suis impatient de sortir d'ici. Je me demandais si tu pouvais vérifier la solidité de l'arbre en surface malgré l'interdiction de me porter assistance.

— Cela ne pose pas de problème. »

Il s'envole à l'extérieur du puits, puis se rapporte à moi.

Gâteau au fromage, au chocolat et aux framboises

Saupoudrez de chocolat râpé et de petits fruits frais pour ajouter une touche spéciale.

Donne : environ 12 portions
Temps de préparation : 35 minutes
Temps de cuisson : 55 minutes
Temps de réfrigération : jusqu'au lendemain

Croûte

1 ¼ tasse	miettes de gaufrettes au chocolat	300 mL
2 c. à table	sucre granulé	30 mL
¼ tasse	beurre, fondu	50 mL

Garniture

1 tasse	fromage cottage SEALTEST	250 mL
4	paquets (250 g chacun) de fromage à la crème, ramolli	4
1 tasse	crème sure SEALTEST 14 %	250 mL
1 ¼ tasse	sucre granulé	300 mL
5	oeufs	5
2 c. à table	farine tout usage	30 mL
2 c. à table	jus de citron	30 mL
1 tasse	framboises fraîches, hachées	250 mL
4 oz	chocolat mi-sucré, haché	120 g

Croûte

1. Mélanger tous les ingrédients. Presser fermement au fond d'un moule à charnière de 9 po x 3 po (23 cm x 7,5 cm). Réfrigérer.

Garniture

2. Au robot culinaire, réduire en purée le fromage cottage jusqu'à consistance crémeuse.

3. Dans un grand bol, battre le fromage à la crème, le fromage cottage, la crème sure et le sucre jusqu'à consistance crémeuse. Ajouter les oeufs, un à la fois, en battant légèrement après chacun. Ajouter la farine et le jus de citron. Bien mélanger.

4. Incorporer les framboises et le chocolat. Verser sur la croûte préparée.

5. Cuire au four à 350 °F (180 °C) de 45 à 55 minutes ou jusqu'à ce que le mélange soit figé et que le dessus soit légèrement doré. Laisser refroidir 2 heures sur une grille puis réfrigérer jusqu'au lendemain.

Truc : Pour une autre belle décoration, versez du chocolat fondu sur le dessus du gâteau.

Scones au fromage

Ces biscuits rapides à préparer remplacent parfaitement les petits pains habituels.

Donne : 12 scones
Temps de préparation : 15 minutes
Temps de cuisson : 20 minutes

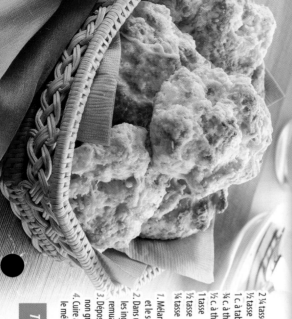

2 ¼ tasses	farine tout usage	550 mL
½ tasse	fromage parmesan râpé	125 mL
1 c. à table	poudre à pâte	15 mL
¾ c. à thé	bicarbonate de soude	3 mL
½ c. à thé	sel	2 mL
1 tasse	crème sure SEALTEST	250 mL
½ tasse	huile d'olive	125 mL
¼ tasse	lait QUÉBON	50 mL

1. Mélanger la farine, le fromage, la poudre à pâte, le bicarbonate de soude et le sel sur une feuille de papier ciré.

2. Dans un grand bol, fouetter la crème sure, l'huile et le lait jusqu'à ce que les ingrédients soient bien mélangés. Ajouter les ingrédients secs, en remuant bien pour former une pâte ferme mais humide.

3. Déposer la pâte par grandes cuillerées sur une plaque à pâtisserie non graissée.

4. Cuire au four à 400 °F (200 °C) de 15 à 20 minutes ou jusqu'à ce que le mélange soit doré. Servir chaud.

Truc :

Même si les enfants les préféreront nature, les adultes peuvent ajouter 2 c. à thé (10 mL) de feuilles de thym ou romarin frais.

« Tout me paraît solide. »

Voilà. Pour recouvrer la liberté, je dois grimper l'épinette en sens contraire de la ramification des branches. L'opération sera des plus périlleuses au début. La tête du résineux n'offre aucun espace où loger les pieds. Le reste devrait être néanmoins plus facile au moment où j'atteindrai la partie massive du tronc.

Alors que je continuais à peser les difficultés de la montée, l'oiseau de proie m'encourage à foncer dans le brouillard. C'est une attitude fort différente d'hier.

Ma décision est enfin prise. Je saisis la pointe d'une branche à portée de la main, et l'attire. L'arbre fléchit. J'attrape la cime de l'autre main. Je l'enfourche après bien des hésitations, puisque me tenir à son extrémité sera comme me balancer sur la lanière d'un fouet.

L'épinette ploie sitôt sous mon poids et s'écrase sur une paroi. Ce mouvement prompt, quoique prévisible, me surprend. Mes pieds se trouvent immédiatement un appui dans une fissure de la roche. La jambe gauche blessée m'élance, mais peu importe. Là, je me hisse à la force des bras. Mes mains se cramponnent à la tige coincée entre mes cuisses. Et mon pied droit s'appuie au mur pour exercer une poussée vers le haut.

Au bout de cinq minutes de cette gymnastique, l'arbre se décolle peu à peu de la face rocheuse vers le milieu du puits. Je ralentis l'espace d'une seconde ou deux. Je m'assure de la sécurité de la nouvelle position du résineux, puis je poursuis la montée.

Ma tête émerge du trou en moins de quinze minutes. Et d'un seul mouvement du corps, mes pieds touchent enfin la terre ferme.

Un vent chaud m'enveloppe aussitôt de son odeur de brûlé. J'ouvre des yeux ronds. Je parcours d'un regard circulaire la région et remarque l'aspect pour le moins insolite de l'arbre. Rabattu, il a pris la forme d'un coude très aigu à environ cinq mètres de terre. Cependant je m'en moque, car le bonheur d'être délivré du puits me transporte.

J'exécute des pas de danse sur un pied. De son côté, l'aigle fait siffler ses ailes déployées avec grand bruit.

Une fois exhalée ma joie, je coupe deux solides branches bifurquées de l'épinette avec mon couteau de chasse, et je fabrique une paire de béquilles.

« L'exercice m'a creusé l'appétit. Allons à la chaloupe chercher de quoi festoyer », dis-je à l'oiseau de proie.

Après dix minutes de marche, nous arrivons au lac. Oh !... non ?... L'embarcation s'est volatilisée !

Je me tourne vers le rapace.

« Pourrais-tu survoler le lac pour la retrouver ?

— D'accord. J'y vais. »

Il prend son envol. L'aigle fouette l'air de battements d'ailes rapides. Puis, planant sur une colonne d'air ascendant, il se retrouve très haut dans le ciel. Il éprouve cependant des difficultés à voler. Des vents violents soufflent en sens opposé des jours précédents.

Le déchaînement du ciel n'augure rien de bon. Le feu — s'il est encore actif — pourrait bien tourner bride. Serait-ce la raison pour laquelle l'odeur de bois grillé se propage jusqu'à mes narines ?

L'aigle revient bredouille. Cette mauvaise nouvelle m'embête. C'est bizarre : la chaloupe a disparu sans laisser de traces !

Il reste, par bonheur, des articles dans le trou. Mais l'idée d'y retourner ne m'enchante guère pour des raisons bien évidentes. Aussi l'aigle se propose-t-il d'aller les récupérer, ravi de me rendre ce service. Il me les rapporte au terme d'une excursion éclair.

Nous déjeunons de fèves aux tomates froides. Au cours du repas, j'aborde l'étrange position du résineux dans le puits.

« Crois-tu vraiment, Pierre, que cet arbre foudroyé soit tombé par hasard dans le trou ? Le hasard n'existe pas. Au contraire nous le provoquons puisque nous créons l'événement.

— Je ne saisis pas.

— En d'autres termes, je l'ai fait choir.

— Hein ? Mais *la loi de la non-ingérence* n'interdit-elle pas l'usage de tes pouvoirs pour aider autrui ?

— C'est exact. Mais nous avons le droit de nous immiscer dans ses affaires selon un code d'éthique, lequel d'ailleurs est assez flexible dans certaines circonstances. »

Ça alors ! Je ne comprends rien à rien. Des règles illogiques gouvernent à coup sûr cet univers. Quelle différence existe-t-il entre me soulever par lévitation et faire choir un arbre dans un trou ? Si distinction il y a, elle s'avère trop subtile pour moi !

« Comment t'y es-tu pris ?

— J'ai concentré, à la faveur de la méditation, mon esprit à un rassemblement de nuages noirs, propice à des décharges électriques. Quand les éclairs ont jailli, j'en ai dévié un vers l'épinette. Au fond, tu aurais pu le faire toi-même. »

La stupéfaction se répand sur mon visage.

« Tss-tss ! Je ne mange pas de cette salade. Peut-être les gens soulèvent-ils au mieux des montagnes (!), mais ils ne déplacent pas des nuages et encore moins des éclairs.

— Et c'est pourtant le cas.

— Veux-tu rire de moi ? C'est bien trop beau pour être vrai !

— La pratique de cet art est facile si tu es bien entraîné. »

Ces affirmations me laissent incrédule.

« Tu charries pas mal.

— Mais non ! La méditation permet de canaliser les énergies sur la matérialisation d'une idée très précise en tête. Et il n'existe aucune restriction à l'actualisation de nos pensées. Seules des réflexions, contraires aux premières, peuvent les annuler. Si l'homme reste impuissant à utiliser ce pouvoir, cela provient uniquement de son incapacité de contrôler la source intarissable de ses pensées.

— Que veux-tu dire ?

— Là-dedans, fait-t-il en montrant sa tête, c'est un moulin à pensées ; mais encore faut-il être capable de faire le vide avant de fixer son attention sur un seul objectif.

— Combien de temps cela prend-il à la pensée pour se transformer en événement ?

— Quoique cela se fasse assez rapidement pour l'expérimenté, il en va tout autrement pour le débutant. Tout dépend de ce qu'il désire. À ce chapitre, la réalisation de projets spirituels se révélera plus rapide que les projets matériels.

— Qu'entends-tu par projets spirituels ?

— Ce pourrait être, à titre d'exemple, le rétablissement d'une personne malade. Au moment de son éclosion, cette pensée se mettra tout de suite en branle dans la réalité physique. Plus tu y songeras, plus la guérison s'accélérera. Par contre, les desseins matériels demandent un travail soutenu, et durent des semaines. Comme les résultats sont loin d'être évidents au début, le commençant doit avoir une foi totale en la bonne marche de son œuvre.

— Comment médite-t-on ?

— Il existe plusieurs formes de recueillement. Le mien consiste à bercer mon esprit au rythme de la respiration, pendant un minimum de vingt minutes par jour.

— Et comment procèdes-tu ?

— Pour ce faire, je ferme les yeux et je dirige mon attention sur l'entrée et la sortie de l'air dans mes poumons. Le souffle atteindra en ce cas un rythme de plus en plus lent et profond. C'est à ce moment-là que l'esprit entre dans un état de transe.

— Quoi ! c'est tout ?

— Oui. Mais il faut durant cet exercice se détacher de toute forme de pensées qui jailliront du subconscient. Il en fourmillera, crois-moi. En aucun cas on ne doit s'y arrêter.

— Quoi faire pour ne pas être distrait par celles-là ?

— On les laisse monter en surface où elles éclateront d'elles-mêmes, en se maintenant sans relâche à l'écoute de sa respiration.

— En somme, tu médites dans le but d'acquérir de l'autorité sur la source de tes pensées. Et grâce à cette technique, tu peux visualiser une image mentale nette et la mener ainsi à terme dans la matière. Ai-je bien résumé le fond de ta pensée ?

— Âââââh!... c'est bien dit ! Cela paraît simple au débutant, mais cette route est jalonnée d'écueils. Il ne connaît pas les pièges de l'esprit qui peuvent anéantir son projet.

— Quels sont-ils ?

— Le succès de la floraison d'une pensée en événement repose sur l'attitude adoptée. On fait semblant que la chose est arrivée bien qu'on ne décèle rien de concret dans l'immédiat. Il ne faut jamais douter de son travail, sinon ce sentiment négatif neutralisera l'image mentale souhaitée. Ce principe de la foi aveugle est indispensable à l'accomplissement de la pensée consciente.

— Et d'après toi, je pourrais réaliser tous mes désirs.

— Tout à fait. Encore plus, on matérialise aussi toutes les pensées inconscientes sans en être conscient. Elles prennent forme dans la matière selon un lent processus. Comprends–tu maintenant l'importance de les maîtriser ? Il serait peut-être temps d'exercer ce pouvoir à bon escient. »

J'en ai le souffle coupé. Comment se peut-il que cette notion m'ait été inconnue jusqu'à présent ?

J'en suis là de mes réflexions quand soudain l'air se fait lourd de menaces. Des nuages de fumée s'amoncellent à l'horizon et l'odeur de brûlé s'impose davantage à la région. Le feu se replierait-il sur ses anciennes positions ?

Mes pensées s'affolent malgré la réconfortante présence du rapace. Ce dernier ne lèvera pas le petit doigt pour arrêter cet incendie, j'en ai la conviction.

Il ne faut pas être celui qui a posé les pattes aux mouches. L'aigle est en train de m'équiper en outils... de type spirituel. Son but ne tend-il pas à m'apprendre à me débrouiller par mes propres moyens, miraculeux ou pas ?

La chaloupe n'est plus là pour me préserver du feu ; aussi dois-je improviser un prodige quelconque afin de me tirer d'affaire. Mais quel tour de magie exécuter ? Et comment le parfaire ? Tout ce beau processus dont nous avons discuté est plus facile à dire qu'à faire. Puis, un novice ne prend-il pas des semaines à concrétiser son idée en événement ? Or j'ai le temps de mourir bien des fois.

Acculé au mur, je dois à tout prix persuader l'oiseau de proie de coopérer, sans quoi je cours à ma perte. Il n'est pas bête après tout. Il se doute bien que je manque d'expérience pour mener la chose à bonne fin. Les lois de l'univers auxquelles il est assujetti me réserveraient-elles cependant d'autres surprises ? Il me faut son appui sans réserve, quitte à ce qu'il passe outre certains règlements.

Mais avant de m'en remettre à lui, je dois trouver une astuce. Loin de m'être embourbé dans un marais d'idées, je me creuse toutefois les méninges pour en tirer une ; il ne s'agit pas ici de réinventer la roue.

Je me frappe tout à coup le front : dans mon esprit vient de germer un plan. Le miracle à accomplir serait de changer le vent de direction. Cela contrerait la propagation de l'incendie par ici.

Je partage mon idée avec l'aigle. À ma grande surprise, il est favorable à mon projet, et m'apporte sa collaboration.

« Bonne décision. Je vais t'épauler. Assieds-toi bien là, le dos appuyé sur l'arbre derrière toi. Ferme les yeux et détends-toi. Tu écouteras dorénavant ma voix, et tu feras ce qu'elle te dictera. Est-ce clair ?

— Oui.

— Tu sens tes membres s'alourdir, à commencer par les chevilles. Cette lourdeur se propage petit à petit à tes jambes..., puis à tes cuisses..., à tes hanches..., à tes bras..., à tes mains..., à ton cou... et à ta tête... Écoute ta respiration... Elle devient de plus en plus profonde... Inspire par le nez et imagine-toi suivre le mouvement de l'air à l'intérieur de ton système respiratoire... C'est bien. Expire par la bouche. Est-ce que tout va bien ? »

Je hoche la tête d'un geste affirmatif.

« Songe à un carrousel de couleurs…, et choisis-en une… Mélange-la à l'air inspiré. Elle pénètre dans tes poumons… Éprouve sa chaleur… Répands-la dans les moindres parcelles de ton corps par ton système sanguin… »

Un faible bruit mécanique me distrait de la méditation. Ce lointain écho se précise peu à peu. Il s'agit de claquements rotatifs des pales d'un hélicoptère.

Ça y est ! Les secours arrivent. Ils mettent ainsi fin à la magie à exécuter. C'est une chance ! Avec le manque d'expérience dans ce domaine, j'aurais pu rôtir comme un poulet dans une rôtissoire !

L'énorme tension qui pesait jusqu'alors sur moi disparaît, et je me sens soudainement soulagé.

VII

Le vrombissement de l'hélicoptère se rapproche. Je délaisse la méditation et cherche l'engin des yeux. Grossissant à vue d'œil, une masse sombre se détache de l'horizon. Elle se dirige à plein gaz vers le lac.

Le cœur à la fête, je veux partager ma joie avec l'aigle, mais ce dernier s'est esquivé. L'arrivée rapide du giravion m'empêche de réfléchir sur la cause de sa disparition ; l'appareil décrit déjà de larges cercles autour du camp de base.

Je manie les béquilles à la hâte et contourne le lac en un rien de temps. Rendu de l'autre côté, je signale ma présence en agitant les bras.

Le pilote me voit, et l'appareil descend en trombe. Les arbustes de la rive ploient sous les remous d'air de la voilure rotative. La turbulence ride la surface du lac. La monstrueuse libellule pose ses patins hydrofuges sur l'eau fangeuse, les yeux globuleux face à moi.

Le moteur toujours en marche, le pilote me fait signe d'embarquer. Je m'élance vers l'eau peu profonde, tête baissée pour ne pas être happé par les pales de rotor. Je grimpe sur le flotteur en catamaran, ouvre la portière, puis m'engouffre dans la cabine.

Le pilote relance le moteur à plein régime. L'engin prend aussitôt de l'altitude dans un vacarme assourdissant. Je suis enfin sauvé.

Le type donne de la voix.

« Couvre-toi la tête du casque à écouteurs. »

Pendant que je le revêts, je promène un regard en coin sur lui. Grand et costaud, il a un visage taillé à la serpe, une mâchoire carrée, un gros nez et des cheveux en brosse. Une cicatrice lui barre la joue gauche.

« Je suis content de vous voir. Ça commençait à sentir le roussi par ici. »

Je lui témoigne ma reconnaissance par un sourire.

L'homme dont le front soucieux est perlé de sueur cille des yeux. La fatigue lui a creusé les traits.

« Tu as de la chance que je sois là.

— Comment ça ?

— Le gouvernement a décrété l'état d'urgence pour le nord de la province, figure-toi. Un gros incendie de forêt la ravage comme cela ne s'est jamais vu. Il est partout et rase tout au passage.

— Quoi ! dis-je d'une voix blanche.

— La sécheresse de cet été lui a permis de se répandre comme une traînée de poudre. Le brasier n'est plus maîtrisable. Il couvre des milliers d'hectares de forêt et double de superficie à tous les jours. Seule une grosse pluie pourrait en venir à bout.

— Sapristi ! La situation me semble des plus graves.

— Tu peux le dire. Des villages amérindiens entiers brûlent. Le gouvernement a monopolisé toutes les machines volantes disponibles dans le but d'évacuer les sinistrés. Elles font la navette entre le Nord et le Sud pour les reloger dans les hôtels de Winnipeg.

— Comment as-tu pu trouver le temps de me secourir quand tu as des centaines de personnes à transporter dans le Sud ?

— Ta compagnie a pris contact avec moi à Edmonton. Elle m'a promis une grosse fortune si je te tirais d'ici.

— Ah oui ?

— En arrivant à Thompson, les autorités gouvernementales m'ont sommé de les dépanner. Toutefois, ce n'est pas payant. Depuis deux jours j'essaie de venir lorsque j'ai un moment de libre, mais la violence des vents avait annulé mes tentatives. Leur répit de ce matin m'a donné l'occasion de franchir le mur de feu.

— Bon ! tout est bien qui finit bien, n'est–ce pas ?

— Pas tout à fait. Nous avons un grave problème.

— Lequel ?

— Le mur de feu nous coupe la voie directe de Thompson à cause des vents qui ont repris d'intensité pendant le voyage. Il s'étend à présent sur des centaines de kilomètres de long. Je n'ai pas assez d'essence pour le contourner.

— Mais comment retournerons-nous en ce cas à Thompson ?

— Très bonne question.

— Sommes-nous obligés d'y aller ?

— Connaîtrais-tu d'autres villages proches dans les parages ?

— Non.

— Moi non plus. Alors, nous allons essayer de franchir le mur de feu. Attache-toi bien et prie Dame Nature d'être de notre côté parce que les chances de nous en sortir vivants sont minces. »

Tu parles d'une perspective. Cet homme a le cerveau enchevêtré de toiles d'araignée ; une tête brûlée, quoi !

La pensée de percer un rideau de flammes me terrifie. Je tente de me concentrer sur la réussite de ce sauvetage improvisé, mais c'est peine perdue. Une vieille crainte incontrôlable contrecarre mon projet : l'idée que le pilote ait une défaillance cardiaque subite m'a toujours inspiré une peur maladive. Et j'avais de la difficulté à chasser cette image de mon esprit chaque fois que j'embarquais dans un petit engin volant. Dieu m'en garde ! Rien de tel ne m'est encore arrivé. J'ai cependant en mémoire mes aventures des derniers jours. Et du train où vont les choses, je ne serais pas surpris...

J'observe de près les manœuvres du pilote au cas où je devrais prendre les commandes. Avec assurance, ses mains tirent ou poussent, soulèvent ou abaissent des tas de boutons. Ses pieds pèsent ou relâchent le palonnier.

Malgré sa conception ingénieuse, la technologie moderne a dégénéré l'hélicoptère en quelque chose de très complexe, voire d'incompréhensible. Rien n'est plus conçu en ce bas monde pour le commun des mortels. Quelle que soit la machine au tournant de notre siècle, elle sollicite souvent un spécialiste pour la manier et surtout la réparer. Qui aujourd'hui peut retaper un moteur d'automobile défectueux lorsqu'il y a à peine quinze ans nous n'avions pas besoin d'être une lumière pour remédier au problème ?

Nous nous engouffrons dans un ciel obscurci par un panache de fumée grisâtre. Elle gagne en opacité au point que nous ne pouvons plus rien voir.

L'homme lève le bras et tire le levier du pas collectif. Le giravion monte sur le coup. Il pousse ensuite le manche à balai vers l'avant, et l'appareil s'élance. Grâce à ces manœuvres, nous parvenons enfin à nous soustraire au voile jeté sur l'horizon.

« Nous avons atteint le plafond que la libellule peut tenir », annonce-t-il d'un ton calme.

À nos pieds se défile un tapis de nuages opaques. Nous abattons du chemin, en altitude, dans un ciel dégagé où planent quelques rares traînées blanchâtres de vapeur.

Survient alors une chaleur étouffante qui nous enveloppe peu à peu. Nous commençons à dégouliner de sueur.

« Nous approchons de la trombe de feu », indique le pilote.

L'hélicoptère cuit littéralement sous les flammes de l'incendie de forêt. Nous suons à grosses gouttes. Je n'aurais jamais cru qu'à cette hauteur nous ressentirions à ce point la chaleur du feu. C'est tout comme si on y était !

« Nous y sommes presque. Prépare-toi au pire. Nous allons bientôt pénétrer une zone de turbulence.

— Comment savez-vous ça ?

— La combustion du brasier consomme beaucoup d'oxygène, et pour ce faire, il aspire l'air du haut. »

Soudain, l'hélicoptère tombe en chute libre sur une centaine de mètres. La main crispée sur le levier du pas collectif, le pilote réussit à le remonter.

Nous dévalons maintes fois dans l'espace de quelques minutes. Mon cœur suit les mouvements abrupts, pareils aux décrochages ressentis dans les descentes à pic des montagnes russes.

Ces nombreux décrochages me rendent nerveux. Je m'efforce de composer un visage impassible. Mon compagnon, quant à lui, garde un sang-froid à toute épreuve.

Tout à coup, des flammes surgissent de nulle part et lèchent le bas ventre de l'engin. L'homme appuie des pieds le palonnier, mais se révèle impuissant à faire tourner l'hélicoptère. Elle voltige en tous sens. Les flammes nous assiègent de toutes parts.

« La poutre de queue est touchée. Nous devons nous poser le plus tôt possible », m'informe-t-il.

Il se donne un mal de chien pour assurer l'équilibre de la machine. Elle tend à incliner et à perdre de l'élévation. Puis, c'est le brusque plongeon dans le ciel nébuleux.

Le pilote lance des signaux de détresse à la radio. Il se signe ensuite d'un geste rapide. Son attitude sème la panique en moi. Serions-nous perdus ? Aussitôt, mes vêtements transis de sueur me glacent tout le corps.

Il parvient au bout du compte à redresser et à remonter l'appareil. Instable, il zigzague et retombe en tourbillonnant. Nous replongeons dans les nuées. La ceinture qui me sangle au siège se raidit. Je la détache afin de mieux respirer.

La fumée s'infiltre par les fentes de l'habitacle si bien que je distingue à peine mon compagnon. Elle m'irrite les yeux et me gêne la respiration.

Les mouvements de tête-à-queue répétitifs me donnent la nausée. Aussi, je rends mon déjeuner sur le plancher. La cabine s'emplit d'une odeur nauséabonde, se mêlant à celle du bois grillé. Je fais coulisser la fenêtre sur le côté.

Les lieux fumeux finissent par s'éclaircir un peu. Nous perdons encore de l'altitude. Par chance, nous émergeons enfin du torrent de flammes. Nous avons, semble-t-il, franchi le rideau de flamme, mais dans la mauvaise direction.

« Nous n'avons aucune chance de traverser vivants ce maudit mur de feu. Il faut regagner au plus vite le camp où vous m'avez pris.

— C'est ce que j'essaie de faire, mais la libellule ne répond plus aux commandes », réplique-t-il avec hargne.

À travers les nues, nous entrevoyons une montagne qui se dresse devant nous. Le pilote l'a remarquée. Il actionne aussitôt le levier du pas collectif. Il n'obtient cependant aucun résultat. Nous fonçons droit sur le flanc de la montagne. Mon visage se décompose de terreur. Je ferme les yeux afin de ne pas voir l'écrasement prochain.

Soudain, je me sens précipité dans un grand tunnel noir où se déroulent à la vitesse de l'éclair certaines séquences de ma vie. Elles sortent du champ de ma conscience, comme projetées sur un grand écran cinématographique.

La rencontre inattendue de l'aigle est la première des scènes qui mobilise mon attention. Mon esprit accueille ensuite avec émotion mon amour fou non encore déclaré à la petite abeille ; puis mon exil en vue de connaître ce qui se cache sous le masque du quotidien. Je me revois avec le bâton de pèlerin à la recherche douloureuse de moi-même ; cette dernière a poncé l'armure de mon corps jusqu'à mettre mon cœur fragile à découvert.

Ces dernières visions pénètrent dans le puits de mon âme meurtrie. Le sens de mon existence m'est alors révélé : je devais tout simplement m'accomplir, c'est-à-dire être moi-même.

Dès notre naissance, les pressions sociales nous poussent à devenir l'image que les autres ont de nous-mêmes. Rien ne coûte plus à l'homme que de sortir des sentiers battus pour suivre le chemin qui le mène à lui-même. Le fait d'y arriver importe peu ; par contre la marche l'est. Aussi, ce que nous faisons de notre vie, de notre métier devrait être uniquement un moyen de se connaître. Mais nous préférons nous bercer d'illusions à courir les richesses et les honneurs plutôt que de nous tourner vers l'acte qui les engendre.

Le cri de la conscience me rassérène, et la paix descend dans mon âme. J'ai le sentiment de naître, alors qu'ironiquement, je suis sur le point d'expirer.

Mon esprit repousse cette mort prochaine. Il est trop tôt pour passer dans l'autre monde, sinon toutes ces années seront à jamais gaspillées, à avoir cherché en vain le sens de ma vie. Je venais tout juste de l'entrevoir après tant d'années à marcher en solitaire dans les longs couloirs de l'égarement.

Je veux vivre cette nouvelle vision d'espoir et goûter à l'amour en compagnie de la petite abeille. La vigueur de mes désirs est telle que je me sens vibrer de tout mon être.

L'hélicoptère s'élève brusquement. Et mon corps s'enfonce dans le siège. Je jette un coup d'œil par la vitre. La montagne défile devant nos pieds, puis s'éloigne.

L'appareil monte en chandelle, comme s'il était aspiré par le haut. Le tangage le ballotte entre la droite et la gauche à la façon d'une plume livrée au caprice du vent. Puis il rechute une fois de plus. Le pilote recommence de plus belle à se battre avec le levier du pas collectif.

Aucun manège au monde n'a soulevé une sensation aussi intense qu'en ce moment. Cette pensée me fait sourire. C'est bon signe. Baromètre de mon état d'esprit, le sens de l'humour me revient. Désormais décontracté, j'ai confiance en la chance de nous en sortir.

Nous volons à basse altitude durant un laps de temps. Le coin baigne dans un brouillard blanc. Finalement le brouillard s'effile, puis s'estompe. L'engin survole tant bien que mal la rivière serpentée de marécages qui mène au lac.

Soudain, le moteur s'arrête pile : la jauge à essence indique que le réservoir est vide. Le giravion décroche d'un seul coup. L'action de la pesanteur exerce cependant une pression d'air sur la tête de rotor ; elle se remet à tourner. L'engin tournoie, semblable à une samare qui se détache de l'érable à l'automne. Et d'un mouvement inattendu, il bascule de côté. Cette nouvelle position accélère la descente.

Je suis projeté sur la portière. Elle s'ouvre toute grande, et je suis éjecté de la cabine. J'agrippe le châssis au passage, mais mes mains lâchent prise. Je tombe en chute libre.

« JE NE VEUX PAS MOURIR », criai-je à pleins poumons.

Lors de la descente, mon corps percute maintes fois contre quelque chose de mou, telle un trampoline flasque. Ces impacts finissent par amortir ma dégringolade. J'atterris de côté sur les herbes hautes du marécage. Le heurt provoque une violente secousse, et mon corps se plie en deux.

Une explosion éclate ensuite à une centaine de mètres de moi. Le souffle puissant me soulève et me retourne sur le dos. J'essaie de renverser la tête pour savoir ce qui se passe, mais je ne peux plus remuer. Le vertige me saisit. Une voix de sirène m'invite alors à passer dans l'autre monde. Je résiste à l'invitation.

On me tire malgré moi hors du marécage pour me trouver en train de flotter au-dessus de la rivière. Incapable de bouger, seuls mes yeux roulent dans leur orbite. L'hélicoptère brûle, écrasé sur un erratique du marécage. Le pilote a manqué de chance !

L'appel d'outre-terre se renouvelle avec instance. Je succombe cette fois à la tentation, me sachant désormais en sécurité.

VIII

Lorsque je reprends connaissance, j'éprouve une sensation de légèreté, la seule d'ailleurs. Est-ce que mon âme habite toujours ma chair ? Condamné à l'immobilité, je ne peux que fouiller des yeux. De grosses ouates de nuages blancs comme neige courent sur l'azur bleu. Mes yeux tombent ensuite sur l'aigle doré posté à ma droite. Mon réveil semble toutefois passer inaperçu. Mes lèvres veulent articuler des sons, mais rien ne sort.

L'oiseau de proie s'affaire à concocter un produit inconnu de couleur verte. Les mouvements du reflet doré de sa nuque subjuguent mon esprit. Le rapace se penche sur mon front pour y appliquer la substance. Je plonge mon regard dans ses yeux bleus où respire le plus pur amour. Je me perds dans la contemplation de sa conduite désintéressée.

L'aigle continue de vaquer à ses occupations mystérieuses. Il étend maintenant la substance verte sur mon torse. Une sensation de bien-être me donne l'impression d'être au paradis. Sans doute j'y suis, à moins que je n'aie abouti dans l'aire du rapace. Mon cerveau guette le moindre indice visuel afin d'éclaircir ces faits, mais aucun n'est décelé.

Les régions de mon corps, recouvertes de substance verte, reviennent peu à peu à la vie : une chaleur oubliée colore mes joues, puis des picotements se font sentir dans ma gorge. La voix me revient.

« Où suis-je ? Ai-je débarqué au paradis ou dans ton nid ?

— Arrête de débiter des sornettes. Tu es au campement. Grâce au ciel, je t'ai sorti du guêpier dans lequel tu t'étais fourré.

— De quoi parles-tu ?

— Tu t'abattais comme une roche lors de l'éjection de l'hélicoptère. Heureusement que je survolais le coin à l'aventure. Tu m'as frappé en plein dos avant d'aboutir dans le marécage. »

Le souvenir de l'éjection reflue à ma mémoire. Je m'éclate d'un fou rire. J'imaginais d'ici la scène : l'aigle en train de planer dans l'insouciance quand soudain il reçoit une tuile du ciel. Quelle a dû être sa surprise en m'apercevant dans les airs ! J'aurais donné tout au monde pour lui voir l'air sur le moment.

C'est un coup de chance incroyable ! La probabilité de tomber sur un oiseau en vol était la même que de trouver une aiguille dans une botte de foin.

L'oiseau de proie se joint à la rigolade, puis déclare :

« Ne crois pas que le hasard se soit arrangé pour éviter ton écrasement. Il n'existe pas.

— Que s'est–il passé ?

— J'ai accouru pour freiner ta descente. Tu as rebondi un peu sur mes ailes arquées et je t'ai rattrapé.

— Tu me tires la pipe, hein ?

— Mais non! J'ai ralenti ta chute de cette façon. J'ai répété ce scénario plusieurs fois avant de te laisser choir dans l'eau. »

Ces faits expliquent, contre toute apparence, l'impression d'avoir heurté un trampoline flasque lors de ma chute.

« Et comment suis-je arrivé ici ?

— Je t'ai traîné hors du marécage lorsque l'hélicoptère a pris feu. Tu aurais pu être brûlé vif ou bien périr noyé.

— Pourquoi m'as-tu porté secours ? Ne viens-tu pas encore une fois de défier *la loi de la non-ingérence*?

— J'ai le droit de m'immiscer dans les affaires des autres à condition de suivre le cours de l'événement. Mon geste a seulement atténué ton écrasement.

— Mais je serais mort à l'heure actuelle sans ton intervention. Et tu affirmes n'avoir suivi que le cours de l'événement ?

— Je n'ai pas à me justifier. J'ai apporté mon aide parce que tu as appelé. »

Je rétorque après réflexion :

« Je n'ai pas souvenir d'avoir demandé ton assistance.

— Peut-être n'as-tu pas imploré mon secours, mais tu as souhaité survivre. Il était de mon devoir de secourir une âme qui s'éveille à la compréhension, puisque tu avais pénétré la structure intime de l'existence. »

Je n'y comprends rien. Après avoir foudroyé l'arbre, voilà que l'oiseau de proie est intervenu dans la fin de ma destinée. Il avait, par contre, refusé de me soulever par lévitation. Où est la logique ? Selon moi, l'aigle en manquait. Et il ne respectait nullement les lois de l'univers.

Le rapace aux allures de guérisseur s'attelle de nouveau à sa mystérieuse tâche.

« Que fais-tu?

— J'applique des cataplasmes dans le but de te remettre sur pied. »

Il me couvre à présent les jambes de la substance verte. C'est bon de savoir que quelqu'un s'inquiète à mon sujet.

Le souvenir de notre rencontre m'envahit. Depuis son entrée dans ma vie, l'aigle érodait la solitude de mon âme. Je me sentais compris pour la première fois.

Mes pensées s'avisent du caractère exceptionnel de cette rencontre : mon ange gardien s'est manifesté à moi. Personne de mon entourage, ayant obtenu ce privilège, ne m'est toutefois connu.

Encore que nous soyons étrangers, il me montre de la bienveillance. Or ce sentiment grandit s'il est attisé. Mais j'ai fait preuve d'égoïsme jusqu'à ce jour. Mes malheurs me préoccupaient trop pour penser à cultiver notre amitié. Je ne sais même pas son nom ni qui il est. Je décide dès lors de m'y mettre.

« Comment t'appelles-tu ?

— Joshua.

— C'est un joli prénom. Quel âge as-tu ?

— Deux cent vingt ans.

— Quoi ! Deux cent vingt ans ! Allons donc ! Je ne te crois pas. Les animaux ont une existence beaucoup plus courte que l'homme, sauf l'éléphant si j'ai bonne mémoire. Tu me fais marcher, hein ?

— Mais non, je l'ai vraiment !

— Sapristi ! Tu ne parais pas ton âge. Tu fais si jeune ! Dire que je t'ai pris pour un immature quand je t'ai vu la première fois !

— Je n'acte pas la vieillesse. »

J'ai désormais la certitude que Joshua est un sage : il ne rate jamais une occasion de placer une remarque philosophique.

« Est-ce que les aigles sont tous des anges gardiens ? demandai-je bêtement.

— Non. Je me suis déguisé en aigle pour entrer en contact avec toi. Cela représentait la forme la plus favorable pour attirer ton attention. Quel ornithologue serait indifférent à l'aigle doré ?

— Tu marques un point.

— Je ne jouis plus d'un corps, et ce, depuis mon illumination.

— Ah, bon ? Quelle conclusion dois-je tirer de cette remarque ?

— Je suis le produit de mes existences antérieures, m'étant incarné deux mille six cent quarante-deux fois.

— Oh ! Elle existe donc !

— Oui bien sûr ! C'est un processus essentiel à la progression de l'âme. Seul le plan matériel permet à la conscience de se dépasser et de sonder la gamme des sentiments.

— Ah ! je vois !

— Les innombrables obstacles du plan physique sont nécessaires à l'élévation de l'âme vers les sphères de la spiritualité. Lorsque nous les transcendons, nous n'avons en ce cas plus aucune raison de nous réincarner.

— Qui étais-tu autrefois ?

— J'étais ermite à ma dernière venue. »

Une vague intuition sur mes vies antérieures s'était jadis révélée à mon esprit au cours de mon voyage. Elle provenait de la sensation d'être en pays de connaissance en foulant des sols étrangers ; et d'autre part, de goûts particuliers tels celui des mets très épicés, non légués par le milieu familial. Aussi, j'induisis que j'avais été un pêcheur grec, un artiste égyptien, un herboriste indien, un bédouin du désert, un gitan espagnol, un missionnaire et un guérisseur.

Les nombreux retours de l'aigle sur terre s'imposent soudain à mon esprit.

« Tu dis t'être incarné deux mille six cent...

— ... quarante–deux fois.

— Mais c'est énorme ! Quelle est la moyenne générale pour les gens ?

— Quelques milliers de vies terrestres. Les hommes apprennent lentement. »

À cause de ces multiples incarnations, j'ai dû exercer tous les métiers possibles et inimaginables, et ce, partout sur le globe. Ma liste de vies antérieures s'avérait donc incomplète. Ma foi, j'en ai perdu des bouts ! Par ailleurs, je peux prétendre avoir été n'importe qui puisque la probabilité se range de mon côté.

« Comment se peut–il que tu te réincarnes en aigle si tu as atteint l'illumination ?

— C'était pour me mettre en contact avec toi.

65

— Mais je n'étais même pas là il y a deux cent vingt ans. Aurais-tu attendu tout ce temps pour rien ?

— J'avais tout mon temps. Je savais que tôt ou tard tu viendrais me voir. »

Est-ce une réponse ça ? Cet oiseau remporte la palme des répliques nébuleuses. Pourquoi s'entoure-t-il de mystère ? Je veux tirer au clair le motif de l'intérêt qu'il me porte, aussi je l'attaque sur ce sujet.

« Pourquoi veux–tu être en communication avec moi ?

— La raison est simple. Tu as besoin de mon aide et je peux te l'apporter. Je t'ai déjà soutenu autrefois.

— Hein ? Quand ?

— Nos vies antérieures ont déjà créé des liens entre nous. La dernière remonte au XVIIᵉ siècle, en Italie du Nord. Tu étais passeur sur l'Adige. Un jour lors d'une traversée, je perdis l'équilibre pour tomber dans le fleuve. Je ne savais pas nager. Tu te jetas à l'eau pour me sauver de la noyade. Tu méritas ainsi ma reconnaissance, et je te pris sous mon aile. »

Cette déclaration me donne un choc. Joshua venait de soulever un coin du voile sur cette mystérieuse histoire, et je voulais en connaître davantage.

« Ça n'explique pas pourquoi tu veux m'aider ?

— Mon plan de vie est de soutenir ceux qui en ont besoin. De plus, étant donné que je suis ton ange gardien, mon évolution est liée par ricochet à la tienne. Je devais donc me glisser dans ton existence. »

Je tombe de la lune.

L'aigle poursuit :

« Je ne m'impose pas, bien sûr ! Mais depuis que nous nous sommes connus, je te suis et en particulier dans cette vie-ci. Ton âme ravagée poussait un cri de détresse.

— Qu'est-ce que c'est ce conte à dormir debout ?

— J'ai choisi le moment propice pour me présenter à toi. Une apparition prématurée aurait raté son coup, ce qui par ailleurs a bien failli être le cas. Je devais aussi tenir ma promesse.

— Mais de quoi parles-tu ?

— La fièvre t'avait emporté peu après m'avoir sauvé de la noyade. Ce départ a mis un terme à mes enseignements. Mais il te restait beaucoup à apprendre. Tu désirais faire toute la lumière et réaliser l'illumination. Avant de mourir, tu m'as arraché la promesse de revenir à tes prochaines incarnations. »

Joshua vient de lâcher le morceau. Le respect qu'il voue à l'accomplissement de ce vieux serment me touche au vif.

Bien que sa motivation me soit maintenant connue, je nage encore dans le brouillard : il y a encore des trous dans ce passé commun.

Parfois, il faut profiter des circonstances sans s'efforcer de les comprendre. C'était ma ferme intention, car cette rencontre tombait à pic : le piétinement enlisait ma vie intérieure. Seul un grand événement pouvait me sortir de la léthargie.

Je résume la pensée de l'aigle.

« Donc, tu m'attends depuis deux cent vingt ans.

— Tu l'as dit ! J'ai aussi assisté à deux de tes réincarnations.

— Quoi ! Mais pourquoi ne t'es-tu pas manifesté avant ?

— Mais je me suis déjà montré deux fois.

— Non ?

— Si ! Lors de la première, tu m'as confondu avec le diable et lors de la deuxième, tu m'as pris pour un fantôme. L'expérience m'a appris à être patient et à attendre l'occasion favorable où tu t'intéresserais aux oiseaux.

— N'aurais-tu pas pu te présenter sous une autre forme que celle d'un aigle ?

— La réaction aurait été la même. Tu n'étais pas prêt.

— Une chance que tu sois tenace. Rattrapons le temps perdu. Je veux élargir au plus vite le champ de mes connaissances. »

Joshua rit de bon cœur, stupéfait de ma récente ouverture d'esprit. Somme toute, j'avais mûri en moins de quelques heures.

« Incroyable ! Tu désires tout obtenir sans faire le moindre effort. Je ne suis plus sûr de vouloir m'y appliquer.

— Mais tu es en train de manquer à ta promesse du passé, Joshua.

— Certes non. J'ai pris contact avec toi comme promis. Je constate toutefois que l'ensemencement d'une terre en friche dont le sol est impropre à ce genre de graine sera fait en pure perte. »

J'esquisse une moue désapprobatrice.

— Mais, Joshua, je veux vraiment apprendre. Je suis prêt à fournir l'effort pour la défricher.

— Bien. Je pourrai y concourir et y planter les bonnes graines. Je t'enseignerai ce que tu as besoin de savoir en temps opportun. »

Un sourire de satisfaction se dessine sur mes lèvres. J'allais enfin sortir de ma léthargie.

IX

Joshua me pose immédiatement une question pour mettre mes connaissances à l'épreuve.

« Que vaut l'incarnation actuelle quand tu as des milliers de vies à expérimenter sur le plan terrestre ?

— Écoute! Si nous y allions un peu plus mollo !

— Désires-tu apprendre, oui ou non ?

— Ça oui !

— En ce cas, fais montre d'un peu plus de discipline ! »

Ainsi s'engageait l'initiation, sans préambule. Et dire qu'il hésitait à m'enseigner !

« J'attends, m'informe-t-il.

— Euh ! ça demande réflexion. Vas-y, toi !

— L'existence humaine se compare à un rêve. L'analogie ici est une affaire de rapport, car les observations à la petite échelle sont la réplique de la grande. Ainsi, l'état onirique est à la petite ce que celui d'éveil est à la grande. Lorsqu'on se réveille, le bon ou le mauvais songe s'est évanoui comme par enchantement. Le rêveur s'est donc forgé des chimères. La mise en scène était irréelle, mais les émotions ressenties, elles, étaient bien réelles. À ce chapitre, son cœur pourra encore se débattre au réveil à la suite d'un cauchemar épeurant, et ce, malgré la disparition des décors.

— Bien ! Mais où veux-tu en venir ?

— À ceci : quand l'âme quitte la chair, c'est tout comme si elle sortait d'un rêve. Elle apporte juste le vécu des émotions du plan physique dans les autres sphères.

— Eh bien ! je ne vois pas !

— Mais oui ! Si l'état onirique dure une nuit et la longévité humaine quelques décennies, alors que représente le temps d'une vie en regard de l'âme éternelle que nous sommes ? »

L'oiseau de proie cherche la compréhension dans mes yeux, mais il y lit plutôt de la confusion.

« Qu'est-ce que j'en sais moi ?

— C'est une affaire d'échelle. Une vie n'est rien pour l'âme, pas plus qu'un songe d'une nuit pour le rêveur.

Toutefois, l'homme la considère comme la réalité à cause de la notion du temps qui perdure. Nos émotions nous entretiennent dans cette illusion. »

La teneur de cet exposé me surprend. Je n'avais jamais envisagé l'existence de l'âme sous cet angle. L'analyse comparative de l'état onirique et de l'existence terrestre me paraissait plausible quoiqu'elle frisait l'invraisemblable.

Je décide d'attaquer à fond le sujet.

« Je conçois la logique du raisonnement, mais je n'ai pas saisi comment les émotions renforcent l'illusion.

— La réalité des émotions est tangible aussi bien dans le rêve que dans l'état d'éveil. Si le décor du songe appartient au domaine de l'irréel, pourquoi celui de la vie en serait-il le contraire ?

— La raison est simple. Il subsiste une séquence suivie d'états émotionnels dans la vie. En revanche, ceux du monde des rêves sont chaotiques. Nous sautons d'un sujet à un autre sans percevoir de liens entre les différentes situations.

— Oui, mais c'est une fausse impression. Nous tombons dans le piège de l'illusion à cause des émotions. Au risque de me répéter, nous prenons l'existence pour une certitude physique parce que le temps persiste plus longtemps que dans l'état onirique. Et elle possède en plus un dynamisme structurel, comme tu viens de le souligner. »

Cet entretien soulève plus de questions qu'il n'en résout.

Joshua poursuit la discussion en poussant son idée à fond.

« Considère, par exemple, ce cas. Plusieurs personnes assistent à un même événement. La signification de cet événement prendra la couleur des gens. Et leurs témoignages varieront considérablement selon la perception et l'interprétation de chaque observateur. D'accord ?

— Ça s'entend.

— Par conséquent, nous concevons la réalité — qui est particulière à chacun de nous — à partir de nos croyances. Et nous réagissons avec émotivité à celles-ci. Libre est celui qui en prend conscience, sait garder une ouverture d'esprit et peut les remettre périodiquement en question.

— Poursuis, ça m'intéresse.

— Les croyances déterminent le cours émotif de la vie actuelle et future. Et celles qui s'appuient sur un mode rigide de pensée deviendront des geôliers et leurs expressions, une prison. Nous sommes tenus de dépister nos croyances —

source de nos émotions — sinon elles nous dirigeront, et Dieu sait où elles nous mèneront. »

La stupéfaction se dessine sur mon visage.

« Puisque la vie s'apparente à un rêve, Pierre, tu conviendras que si l'on choisit les décors de ce dernier, on peut aussi opter pour ceux du quotidien.

— Allons donc ! Je ne les sélectionne pas. Ils se présentent à mon esprit par caprice.

— N'as-tu jamais souhaité rêver de quelqu'un dont tu étais épris ?

— Laisse-moi réfléchir un peu… Ah bien oui ! J'en ai déjà fait de fort beaux à propos de femmes dont j'étais amoureux. D'ailleurs, mes vues sur la petite abeille les accaparent tous ces temps-ci.

— Tu vois ! Tu les tries.

— Ah ça non ! Je ne me couche pas le soir pour me destiner aux rêves. Ils surviennent à l'improviste.

— Au contraire, tu attires ce qui te préoccupe. Ce mécanisme échappe, certes, à ta conscience, mais tu pourrais le diriger avec un peu d'entraînement.

— Ça n'a ni queue ni tête ce que tu me chantes là !

— Fais-en l'essai un soir, et tu m'en diras des nouvelles.

— C'est bon ! Je vérifierai cela.

— Néanmoins, tu rêves de ta dulcinée parce que tu penses à elle, n'est-ce pas ?

— Admettons que ça soit vrai en gros, et alors ?

— Alors, tu peux sélectionner les décors, les drames ou les comédies de la vie comme ceux des rêves. Le choix de l'ambiance est fonction des émotions et celles-ci seront activées par le cadre désigné.

— C'est du chinois tout ça !

— Quand tu es venu me retrouver sur la butte, mon apparition subite t'a inspiré de la peur. Et celle-ci a déclenché une chaîne d'incidents : ta fuite, la charge de l'ours, ta chute dans le puits, etc. Sans ma présence, tu serais mort au fond du trou. »

J'esquisse une moue dubitative.

« Parlons-en ! Rien de tout ça ne se serait produit sans ta présence, Joshua.

— Ton argument ne tient pas debout, voyons. Il n'y a pas d'effet sans cause dans la vie…

— Aucune de ces mésaventures ne me serait arrivée si tu avais été dans un état de transe comme la première fois au lieu de foncer sur moi. Je n'aurais pas paniqué.

— Il ne s'agit pas de justifier les raisons de ta crainte. Je m'évertue à te montrer les deux côtés de la médaille. À ce moment-là, deux réactions étaient possibles : le courage ou la peur. Or, tu as choisi la peur. »

Je suis en plein désarroi. Joshua perçoit mon embarras. Il se lance dans les explications en ces termes :

« Forgeons un exemple pour y voir clair. Tu racontes une plaisanterie sarcastique sans arrière-pensée à la secrétaire de ton bureau. Elle peut l'accueillir en riant ou bien croire à une insinuation de ta part. Me suis-tu jusque-là ?

— Oui.

— Ta pointe d'ironie la blessera si elle opte pour la seconde possibilité. Bouleversée, elle se posera à peu près cette question : "Qu'ai-je fait pour qu'il me dise un pareil truc ?" Mais elle n'obtiendra aucune réponse. Elle commencera à être mal à l'aise en ta compagnie et risquera d'être bête ou en colère. »

Je me range à son opinion. La plupart des hommes ont tendance à afficher ce type de comportement.

« Elle t'aura bientôt en aversion si le cas se répète. La plaisanterie sarcastique aura fait boule de neige parce qu'elle l'aura sans cesse nourrie de réflexions négatives. Elle créera donc sa réalité en conformité avec sa susceptibilité. Bien réelle à ses yeux, celle-là n'existera cependant pas aux tiens.

— Oh ! n'est–ce pas pour nous préserver de ces inconvénients qu'aujourd'hui nous faisons la promotion de la pensée positive ?

— Pour sûr, mais le fait est que la secrétaire se fait des illusions. Elle perçoit, entre autres, sa réalité à travers la lunette de sa susceptibilité. Pour éviter ces illusions, elle devrait chercher la croyance responsable de sa susceptibilité. Peut-être manque-t-elle de confiance en elle. Et pourquoi est-ce le cas ? Son raisonnement devrait se poursuivre de cette manière jusqu'à la racine de ce sentiment, puis le déloger de son esprit. Ce caractère risquera sinon d'entraîner à la longue certains malaises physiques dus au stress.

— Ne vaudrait-il pas mieux se cuirasser contre les émotions ?

— Certes non. Ces personnes-là vivent dans l'illusion. Elles se croient dures, et leur sensibilité leur joue de vilains tours. La cacher n'est pas la solution. Vois-tu, l'émotivité se révèle essentielle à la compréhension de l'univers. Elle constitue le moteur de la créativité, un outil indispensable à la connaissance de soi. Nous tournerions en rond sans elle. »

Ces paroles achèvent de me décontenancer. Il faut se méfier des émotions et on doit en même temps les cultiver. Autant dire qu'il faut lutter contre le cancer d'une main et le propager de l'autre !

Un seul mot franchit mes lèvres :

« Pourquoi ?

— Nous nous incarnons dans le but de découvrir la force de la pensée. Cette expérience s'acquiert ; elle ne s'enseigne pas. Une connaissance ne vaut rien si la personne ne l'a pas ressentie. Le seul savoir acquis est celui impliquant les émotions. L'oubli est une faculté de la mémoire, mais une connaissance émotive ne s'oublie jamais. Elle s'inscrit en lettres de feu dans le subconscient parce qu'elle l'a impressionné.

— Ça, c'est sûr. Je ne suis pas prêt d'oublier notre rencontre ! »

L'aigle ignore ma raillerie, et continue son discours.

« Voilà la raison pour laquelle je pourrais gaspiller mes forces à essayer d'ensemencer ta terre en friche. À propos, j'aimerais signaler que mon intention ne t'a pas laissé indifférent. Tu as réagi comme la secrétaire de mon exemple. »

Aïe ! non seulement devine-t-il mes pensées, mais il les associe en plus à mes émotions. Joshua était dans le vrai. Il m'avait bien attrapé quand il avait spécifié qu'il pourrait perdre son temps avec moi.

J'entrevois d'ores et déjà les conséquences de l'illusion dans le quotidien, mais est-ce que j'en sentais toute la portée à ce moment précis ? Et en y regardant de plus près, je commençais à discerner son infiltration dans notre façon de penser.

Je me rappelle soudain une personne pour qui j'éprouve du ressentiment parce qu'il m'avait roulé en affaires. Le plus triste de l'histoire est que nous étions proches l'un de l'autre avant d'être associés. Or, nos relations s'étaient tendues par suite de difficultés financières de notre compagnie.

Une tierce personne m'informa que mon ami m'avait, semble-t-il, dupé à propos d'un détail technique relatif au statut juridique de notre société.

Mon réflexe fut alors de couper les ponts avec lui au lieu d'entamer le dialogue en vue de connaître sa version. L'inévitable arriva. Les griefs se mirent à pleuvoir de toutes parts, et chacun fit flèche de tout bois afin de discréditer l'autre. Ainsi brûla le torchon entre nous.

Puis je quittai en froid notre compagnie. Je m'efforçai par la suite d'affecter l'indifférence lors de rencontres à des congrès géologiques, mais en vain. Sa présence me troublait au point de susciter un flot de haine implacable. J'étais hors de moi.

Cet individu a ironiquement mérité plus d'attention comme ennemi que comme ami. Que d'énergie inutile mon esprit a dépensé en pensées négatives pour n'aboutir nulle part ! Tout ce tiraillement pour une information qui se révélait peut-être fausse.

Et puis ma haine pour lui n'était-elle pas dans le fond dirigée contre moi ? Mes reproches inconscients d'alors sortent de l'ombre : je m'en voulais de m'être laissé duper.

Je décide aussitôt de ranger ma rancœur dans un vieux fond de tiroir et de me pardonner. Se pardonner à soi-même n'est-il pas un premier pas dans la bonne direction afin de pardonner à l'autre ?... Face à ces deux décisions, mon âme agitée se rassérère.

« Tu viens de dessiller mes yeux sur un assez grand nombre de choses. Je crois maintenant comprendre la portée de l'illusion.

— J'en suis fort heureux.

— Au cours de la discussion plus tôt, tu as affirmé que "les croyances déterminent le cours émotif de la vie actuelle et future." Que voulais–tu dire ?

— Le subconscient s'apparente à une cassette en perpétuelle opération, il enregistre tout. Son rôle consiste à soulager le conscient du fardeau de la multitude d'influx journaliers. Ainsi, il n'analyse pas. Il recueille tout bêtement les informations. Quand un événement survient, il cherche dans sa banque de données une situation similaire à celui-là. S'il la trouve, il reproduira le comportement avec lequel nous avons alors réagi.

— C'est connu tout ça.

— D'accord. Par contre, ceci l'est moins : nous apportons un peu du matériel de cette cassette dans les incarnations futures. Les expériences très émotives, inscrites en lettres de feu dans le subconscient, feront partie des prochains voyages.

— Quoi ! Des souvenirs douloureux d'anciennes vies pourraient être suscités de nouveau ?

— Eh oui !

— Mais comment ?

— Soit par une similitude entre la situation actuelle et celle d'une existence antérieure ; soit par un retour accidentel

73

sur les anciens lieux physiques où un événement émotif nous a marqué ; ou soit par la rencontre d'une personne connue dans une vie passée.

— Ah, bon ?

— Lorsque le subconscient formera une association, il déclenchera aussi les symptômes physiologiques d'antan. Tout se passe, bien sûr, sans informer le conscient qui se révélera incapable d'établir des liens directs ou indirects.

— Donne-moi un exemple concret de ce que tu avances.

— Il y a un cas célèbre concernant une chanteuse de scène américaine dont le nom m'échappe. Elle se trouvait aux prises avec une extinction de voix quand la salle tremblait d'acclamations. La régression dans la vie antérieure en rapport avec son aphonie lui fit voir qu'elle était sorcière à cette époque. Les acclamations de l'assistance évoquaient le souvenir inconscient de la masse qui se réjouissait de l'envoyer au bûcher. Étranglée par l'émotion, elle était restée sans voix devant une foule en délire au moment de sa mort[1]. »

Cette histoire me fait l'effet d'une bombe. Je n'avais jamais jusqu'à ce jour établi des rapprochements entre les émotions et leurs influences sur les incarnations futures. Et pourtant, j'avais déjà eu vent d'un cas semblable : la régression de mon ex-petite amie à une de ses existences antérieures où elle avait péri d'une mort cruelle. Elle avait été jetée dans la fosse aux lions à l'époque de l'Empire romain. Cette régression lui fit découvrir pourquoi elle réprimait mon mordillage lorsque nous faisions l'amour. Ces gestes éveillaient inconsciemment en elle l'instant où les carnassiers la déchiquetaient.

Il lui a fallu revivre la vie d'antan, responsable de ses indispositions actuelles, pour appréhender son problème dans toute sa complexité. Le traumatisme de sa mort violente avait évidemment impressionné son subconscient. Qui ne l'aurait pas été ? Un frisson me court dans le dos rien que d'y penser.

« À quelle fin cet état de chose existe-t-il ?

— C'est un des principes de l'Univers, et il faut nous en accommoder. Nous sommes et devenons ce que nous pensons. Mieux vaut prendre l'expérience terrestre avec un grain de sel. Il est toutefois loisible à chacun de changer sa réalité en optant pour de nouveaux concepts.

---

1 Il y a plein d'exemples intéressants dans : *Des vies antérieures aux vies futures*, de Patrick Drouot, Éditions du Rocher.

— Y a-t-il cependant moyen de nous sortir de ce cercle vicieux autrement que par l'emploi de nouveaux concepts ?

— Tout repose sur l'attitude adoptée. Elle doit être positive en tous cas. Pour ce faire, il faut écarter les sentiments négatifs ou sinon interdire à ses illusions d'exercer une emprise sur soi. La façon dont nous menons notre vie donnera une semence. Nous y serons liés pour l'éternité, à moins que, tel un agriculteur, nous ne plantions d'autres graines au printemps. »

Est-ce que Joshua suggérerait de mourir comme les saints martyrs canadiens à l'époque des missions évangélisatrices ? Non mais, cet aigle est d'une extravagance ! Je me vois dire à l'individu dans l'arène d'accueillir l'assaut des lions affamés sans émotion : "Bah ! Oublie ça ! Ce n'est rien dans le fond."

Mille questions bouillonnent dans ma tête. Elles seront toutefois remises à plus tard, car une odeur de bois grillé voyage sur le vent. Un panache de fumée blanche vient par surcroît de se profiler au sommet des collines. Et mes oreilles distinguent un grésillement au loin. Ces signes précurseurs annoncent sans aucun doute le retour du feu.

Ce feu survient dans les moments les plus significatifs de ma vie qui, curieusement, s'envolent par le même incendie qui les a amenés.

La fumée s'étend, et blanchit le ciel. La lumière cède le pas à une obscurité montante et la magie de la discussion, à un silence angoissant. Je jette un regard sur Joshua. Ses traits expriment l'inquiétude. Il faut se hâter d'évacuer les lieux.

J'essaie de remuer. À ma grande surprise, mes membres répondent à l'ordre de l'influx nerveux. Debout sur mes jambes, je me demande où nous pourrions nous abriter de la bourrasque enflammée.

X

Comment nous soustraire au souffle du brasier ? La chaloupe qui m'avait préservé de la mort quatre jours plus tôt s'est évanouie dans la nature. Je questionne Joshua du regard. Ce que je lis dans ses yeux bleus ne me plaît guère. Le temps d'envisager un moyen plus séduisant que de revenir au puits me manque cependant : des flammes rouges ondoyantes surgissent déjà du sommet des collines.

Il n'y a plus une seconde à perdre ; circonstances obligent. Je ramasse mes biens personnels, aidé de Joshua. L'aigle part le premier en sautillant. J'emboîte le pas.

L'ascension de la colline s'avère pénible. La fumée nous incommode ; l'atmosphère devient étouffante ; mon corps ruisselle de sueur et la blessure à la jambe gauche m'ennuie. Toutefois je progresse. Il faut bien l'admettre ; nos malaises s'oublient vite lorsque notre vie est en danger.

La fumée finit par gagner en opacité. Mes pieds s'effacent par endroits tant elle est à couper au couteau. Je me fie au flair du rapace pour nous conduire au trou, et ne le lâche pas d'une semelle.

Nos pas nous portent enfin aux bords de l'orifice du puits. L'arbre foudroyé se maintient toujours dans la même position. Je jette un coup d'œil à l'intérieur. Les mauvais souvenirs refluent à ma conscience. Et l'idée d'y retourner me serre le cœur.

Je m'efforce de prendre la prochaine descente avec un grain de sel, mais il est plutôt gros à avaler. Sortir de ce gouffre m'a coûté et maintenant je suis tenu de m'y introduire de nouveau.

La propagation rapide de l'incendie en notre direction fond mes réticences comme neige au soleil. Je passe la corde autour du tronc de l'épinette pliée en deux et noue ses deux extrémités à ma taille. Je m'engouffre ensuite dans le trou avec un pincement au cœur. Braver les dangers des profondeurs n'est rien à comparer avec ceux de la surface. Je préfère affronter la mort ici-bas plutôt que de m'exposer à l'incendie de forêt.

Je descends en rappel le long du résineux. En quelques minutes, mes pieds parviennent à la hauteur de la corniche. J'examine la situation de la tête de l'épinette.

Mes pieds sont à un mètre du toit de la galerie. De là, le puits s'évase deux mètres plus bas, car le plafond est taillé en biseau. Le boyau se trouve ainsi à environ deux mètres de la corde. Pour franchir cette distance, je devrai donc me balancer.

J'hésite une seconde ou deux. Qui aimerait se lancer dans le vide à faire des acrobaties tout en sachant qu'en dessous la mort guette les téméraires ?

Bien qu'attaché à une corde résistante, je trouve son diamètre assez mince pour mon poids. Mais je ne suis pas venu à la cime de l'arbre pour m'arrêter là. S'il tombait tout à coup dans l'abîme ? L'éclair l'a fauché après tout ; il ne repose sur rien de bien solide.

En dépit de mes appréhensions légitimes, je m'affale trois mètres plus bas. Suspendu dans le vide, je braque mes yeux sur l'aigle qui surveille les opérations du haut de l'excavation. Ce dernier me fait signe d'aller de l'avant.

Je tourne le dos au tunnel et j'amorce un tortillement. De mon pied droit, je touche la paroi en face du boyau, et je me donne une poussée dans sa direction. Mon corps revient à la face rocheuse, pareil à un mouvement pendulaire. Je me redonne une poussée et virevolte face à la galerie. La trajectoire du déplacement m'entraîne trop haut au-dessus du plancher.

Je freine l'oscillation. Puis je me laisse glisser un mètre plus bas et répète les mêmes gestes d'alors. Le mouvement me déplace de l'autre côté. Je soulève les pieds et les fait passer par-dessus le plancher. En les y posant, je heurte une roche et trébuche.

Le retour de la corde vers son centre de gravité me tire à l'arrière vers le bord du précipice. Incapable de recouvrer mon équilibre, je tombe aussitôt dans le trou béant. Un long cri inarticulé sort de ma gorge.

La chute s'arrête net. La corde se resserre autour de mon abdomen et me coupe le souffle. Pendu à son bout, mon corps ballotte dans le vide. Ma tête percute les murs, puis le balancement vient à cesser.

Un liquide chaud dégouline le long de mes tempes. Je vérifie de la main ; elle est maculée de sang. Je frémis d'appréhension à sa vue. Encore étourdi, je me hisse néanmoins à la force des bras, puis je dégage le nœud coulant d'une main et le rabats ensuite au niveau des hanches. Ma respiration prend du mieux.

Anxieux, l'aigle atterrit sur la galerie.

« Est-ce que ça va, Pierre ?

— Oui. »

Mes pensées se reportent soudain à notre dernier entretien, et je lui demande à brûle-pourpoint :

« Dis-moi, Joshua, la secrétaire n'aurait-elle pas eu raison d'entretenir des sentiments négatifs si la plaisanterie sarcastique cachait une arrière-pensée, dans ton exemple cité tout à l'heure ?

— Comment ! Tu choisis ton moment pour aborder ce sujet », manifeste-t-il, surpris.

Je suis tout aussi étonné que lui. Il faut croire que cette question me préoccupait depuis notre dernier échange.

Le rapace s'élance vers moi. Ses serres s'agrippent à la corde. Mais comme le diamètre de la corde est trop mince, il éprouve de la difficulté à se tenir dans une position verticale. Pour ce faire, il doit donner de temps à autre quelques coups d'aile.

Il déclare :

« Quelle qu'ait été la visée de la plaisanterie, elle avait le choix des réactions. Avoir réagi positivement lui aurait fait voir une réalité tout à fait différente.

— Mais n'aurait-elle pas eu raison de nourrir des sentiments négatifs ? insistai-je.

— Là n'est pas la question. Nous vivons dans une réalité créée par nos pensées et en perpétuelle évolution. Mieux vaut prendre une chose par le bon côté et en ressentir une paix profonde que d'être en proie à des tourments à cause d'une perception négative. Tout repose sur l'attitude adoptée.

— Quoi faire si une émotion négative nous accable ?

— Il faut la laisser jaillir hors de soi sans essayer de la retenir ou de l'entretenir par des réflexions. En somme, on doit interdire toute pensée négative de se cristalliser.

— Ainsi, si nous sommes pris dans l'engrenage d'une émotion négative, il faudrait l'expulser à l'extérieur de soi.

— Et comment ! Il est capital de planer au-dessus des émotions qui sapent notre bien-être intérieur, et ce, quel que soit le déroulement des faits externes.

— Ma foi, ce n'est pas si simple.

— Mais oui ! Les aspects extérieurs de notre vie se transforment à mesure que nous changeons nos attitudes. Une personne qui considère la vie sous un angle positif ne s'attire que des choses de même ordre, en accord avec sa vision.

— Bon ! j'aimerais savoir autre chose. Existe-t-il quelque chose de vrai si tout est illusion comme tu le prétends ?

— Il n'y a que nous, immortels, de réel dans la vie. Pour le reste, notre état d'âme crée notre environnement. En conséquence, rien n'est vrai. Notre existence devrait juste être un moyen de découvrir la puissance de notre pensée. L'essentiel est de parvenir à se connaître, d'être, et de devenir.

— J'en ai eu la révélation quand l'hélicoptère a failli heurter une montagne.

— En somme, il ne faut pas prendre les événements de la vie au sérieux, sinon ils nous entraîneront dans de fausses illusions. Les illusions s'apparentent à un navire. Nous les expérimentons dans le but de nous révéler à nous–mêmes. Si le navire nous dirige là où nous ne souhaitons pas aller, soyons prêt en ce cas à le quitter. Sinon, il tissera notre destin, et nous serons dès lors son esclave. »

Du fond du puits monte un souffle froid qui transperce mes vêtements. Il est temps de remonter au boyau et de me glisser dans le sac de couchage. Sans quoi, je ne serai plus qu'une balle de chair congelée, accrochée à une corde.

J'examine la situation. Il se trouve plusieurs mètres à grimper pour regagner le niveau de la galerie. Dire qu'il y a à peine quelques minutes j'avais à descendre ; c'était alors bien plus facile que de monter ! Ce trajet serait-il à l'image de ma vie : une histoire qui a des hauts et des bas ? Quand donc mon pendule intérieur s'immobilisera-t-il ? Pourquoi m'en coûte-t-il pour atteindre un certain équilibre entre ces deux extrêmes ?...

Je ramasse mes forces en gonflant les muscles de mes bras. Puis, je me hisse jusqu'à la hauteur du tunnel. Après une pause pour reprendre haleine, je recommence les mêmes mouvements de tout à l'heure et atterris sur le plancher sans trop de difficulté.

L'aigle se dépêche de quérir mes effets personnels à la surface : les flammes sont en train de consumer le reste des arbres là-haut.

Grelottant, je plonge dans mon sac de couchage. Mes mains, écorchées par la montée et pleines de cloques, m'empêchent de frictionner mes membres gelés. Je me pelotonne afin de recouvrer la chaleur corporelle.

79

Joshua se plante en face de moi. Je lui adresse un sourire et il me le rend. Nous sommes tous deux silencieux, pénétrés par la douceur de cet instant. Ces tendres moments sont les plus beaux de mon existence. Il n'existe aucun mot pour décrire cette communication réciproque. Nous coulons des sourires l'un vers l'autre, nous élevant au-dessus de la barrière de la pensée.

Soudain, le fracas d'un arbre en proie aux flammes rompt cette liaison intime. L'arbre s'écroule en travers de l'embouchure du puits. Des brandons s'échappent lors de sa chute pour s'enfoncer dans le trou. Leur clarté raye l'ombre de l'abîme.

Un brandon s'abat sur la cime de l'épinette. Des gerbes d'étincelles fusent. Quelques-unes retombent sur elle et y mettent le feu.

Catastrophe ! Ma porte de sortie est en train de s'enflammer ! Cet événement inattendu bouleverse mes pensées. Mille questions se pressent dans ma tête. Qu'arrivera-t-il si le feu dévore l'arbre ? Comment pourrai-je alors me tirer de ce trou ? En provoquant la chute d'un autre résineux comme l'a déjà fait l'aigle? Et s'il ne s'y en trouve plus ?

L'effroi s'empare de mon esprit, et je m'abîme dans le désespoir.

Joshua calme mes inquiétudes.

« Souviens-toi, Pierre, tu es le seul maître à bord. Aucune influence extérieure ne peut modifier ta réalité si tu ne le désires pas. Tu peux donc changer le cours de l'événement.

— Je le sais fort bien, mais ça ne me suggère pas ce que je puis exécuter pour éteindre le brasier.

— Quel serait, d'après toi, le moyen naturel d'arrêter son essor ?

— Mmh… Une averse ?

— Alors, déclenche-la. Tu noieras le feu et préserveras de cette manière la seule voie d'évacuation hors de ce trou.

— Ouais…

— Souviens-toi de la fois où tu étais prisonnier de ce gouffre. J'ai concouru à la formation d'éclairs pour renverser un arbre dans le puits.

— Euh ! Comment vais-je procéder pour faire tomber la pluie ?

— Ne t'inquiète pas. Je vais t'aider. Avant tout, il faut te concentrer sur la précipitation d'eau. Compris ?

— Entendu !

— Décontracte-toi ! C'est seulement un jeu. Tu vas rendre cette image réelle dans le but de dissiper l'illusion du feu. »

J'essaie de fixer mon attention sur la pluie, mais peine perdue. Le froid m'indispose. Je claque des dents et ma respiration dégage de la buée.

« Joshua, le froid me déconcentre.

— Oublie-le un instant. Ferme les yeux et écoute ma voix qui te dictera mes instructions. Le truc ici concerne à visualiser ce que tu vas entreprendre. Me suis-tu ?

— Oui.

— Nous allons refaire le même exercice que la fois précédente. Es-tu prêt ?

— Allons-y !

— Tu sens tes membres s'alourdir, à commencer par les chevilles. Cette lourdeur se propage peu à peu à tes jambes..., puis à tes cuisses..., à tes hanches..., à tes bras..., à tes mains..., à ton cou... et à ta tête... Écoute ta respiration... Elle devient de plus en plus profonde... Inspire par le nez, et imagine-toi suivre le mouvement de l'air à l'intérieur de ton système respiratoire... Expire par la bouche... »

Mon corps s'alourdit de plus en plus et devient inerte comme une pierre. Le froid ne m'affecte plus.

« Songe à un carrousel de couleurs..., et choisis-en une... Mélange-la à l'air inspiré. Elle pénètre dans tes poumons... Éprouve sa chaleur... Répands-la dans les moindres parcelles de ton corps par ton système sanguin... »

Une lueur bleue se contracte et se dilate lentement à la hauteur de mes yeux clos. Chaque fois que j'inhale, elle se renouvelle aussitôt au même endroit. Elle finit par s'infiltrer en moi.

« Élève tes énergies en augmentant la circulation de ton flux sanguin... Accrois sa vitesse d'écoulement tout en conservant une respiration profonde... Imagine maintenant une lumière blanche... Intègre-la à ton flux sanguin... Ton corps vibre à la vitesse de la lumière. »

Je veux analyser mon expérience, mais Joshua m'invite à ne pas me laisser distraire par mes pensées. Il m'ordonne de porter plutôt mon attention sur ses instructions.

« Dirige-toi vers le firmament. Condense les vapeurs d'eau que tu aperçois au passage... L'amas s'appesantit de plus en plus, et forme des nuages très denses… Déplace-les au-dessus du puits… Sens leurs bienfaits, et regarde tomber la pluie… »

Après avoir suivi au pied de la lettre ses directives, je me décourage.

« Je ne vois rien.

— Imagine-la !… Allons, fais-la tomber… Libère ta créativité. »

Quelques minutes s'écoulent.

« Rien ne va, Joshua.

— Projette ta pensée plus fort que ça. Mets-y de l'émotion.

— Je suis bloqué. Le froid m'engourdit jusqu'au cerveau. Je ne le sentais pourtant plus tout à l'heure.

— Dispense-moi de ces réflexions. Pense à quelque chose qui te prend aux tripes… Sois plus émotif.

— Mais…

— Veux-tu sauver ta peau ? Ou bien préfères-tu délivrer la forêt du brasier ? Qu'importe ! Mais pour l'amour du ciel, trouve un truc qui donne cours à des effusions émotionnelles. Parti comme tu l'es, tu vas mourir dans le puits. Tu dois juste compter sur toi-même pour te sortir d'ici. »

Je puise dans ma volonté et me concentre davantage en dépit de la température glacée. Je veux cette pluie plus que tout au monde parce qu'elle est ma seule porte de salut ; je la désire puisque je suis fatigué de voir mes plans bousculés par cet infernal incendie ; je la souhaite pour enrayer la souffrance des gens, des plantes et des animaux ; et je la demande pour revoir au plus tôt la petite abeille. JE LA VEUX DE TOUT CŒUR.

Une force surprenante prend tout à coup naissance dans le bas de mes reins. Elle bouillonne d'une énergie extra-ordinaire. Soudain, elle part comme un éclair. Une boule incandescente me traverse d'un bout à l'autre l'épine dorsale, jaillit du crâne et éclate en un feu d'artifice éblouissant.

S'abat alors une pluie glaciale. Elle m'aveugle, tel un blizzard de janvier, tant elle tourbillonne de toutes parts. J'ai la nausée à force de diriger les mouvements erratiques de l'eau vers le puits. Mener cet exercice à bien me fatigue ; ma tête se fait pesante. Je ne sais plus où j'en suis et sombre dans l'inconscience.

XI

Le frôlement d'une plume sur le visage me démange. Reprenant sans hâte l'usage de mes sens, je me gratte la mâchoire, bien au chaud dans mon sac de couchage. Un air ambiant tiède me surprend. J'ouvre les yeux. La lumière d'un feu de camp fait danser son ombre sur le mur de la galerie. Mes yeux tombent ensuite sur Joshua, tout près de moi. Il m'adresse un sourire de son bec entrouvert.

« Puisse la paix demeurer avec toi, Pierre.

— Pourquoi as-tu allumé un feu de camp ?

— Le froid avait marbré ta figure de taches bleues.

— Comment l'as-tu fait ? Non, oublie ça. Je me doute comment tu t'y es pris. Dis–moi plutôt combien de temps je suis resté sans connaissance.

— Toute la nuit.

— Sapristi ! Que s'est-il passé ?

— Tu t'es épuisé à provoquer la pluie. Cela exigeait de toi une grande concentration. C'est une conséquence tout à fait naturelle pour les débutants inaccoutumés à ce genre d'exercice.

— Ai-je au moins éteint l'incendie de forêt ?

— Ça oui ! Tu es maintenant en mesure de comprendre la profondeur de la maxime suivante : "Les oiseaux ne volent pas parce qu'ils ont des ailes, mais ils en ont parce qu'ils souhaitent voler." »

Voilà qui invite à la réflexion, mais mes pensées prennent un tout autre cours. Je sors du sac de couchage pour inspecter le puits. L'épinette se trouve encore là, tapissée cependant de givre. La réussite de mon entreprise me procure un sourire de satisfaction. Des hourras s'envolent alors de ma gorge.

Ma joie délirante gagne Joshua qui l'épanche en trompetant. Je me livre à la danse au rythme de ses cris. Il me fait tout à coup signe de me taire et d'écouter. Je m'arrête sec et tend l'oreille.

Des sons lointains de mécanique percent l'air. Cela me semble provenir d'un hydravion et d'un hélicoptère. Je n'en crois pas mes oreilles. Le sol me brûle les pieds, mais il y a une ombre au tableau. La corde pend au beau milieu du vide, inaccessible.

Je me retourne vers l'aigle et demande :

« Pourrais-tu me faire la faveur de m'apporter la corde ? »

L'aigle s'envole, l'attrape de ses serres et me l'amène. En la nouant à ma taille, un voile de tristesse m'embrume le regard. L'heure de la séparation et de la fin des enseignements avait sonné.

Mélancolique, j'annonce d'une voix étouffée :

« Il me faut grimper. »

Un sanglot s'échappe de ma gorge serrée par l'émotion. Je me jette à genoux et étreins Joshua. Mon regard se fixe sur ses yeux où se reflètent à la fois un amour infini et un chagrin. Qu'il nous en coûte de quitter les gens qui montrent une grande sensibilité !

« Ne sois pas si malheureux, Pierre. Je veillerai sur toi. En période de crise, vois en esprit un aigle, et je t'apparaîtrai. Cependant, sollicite-moi seulement si besoin est, car tu es tenu de te débrouiller tout seul au milieu des difficultés.

— Mais, Joshua, je désire rester en liaison étroite avec toi.

— Ne t'inquiète pas. Sois plus attentif à tes intuitions. Je t'inspirerai par leur intermédiaire.

— Ouais !... mais qu'arrivera-t-il de mon initiation ?

— Je reviendrai peut-être plus tard te donner d'autres enseignements, lorsque tu auras assimilé ceux-ci.

— Bien ! Tu sais, je garderai de toi le meilleur souvenir.

— Je t'aime, Pierre. Va et poursuis tes expériences. N'oublie jamais ceci : tu es et deviens tes pensées ; tu possèdes tous les outils nécessaires pour modifier les décors de ton existence.

— Je te suis très reconnaissant de t'être donné la peine de m'éclairer sur mon existence, mais est-il vraiment nécessaire que nous nous séparions ?

— Ça oui ! Tu dois dorénavant mener seul ta barque. »

J'en conviens, et me soumets à l'inéluctable. Je l'enlace de nouveau et lui témoigne toute ma gratitude.

Le cœur gonflé à la fois de chagrin et d'enthousiasme, je m'élance vers le trou. À la force des bras, je me hisse le long de la corde jusqu'à la tête de l'épinette. Je l'enfourche pour une troisième fois et grimpe sans difficulté.

Rendu en haut, une surprise m'attend. Une couche de neige mouillée d'une dizaine de centimètres blanchit le sol. Elle est tombée en plein mois de septembre. Et le plus déconcertant est qu'il fait une chaleur étouffante. C'est insensé.

Joshua me rattrape.

« Hé ! Pierre ! tu as carrément étouffé le feu. Tu étais vraiment déterminé à en finir avec cette histoire.

— Que s'est-il passé ?

— Le froid s'est sans doute infiltré dans ta pensée quand tu tentais de provoquer la pluie, et cela a résulté en de la neige. »

D'un regard circulaire, j'embrasse la nature frappée à mort. Il me semble regarder un film en noir et blanc. Les arbres transformés en chicots sont noirs. Et une neige blanche recouvre le sol. Elle fume sur les cendres chaudes, laissant planer une vapeur trouble.

Un silence pèse maintenant sur le ciel pommelé d'un gris foncé. Une pensée tournoie dans ma tête. Où sont donc les engins volants ? Soudain, un ronron crève le silence. Un hydravion surgit des collines pour survoler le lac. Il décrit quelques larges cercles autour du campement, puis descend en piqué et amerrit.

« Je dois filer. Je suis appelé ailleurs, prétend Joshua. Un de mes protégés traverse une période difficile qui est en train de tourner au massacre.

— Quoi ! Je présumais que tu ne prenais soin que de moi.

— J'ai aussi la responsabilité de deux autres personnes. »

L'idée de partager mon ange gardien avec d'autres personnes me déplaisait souverainement.

Joshua perçoit mon mécontentement.

« Attention aux sentiments négatifs, Pierre. Rappelle-toi l'exemple de la secrétaire. Le bien-être intérieur est un état d'esprit exempt de toutes pensées négatives.

— C'est bon ! Dis-moi, quand aura lieu notre prochaine rencontre ? Joshua ?... »

Il venait de me quitter. L'aigle, aspiré par une colonne d'air ascendant, devient un point imprécis. De la main, je lui adresse un salut silencieux.

« Merci du fond du cœur, Joshua. »

Une voix qui m'appelle au loin me tire de la rêverie.

« Par ici ! », hurlai-je à tue-tête.

Je cours en direction de la voix. Un homme élancé, dans la trentaine, aux jambes de cigogne, se porte à ma rencontre. Ses cheveux plats et son visage allongé font ressortir les yeux bruns globuleux de mon grand ami Richard.

Il se jette dans mes bras. Nous manifestons notre joie de nous retrouver en poussant des cris de plaisir.

« Je suis content de te revoir ! s'exclame-t-il.

— Et moi donc !

— J'étais très inquiet lorsque j'ai appris l'incendie de forêt au bulletin de nouvelles. Les images étaient horribles à voir, mais il faut être sur place pour s'en rendre compte.

— À qui le dis-tu ! J'ai eu la peur de ma vie.

— C'est une chance incroyable que tu sois en vie. Comment t'y es-tu pris pour échapper aux flammes ?

— Tu ne me croirais pas si je te racontais mon aventure.

— Vas-y, je t'écoute.

— J'ai frôlé plusieurs fois la mort.

— Non ?

— Si ! J'ai d'abord roulé dans le puits de mine par accident.

— Sans blague !

— C'est pourtant vrai.

— Comment as-tu échoué là ?

— Un ours enragé me poursuivait, et je n'ai pas vu l'embouchure du trou.

— Tu me montes un bateau, toi, là ?

— Mais non ! C'est la pure vérité. Nous sommes tous les deux tombés dans l'excavation. Des arbrisseaux qui poussaient dans les fissures des parois nous ont projetés sur un boyau, dix mètres plus bas.

— Allons donc ! »

Je relève mon pantalon déchiré.

« Regarde ! J'ai dû poignarder les pattes de l'ours lorsqu'il labourait ma jambe de ses griffes. Il a lâché prise et s'est écrasé dans le fond du puits.

— Nom de Dieu ! Mais c'est dément !

— Pour sûr. Et pourtant, ces heures pénibles ont été les plus précieuses de mon existence. Je me serais toutefois bien passé des angoisses de cette étrange aventure. Maintenant qu'elle est terminée, je me sens un peu mélancolique à l'idée de mettre les voiles hors de cet endroit.

— Es–tu devenu dingue, Pierre ?

— Ah ça non ! J'ai appris une grande chose.

— Quoi donc ?

— Notre potentiel intérieur est sans limites. »

Des hommes aux sourires épanouis s'approchent de nous. Le pilote de l'hydravion, un barbu court sur pattes, me donne une chaleureuse accolade. Je l'avais rencontré une fois, il y a quelques semaines de cela.

Fronçant les sourcils, il dit :

« Mais, Pierre, vous n'avez que la peau sur les os.

— La nourriture commençait à se faire rare. Je devais la rationner, car j'ignorais combien de temps j'allais être prisonnier ici. »

Le barbu m'offre deux tablettes de chocolat qu'il sort de la poche de sa chemise à carreaux. Je les engloutis d'une seule traite.

« Vous savez, Pierre, la chance vous a souri, affirme-t-il. La météo annonçait du temps sec pour encore une bonne semaine. Or les nuages responsables de l'averse se sont amoncelés sans une dépression barométrique. Les météorologues ne se l'expliquent pas.

— On est maître de son sort. Il existe des choses incroyables qui s'interprètent d'une façon très simple, répliquai-je.

— Le plus curieux de la chose est la présence de cette neige autour du lac, d'autant plus que nous ne la retrouvons nulle part ailleurs. Elle me paraît être tombée alors que le thermomètre marquait autour des trente degrés Celsius. C'est un mystère », avoue-t-il, sans avoir prêté attention à ma réplique.

Un homme inconnu, d'une carrure impressionnante, intervient dans la conversation. D'une voix cassée, il exprime sa crainte.

« Nous ferions mieux de partir. On ne sait jamais ce qui peut arriver. »

Le barbu s'adresse à l'homme.

« As-tu contacté l'équipe de l'hélicoptère ?

— Oui. Elle a découvert un hélicoptère écrasé dans un marécage. L'équipe est en train de retirer un cadavre des débris. Peux-tu nous informer là-dessus ?, me demande l'homme, intrigué.

— C'était un pilote qui était à la solde de ma compagnie. Il est venu me chercher il y a deux jours. Nous sommes aussitôt partis pour Thompson. Mais nous avons connu des ennuis mécaniques près du cœur de l'incendie.

— Et que s'est-il passé ?

— Nous avons dû rebrousser chemin. Le réservoir à essence s'est vidé, et l'hélicoptère a décroché. Il a ensuite basculé de côté. Et j'ai été éjecté de l'appareil juste avant l'écrasement. »

La surprise se répand sur le visage des hommes.

Les yeux écarquillés, Richard s'écrie :

« Nom de Dieu ! mais ton aventure est toute une histoire.

— Ça oui ! Je te raconterai tout ça à Kenora.

— Je pressens la menace d'autres malheurs si nous restons plus longtemps ici. Plus tôt nous quitterons, le mieux ce sera », hasarde le barbu, peu rassuré par l'endroit.

La proposition est acceptée unanimement. Au cours de la descente au lac, nous posons des traces sur le voile virginal comparable à ceux de l'incendie sur la forêt. Nos empreintes sur la neige s'effaceront sous peu et demain les plaies de la nature seront cicatrisées. La vie ne sait-elle pas au fond toujours émerger des catastrophes ?…

Nous embarquons dans l'hydravion. Le pilote transmet la nouvelle de mon sauvetage à la municipalité de Thompson après le décollage.

J'embrasse du regard la région dévastée. La neige s'étend sur un kilomètre carré autour du puits de mine.

Richard, assis avec moi à l'arrière, devient bavard.

« Cet endroit est pour sûr tombé sous le joug d'un démon malin. »

Il appuie ses dires sur l'accident de Jean, mes mésaventures et le plus gros incendie de forêt de l'histoire du Canada. Je rejette loin de moi les réflexions de Richard et laisse plutôt flotter mes pensées sur ces lieux où j'ai vécu les moments les plus précieux de mon existence.

Nos vues sur ces événements me portent à reconnaître la véracité des propos de Joshua. La signification d'un événement ne prend-elle pas la couleur de la perception et de l'interprétation de chaque individu ? Aussi, la vision de Richard, autant que la mienne, est teintée de vérité ; il s'agit d'une question de perspective.

Nous parvenons à l'hydrobase de Thompson en moins d'une heure de vol. Quelques journalistes patientent sur le ponton, sous la chaleur accablante du midi. Nous leur faussons compagnie. Richard et moi attrapons sur l'heure un autre hydravion, en partance pour Kenora. Cependant, à destination, l'embarcadère est bordé de gens. Une équipe de reporters, caméras au poing, m'attendent de pied ferme. Les questions fusent. Me pliant volontiers à leurs caprices, je relate mon aventure, mais je m'abstiens de raconter ma rencontre avec mon ange gardien.

Une fois libéré de ces gens à l'affût d'événements à sensation, j'invite Richard à venir consommer une bière chez moi.

Le taxi nous dépose à ma résidence. La porte est entre-bâillée. Je franchis le seuil et... oh !... non !... Un spectacle de lendemain de bataille s'offre à ma vue.

Dans le salon, les livres ont été jetés par terre, les tableaux, décrochés des murs ; la causeuse a été transpercée à coups de couteau ; les pots de plantes, dont le cactus, sont renversés ; la vitrine de ma collection de pierres précieuses est fracassée et son contenu, éparpillé aux quatre coins de la pièce.

Une mer de vaisselle brisée jonche le carreau de la cuisine. Dans la chambre à coucher, des vêtements pêle-mêle traînent par terre ; les tiroirs du chiffonnier sont défoncés ; la penderie est démontée ; le matelas est transpercé à coups de couteau et les draps et rideaux sont déchirés.

Richard émet un sifflement.

« Nom de Dieu! que s'est-il passé ?

— Je n'en ai pas la moindre idée.

— Tu n'as aucune veine. Ne touche à rien. Je contacte tout de suite le poste de police. »

Je me douche pendant que Richard passe le coup de fil. L'eau chaude coule le long de mon corps, et me détend. Je me savonne de mon mieux afin de libérer les pores de ma peau de la cendre collée par la sueur. Lorsque je sors de la salle de bains, vêtu des mêmes habits que la veille de mon départ, les agents de la paix sont déjà sur place.

Après un examen sommaire des lieux, un des deux policiers affirme :

« Je n'ai jamais vu une demeure dans un état semblable depuis que j'habite cette ville.

— Quel méli-mélo ! Avez-vous une petite idée sur la cause de ce fouillis ? s'enquiert l'autre policier.

— Pas la moindre. Je me suis absenté de mon domicile durant cinq jours et je le retrouve maintenant en désordre.

— Vous manque-t-il quelque chose ? s'informe-t-il.

— À première vue, rien n'a disparu. »

Le premier policier promène sur moi un regard suspicieux.

« Tout laisse à penser que cette ou ces personnes cherchaient quelque chose en particulier.

— J'ignore ce qu'elles espéraient trouver.

— Peut–être de la drogue », insinue-t-il, en mettant l'emphase sur le mot " drogue ".

Richard vient à ma rescousse.

« Un instant ! Mon ami a vécu des moments pénibles dans l'incendie de forêt au nord du Manitoba. Si vous ne trouvez pas une meilleure solution que de l'inculper à tort, alors...

— Et si c'était le cas, je ne vous aurais assurément pas appelé, renchéris-je sur l'intervention de Richard.

— Vous avez raison, concède le deuxième policier. Que pensez-vous que les intrus recherchaient ?

— Je donne ma langue au chat. »

Les agents prennent quelques photos et rédigent un rapport sur l'infraction.

Richard fait éclater son indignation sitôt leur départ.

« N'a-t-on jamais rien vu de pareil ? Je n'en reviens pas. Les victimes sont souvent les premières à être suspectées dans une enquête policière. Mais ça n'a pas de bon sens. »

Abattu, je manifeste mon agacement.

« Je n'ai pas le cœur à débattre la question. »

Richard se tait et m'aide plutôt à mettre la maison en ordre.

Que me voulaient ces malfaiteurs ? En quête de motifs qui justifieraient l'infraction, mes pensées commencent à s'orienter. Mais bien sûr ! Où avais-je donc l'esprit ? On s'efforçait de dégotter le diamant qui vaut la somme inimaginable de plus d'un quart de million de dollars.

Mes soupçons portent sur le joaillier, le seul à connaître l'existence de la gemme. Ses yeux avaient brillé d'une lueur cupide quand il l'avait tenu entre ses doigts. Mais comment s'y est–il pris pour connaître mon adresse ? Tout bien pesé, tout le monde se connaît dans une petite ville de moins de quinze mille habitants. Si nous, les étrangers, nous ne les connaissons pas, eux, en revanche, ils finissent par être bien bien informés à notre sujet.

Le regret d'avoir fait estimer cette pierre précieuse par le joaillier me dévore. J'aurais mieux fait d'aller dans une autre ville. Toutefois j'étais loin de soupçonner avoir en ma possession une gemme d'une aussi grande valeur. Mais où est-elle ?

Je signale à Richard la disparition du diamant de ma collection de roches. Les recherches s'avèrent infructueuses lors de la remise en ordre de la maison.

Une humeur exécrable s'empare de moi : une fortune venait de me passer sous le nez. Je souhaite être seul.

« Merci de ton aide, Richard. J'ai sommeil. Je te raconterai mon aventure en long et en large, demain à l'heure du lunch, si tu le veux bien.

— Très bien. »

Dès le départ de Richard, je m'assieds sur une chaise. La pression d'un objet dur dans la poche de mon pantalon s'exerce sur ma cuisse. Je plonge ma main à l'intérieur et découvre le cristal. Eurêka ! Il est resté là depuis que je l'ai fait évaluer. Pris de court par les événements de la journée, j'avais oublié de le ranger dans l'armoire vitrée de ma collection de roches. C'est une chance, sinon il aurait été volé.

Je le sors de sa cachette et le fais pivoter entre mes doigts. La pierre chatoie à la réflexion de la lumière sur les plans de clivage. La gamme de nuances de bleu jette mille feux d'un éclat inimitable. Quel joyau !

Une curieuse impression s'infiltre en moi. Je saisis une règle graduée, relève la dimension du caillou et note les informations sur un bout de papier. Il est long d'un centimètre et demi. C'est bizarre. Je mettrais ma main au feu qu'il a gagné en longueur depuis la dernière fois !

XII

«Je t'ai vu hier soir au journal télévisé », me signale la petite abeille pendant que j'endosse mon chèque de paye, en ce mardi matin.

Depuis la diffusion de mon aventure, je suis devenu le héros involontaire du jour ; moi, ce rescapé, inconnu hier de la population de Kenora, hormis du joaillier, bien entendu. La compagnie minière m'a donné congé pour le reste de la semaine afin que je puisse me remettre de mes émotions et soigner ma blessure à la jambe.

Comparant le chiffre inscrit sur mon bordereau avec celui du chèque, elle s'enquiert:

« Il paraît que tu as vécu des jours très difficiles. À quoi pense-t-on lorsqu'on frôle la mort ?

— Mais j'étais inconscient au cours de cette période critique.

— Que veux-tu dire ?

— Je suis tombé en syncope quand j'ai fui la terre en feu. Et lorsque j'ai repris mes sens, les flammes étaient déjà en grande partie éteintes.

— Alors, tu n'as pas engagé une lutte contre l'incendie.

— Ah ça non ! C'était plutôt une lutte pour la vie. J'étais livré à moi-même. L'angoisse de mourir me torturait à chaque instant. Pendant quatre jours, j'ai dû me débrouiller avec les moyens du bord pour survivre avant l'arrivée des secouristes.

— Ah, bon ?

— Et pourtant les hommes n'ont pas besoin d'essuyer une telle catastrophe pour éprouver l'angoisse. La tranquillité trompeuse du quotidien de gens bien ordinaires en révèle tout autant.

— Quels souvenirs conserves-tu de cet événement insolite ?

— Nous tenons entre les mains notre destinée. À nous d'agir en conséquence.

— Je suis heureuse que tu t'en sois sorti indemne. Je me rongeais les sangs. »

Elle attache sur moi le regard de ses yeux verts langoureux et m'adresse ensuite un sourire enjôleur qui me va jusqu'au cœur. Je craque de nouveau pour elle, la trouvant encore plus désirable qu'avant mon départ pour Thompson. Ma poitrine se soulève dans un grand soupir. Un fleuve d'amour coule alors en moi.

Je devine en la petite abeille, par ces gestes et paroles, l'affection qu'elle me porte. Cette marque d'intérêt suscite pour moi l'occasion de lui demander de m'accompagner aux noces de Richard.

Je puise en moi une forte dose de courage, et bredouille :

« Je suis invité… à une noce… dans onze jours. Aimerais-tu… m'accompagner ? »

Elle appose le tampon au verso du chèque, puis glisse le relevé informatisé dans mon livret de banque. Elle finit par déclarer :

« Je n'en ai aucune idée. »

Je crois surprendre dans sa voix un léger trouble. Ma proposition l'aurait-elle prise au dépourvu ? Mieux vaudrait alors laisser cette idée se frayer un chemin dans la tête de la petite abeille.

« Ne me donne pas une réponse tout de suite. Prends le temps d'y réfléchir, et informe-moi de ta décision plus tard. D'accord ?

— Je vais consulter mon agenda ce soir. Quand est-ce exactement ?

— L'autre samedi prochain.

— Quel est ton numéro de téléphone ?

— 468-1344. Je serai à la maison toute la semaine… Je m'appelle Pierre.

— Je sais.

— Ah oui ?

— Ben voyons ! Les chèques… Moi, c'est Andréa. »

Porté sur les ailes de l'extase, une joie indescriptible me transporte. La petite abeille se prénomme Andréa. Quel nom délicieux ! L'excès d'émotion se résout en un bonheur parfait.

Je file sur le coup de midi à la brasserie du centre-ville. Richard écoute avec recueillement le récit de mes aventures au Manitoba. Je me hasarde à lui parler de Joshua, mais il me regarde comme un détraqué. Son esprit fermé est typique de certaines personnes à qui l'on ne peut pas raconter ce genre de choses. Or, l'esprit, comme le parachute, ne fonctionne-t-il pas mieux ouvert ?…

Je relance la discussion dans une autre direction et j'aborde le sujet de la caissière de la banque. Richard partage ma joie. La conversation roule ensuite sur les différentes étapes d'exploration possibles en vue de maximiser la valeur de la propriété aurifère de Thompson.

Le lendemain matin, le ronflement d'un hélicoptère volant en rase-mottes me tire du sommeil. Le timbre de l'entrée retentit, une dizaine de minutes plus tard. Je m'arrache du lit. Les forces de l'ordre et le docteur Landry — le biologiste du ministère des Richesses naturelles — sont campés sur le seuil de la porte.

Une expression de surprise m'échappe.

« Quel est le motif de votre visite, messieurs ?

— Nous venons réquisitionner le cactus. C'est un bien de l'État, annonce un des deux policiers de sa voix caverneuse.

— Qu'est-ce que ça signifie ? Le bois appartient à tout le monde à ce que je sache.

— Vous avez enfreint les règlements des parcs provinciaux. Ceux-ci défendent de ramasser des plantes, des objets ou toute autre chose trouvée sur son territoire, explique l'autre policier.

— En voilà des manières ! Pourquoi faites-vous tout un cinéma pour un cactus ?

— Vous ne me semblez pas comprendre l'importance de cette découverte. C'est une nouvelle espèce de plante sauvage, étrangère à travers la planète entière, précise le biologiste.

— Mais il y en a plein à l'endroit que j'ai désigné sur votre carte.

— Parlons-en ! J'y suis allé lundi matin et il n'y en avait aucun. Vous avez donc le seul spécimen au monde. Et puisque vous l'avez ravi au patrimoine canadien, nous sommes en droit de le reprendre.

— Voyez ! Voici le mandat de perquisition », me dit le premier policier.

Ça, par exemple ! Voilà que j'avais commis une autre bévue la même journée — après celle du diamant — en montrant le cactus au scientifique.

Je prends le docteur Landry à part pour lui parler.

« Je vous propose un arrangement. Je vous y conduis à condition de me céder ce cactus. Comme les cactus foisonnent dans ce coin, vous en aurez autant que vous en voudrez. D'accord ? »

J'aurais pu y retourner en cachette et en cueillir un autre, mais je tenais particulièrement à celui-là. Il s'était noué au fil des jours un lien étroit entre nous. Il avait produit de surcroît une gemme de grande valeur, et il continuerait probablement à en produire encore. Les autres cactus étaient loin de me garantir la même chose.

« Marché conclu. Mais cette entente ne vaut que si vous me montrez des cactacées de la même espèce, clarifie le botaniste.

— N'ayez crainte ! Le secteur en est envahi.

— Je vous l'enlève pour l'instant.

— Bon, quand aimeriez-vous y aller ?

— La recherche m'accapare ces jours-ci, mais je dispose de quelques heures vendredi.

— À votre aise !

— Nous utiliserons le camion du ministère pour cette sortie. »

J'y comptais bien : j'appréciais peu ce tordage de bras abject.

Le scientifique prend le cactus, puis les hommes se retirent. Une profonde colère s'empare de moi sitôt leur départ. Pour qui le docteur Landry se prenait-il ? La recherche l'accapare. Pfft ! Je me promettais bien, vendredi prochain, de rayer d'un trait de plume cette drôle d'histoire.

Deux interminables journées s'écoulent sans que j'aie eu des nouvelles d'Andréa ; aussi le désespoir s'infiltre-t-il peu à peu dans mon cœur.

Le téléphone sonne en ce jeudi matin.

« Allô ! Ici, Andréa. »

L'angoisse de l'attente s'évanouit au son de sa voix caressante.

« Oh, salut ! Comment te portes-tu ?

— Ça colle, merci. Je ne peux pas me libérer pour les noces. »

Après hésitation, je risque le tout pour le tout en lui présentant une demande que j'avais mûrie au cas où elle déclinerait l'invitation.

« Je n'ai pas coutume de faire des avances semblables, mais... que penserais-tu de... venir souper chez moi à un moment donné ? »

L'estomac plein de papillons, je retiens mon souffle, incertain de sa réaction à une proposition aussi compromettante.

« Ça me plairait beaucoup, répond-elle avec une franche gaieté.

— Serais–tu libre ce soir ?

— Que oui !

— Que dirais–tu de t'amener à six heures.

— Cela me convient parfaitement. Où demeures-tu ?

— Au 224 de la Huitième Avenue Sud.

— J'y serai. »

Mon visage rayonne de joie. Je sens murmurer en moi une fontaine de vie. La perspective de la rencontrer pour le souper se traduit en une exaltation nerveuse. Et mon cœur gonflé d'amour bat la chamade.

Durant une bonne partie de l'après–midi, je m'affaire à cuisiner une entrée d'escargots et une lasagne comme plat de résistance. Deux bons vins, un blanc et un rouge, arroseront le repas. Je dresse la table. Un bouquet de roses et deux chandelles blanches l'agrémentent. J'allume un feu dans l'âtre, une demi-heure avant le rendez-vous. Pour parfaire le cadre magique, les lumières sont éteintes.

Andréa se présente à six heures pile. Belle à croquer, mon cœur fond de tendresse. Un sourire erre sur ses lèvres. Et un parfum de jasmin se dégage d'elle. Je la caresse du regard. De ses yeux émane la douceur. Les cheveux relevés en un chignon découvrent ses lobes d'oreille auxquels pend une petite boucle d'oreille en or. Sous le blouson bleu marine entrouvert, elle est vêtue d'une blouse blanche de coton piquée de motifs floraux autour du col. Un jean complète sa tenue.

Hésitante, Andréa se tient dans l'embrasure de la porte ne sachant que faire. Je sens vibrer en elle une tendresse cachée. Il y a de l'électricité dans l'air. Je l'invite à passer au salon. Notre gêne réciproque se dissipe à la minute où je lui offre du Madère sec. Pendant que je le verse dans les coupes, j'engage la conversation.

« Savais-tu que je te surnommais " la petite abeille " ?

— Pourquoi ce surnom ?

— Te rappelles-tu la fois où tu as comparé la banque à une ruche avec des abeilles et des faux bourdons ?

— Que oui !

— Puisque tu disais travailler d'arrache-pied, je t'ai baptisé "la petite abeille". À cet instant, j'ignorais ton véritable nom.

— Tu es drôle. Merci du surnom.

— As–tu eu de la difficulté à trouver l'endroit où j'habite ?

— Aucune. Je connais le secteur par cœur. Vois-tu, je pratique la danse aérobique à deux coins de rue de chez toi. Je m'y rends tous les mardis, vendredis et dimanches.

— Mmh ! C'est bien. Au fait, où as-tu appris à si bien parler le français ?

— Je l'ai étudié à fond pendant deux ans à Nice. Et puis mon père est Français… Tu sais, ton histoire au Manitoba a éveillé ma curiosité. Peux-tu m'en dire plus ? »

Un sourire éclaire ses traits. Je m'assieds en face d'elle et plonge mon regard dans ses beaux yeux verts. Son visage inspire confiance, aussi je m'ouvre à cette oreille compatissante. J'y déverse toute mon expérience de l'incendie de forêt. Elle est suspendue à mes lèvres.

« C'est un récit incroyable ! Tu ne peux pas le raconter au premier venu, sinon tu passerais pour un fou.

— C'est vrai. Je l'ai constaté l'autre jour avec mon ami Richard.

— Pourquoi t'es-tu confié à moi en ce cas ?

— Je me suis fié à mes intuitions. Elles laissaient entrevoir ton ouverture d'esprit.

— Tu as bien fait. Quel sens donnais-tu à la phrase de l'autre jour : " Nous tenons entre les mains notre destinée " ?

— D'après Joshua, la véritable sécurité matérielle repose sur la maîtrise du niveau spirituel. Lorsque nous maîtrisons la source de nos pensées, nous devenons alors maître de notre destinée.

— Et pourquoi donc ?

— Parce que les aspects extérieurs de notre vie viennent à se transformer au fur et à mesure que nous modifions les attitudes de notre état d'âme. L'élan est intérieur ; il ne vient pas de l'extérieur.

— Oh ! Tu as de la veine d'être en communication avec lui. C'est plutôt rare.

— Je me demande pourquoi cet ange gardien a pris l'apparence d'un aigle. Il aurait pu être un autre oiseau après tout.

— La forme ici est très significative de sa condition de vie céleste. L'aigle symbolise la spiritualité. Joshua serait plutôt un guide spirituel.

— Ah oui ? Quelle différence existe-t-il entre les deux ?

— La vocation de l'ange gardien est celle d'être un guide protecteur et non spirituel.

— Ah! j'y suis. Voilà pourquoi il a été vague quand je l'ai interrogé sur ce sujet. Et ça mange quoi, un guide spirituel en hiver ? plaisantai-je.

— Sa fonction est d'aider les gens dans leur épanouissement spirituel. Ces deux guides-là nous soutiennent toute notre vie. Plusieurs autres mentors, quoique temporaires, nous entourent en plus. Ils accomplissent diverses autres tâches.

— Qui sont ces esprits et pourquoi s'intéressent-ils à nous ?

— Ils ont été autrefois des hommes, et certains d'entre eux revêtiront encore cette forme. La plupart de ces êtres concourent à éclairer les hommes. Et par ricochet, cette bienveillance profite à leur propre évolution.

— Où as-tu appris tout ça ?

— Les phénomènes ésotériques ont toujours suscité mon intérêt. J'ai beaucoup lu sur ce sujet lorsque j'étais jeune. Et plus j'approfondissais cette science, plus elle me semblait familière. Je savais tout sans vraiment rien savoir.

— Peut-être exerçais-tu le métier d'occultiste dans une de tes vies antérieures ?

— Peut-être. Pour en revenir à notre premier propos, ton cas est unique puisque les guides ne se manifestent pas à leurs protégés. Nous, les humains, avons peur de ce qui survient de l'au–delà. Et cette crainte empêche une communication directe avec nos mentors.

— Mais, Andréa, je l'ai fui comme l'aurait fait n'importe qui. S'il a pu s'approcher de moi, c'est parce qu'il m'a coincé dans le puits.

— En somme, il voulait vraiment établir un contact avec toi.

— Ma foi oui ! Il m'a talonné jusqu'à épuisement. Dis-moi, qui sont les autres guides temporaires dont tu parlais tout à l'heure?

— Les autres s'ajoutent selon nos occupations. Plus nous faisons de choses, plus nous sommes encadrés.

— Que veux-tu dire ?

— Tu bénéficies, par exemple, d'un mentor en géologie ayant des connaissances légèrement supérieures aux tiennes. Et si tu évolues, il cédera sa place à un autre mentor plus érudit.

— Hum ! Je croyais que tous les esprits possédaient la même connaissance.

— Détrompe-toi. Ils sont seulement des humains désincarnés et nous, des esprits incarnés. Et beaucoup d'entre eux n'ont pas plus de connaissances que nous. »

Andréa avait jeté une lumière nouvelle sur la question de ces êtres de l'autre monde. Notre entretien m'a ainsi permis de percer un peu à jour le mystérieux personnage de Joshua.

Nous nous livrons, après le repas, un peu de nos jardins secrets. Nous parlons de nos expériences de voyage en auto-stop, de nos activités sportives, de nos goûts, de notre métier, de nos amours antérieurs et de ses talents musicaux en piano et en flûte. Andréa se montre d'une humeur gaie. Puis la conversation se traîne en propos intimes. Nous parlons à cœur ouvert de nos regards en coulisse jetés l'un sur l'autre avant la rencontre de ce soir. Bref, nous ressentons une forte attraction mutuelle.

Le temps file. Ma montre-bracelet marque déjà deux heures du matin. Nous sommes ensemble depuis plus de huit heures. Et pourtant, j'ai l'impression d'être au début de la soirée. Pourquoi le temps s'envole-t-il lors des bons moments ? Il y a tant à dire en agréable compagnie, mais on se trouve toujours à court de temps…

Avant de se retirer, Andréa déclare :

« Pierre, je dois jouer franc-jeu avec toi.

— Quoi donc ?

— Je fréquente un gars depuis trois ans maintenant. Voilà plus de six mois que j'habite avec lui au chalet de mes parents sur l'île de Coney. »

Une ombre passe sur mon visage. Je pâlis de crainte, et une douleur broie mon cœur.

« Je ne le savais pas.

— Une des caissières m'a même grondée de venir ici, mais j'étais trop curieuse de connaître la raison de mon attirance.

— Et alors ?

— Mon cœur éprouve des sentiments pour toi comme je n'en ai jamais ressenti pour aucun autre. Et j'ai peur, Pierre.

— Peur de quoi ?

— Vois–tu, tu me plais, mais j'aime aussi l'autre gars, quoique je n'en sois plus aussi certaine à présent. Tu me brouilles les idées. »

Ces paroles ont explosé comme un torrent au printemps. Voilà la confidence qui rompt le charme d'une si mer-veilleuse soirée. Sa confession éveille en moi un sentiment où la peur de la perdre se mêle à la confiance de gagner son cœur. Elle avait ce soir les yeux incendiés par l'amour, et cette marque ne ment pas. Aussi je caresse l'espoir de renverser cette situation en ma faveur.

Après son départ, je laisse courir ma plume sur le papier et lui compose un brin de poésie.

Ce soir, je prends le temps de te décrire
Les émotions que mon cœur éprouve pour toi.
Ce soir, je profite du moment pour t'écrire
Tous les sentiments que je ressens pour toi.

Par ces matins frais inondés de soleil
Je te susurre dans le creux de l'oreille
Que les journées ne sont plus pareilles
Depuis que je t'ai rencontrée, petite abeille.

Le feu de l'amour embrase mon cœur ;
Il crépite comme une pluie d'orage.
Et une nouvelle brise de bonheur
Souffle sur ce fiévreux nid sauvage.

Je brûle d'un fou et passionné désir
De pouvoir désormais te tenir la main
Afin que je puisse pousser le soupir
Qui calmerait à jamais ma grande faim.

À peine la composition de ce poème terminée, la fatigue s'empare de moi, et je sombre dans le monde féerique des rêves de l'amour.

XIII

Le réveille-matin sonne à huit heures. Je m'habille en vitesse et quitte aussitôt la maison. J'arrive au pas de course dans une rue en cul-de-sac qui aboutit à un ponton aménagé pour les insulaires de l'île de Coney. La voiture d'Andréa y est garée. Il y a trois semaines, lors de mes "filatures", j'avais trouvé cette rue où Andréa la stationnait. Je glisse le poème sous les essuie-glaces.

Je reviens déjeuner. Le docteur Landry me prend à domicile vers huit heures et demie. Le camion roule sur la Transcanadienne un bout de temps puis bifurque sur une route en terre battue jusqu'à une aire de stationnement. De là, un sentier longe le lac des Bois. Nous le suivons. Des huarts lancent des cris lugubres qui déchirent le silence.

Une trouée entre les arbres offre à notre vue un spectacle saisissant. Au loin, les riches teintes du ciel se marient aux reflets d'opale de l'eau. Sur la rive rocheuse, les crêtes des vagues se brisent en un bouillonnement d'écume.

Nous allongeons le pas. Au bout de trois quarts d'heure de marche, le sentier débouche sur la rive sauvage. Courant sur les ondes, le vent s'insinue dans le rideau d'arbres qui leur fait front en émettant un ronflement d'orgue. Les feuilles des peupliers tremblent, l'écorce fendillée des bouleaux claque et les maigres épinettes plient.

Un vieux pin rouge, tordu et solitaire marque l'endroit où poussaient les cactus. À ma grande surprise, il n'en reste plus aucune trace : ils se sont volatilisés.

Manifestement déçu, le biologiste s'enquiert :
« Êtes-vous sûr d'avoir ramassé le cactus ici ?
— Mais oui ! »
Le silence retombe entre nous.
« Regardez ! me signale-t-il tout à coup.
— Quoi ?
— Là !... La roche est tachée de rouge.
— Hé ! On jurerait un carnage !
— Mais, vous avez raison. »

Plusieurs raquettes ouvertes jonchent les affleurements. Une substance rouge visqueuse les englue ; la même qui avait jailli du segment lors de l'incision pratiquée au laboratoire. Leur éclatement témoigne sans doute de la destruction des cactées. Mais que s'est-il donc passé ?

Le botaniste tire un sac en plastique de la poche de sa veste à carreaux, et collecte les articles éparpillés.

« Que comptez-vous en faire ?

— Je veux déterminer la cause de leur anéantissement. »

Le retour à Kenora s'accomplit sans mot dire. Mon silence est peuplé d'inquiétude. Je me résous à le rompre, à la limite de la ville.

« Qu'adviendra-t-il du cactus ?

— Je le garde, puisque vous n'avez pas rempli votre contrat.

— Mais vous avez eu des segments, n'est-ce pas assez ?

— Non. Je veux entreprendre une recherche systématique sur cette nouvelle espèce. Les raquettes mortes ne sont d'aucune utilité, sauf pour déterminer la raison de leur destruction en les comparant aux vivantes.

— Mais pourquoi voulez-vous consacrer une étude à ce cactus ?

— Ne comprenez-vous pas ? C'est la découverte du siècle. Avant de la publier dans les revues spécialisées, tout homme de science doit la soumettre à une batterie de tests scientifiques, laquelle prouvera hors de tout doute son caractère unique.

— Et comment allez-vous vous y prendre ?

— Venez avec moi. Je vais vous montrer. »

Nous garons le camion dans le stationnement du ministère, puis nous entrons dans le bâtiment par la porte arrière. Le laboratoire se situe immédiatement à gauche. Le scientifique retire des appareils des armoires et les pose sur la table-évier. Il arrache ensuite un segment du cactus et le coupe en tranches très minces à l'aide d'un outil spécial.

« Qu'est-ce que vous fabriquez, docteur Landry?

— Je prépare des lames minces en vue d'identifier les tissus végétaux au microscope. Je ferai de même avec les raquettes mortes dans le but de confronter les données.

— Ah, bon ?

— Pendant que j'apprête les lamelles de cactus, vous pouvez vous rendre utile si le cœur vous en dit.

— De quelle manière ? »

Cette proposition me ravit, car le sort réservé à la plante grasse me sera ainsi connu.

Le biologiste détache d'autres raquettes du cactus. Il en jette une dans un mortier de marbre.

« Vous allez les broyer comme ceci. »

Il triture le segment avec le pilon. Puis il s'empare d'une bouteille d'alcool en plastique, dont l'extrémité se termine par un tube courbe. Il en injecte un peu dans le récipient et dilue la pâte épaisse. Il vide ensuite le mortier dans un flacon.

« Qu'avez-vous l'intention de faire de cette pâte ?

— Je vais d'abord la dissoudre dans un solvant et la filtrer. Par la suite, je transviderai le soluté dans des éprouvettes pour les placer dans la centrifugeuse que vous voyez là-bas.

— À quoi sert-elle ? »

À ma question, les traits du biologiste s'animent. Il se perd dans les détails.

« Cet appareil sépare la solution de densités différentes en ses constituants, au moyen de la force centrifuge : les plus lourds s'enfoncent alors que les plus légers remontent à la surface. On isole ensuite chacun des constituants de l'éprouvette et... »

Le docteur Landry continue à s'appesantir sur le sujet, accompagné de grands moulinets de bras pour appuyer ses dires. Finalement, son exposé technique se termine.

« Maintenant que vous avez appris, vous pouvez poursuivre le broyage des autres raquettes.

— Ne croyez-vous pas qu'il se fait tard pour commencer les travaux ? Il est déjà quatre heures moins le quart.

— Mais non ! Le tout peut se conserver au réfrigérateur. »

Je m'emploie au broyage des raquettes sous sa surveillance attentive. S'estimant satisfait de mon ouvrage, le scientifique s'attelle à la tâche des préparations de lames minces.

Au cours de la trituration, des cris étouffés parviennent à mes oreilles. Je tombe en arrêt et tourne la tête en tous sens, mais je n'arrive pas à les localiser.

« Entendez-vous les bruits, docteur Landry? »

Il lève le nez de son ouvrage et tend l'oreille.

« De quoi parlez-vous ?

— Motus !... »

Il secoue la tête d'un mouvement négatif puis vaque de nouveau à ses occupations. Les cris ont cessé. Je reprends le pilage, perplexe. Les cris retentissent encore une fois. Je jette un regard interrogateur sur le biologiste, mais il demeure absorbé par son travail : il n'entend rien.

Une intuition s'impose à moi. Ces bruits ne traduisent-ils pas des appels au secours du cactus ? L'absurdité de ces investigations pénètre soudain le champ de ma conscience. Que vaudront-elles si nous perçons le cœur du dernier individu de la planète ? À quoi bon augmenter les archives scientifiques sur des tablettes déjà empoussiérées puisque les gens demeurent indifférents ? N'ont-ils pas d'autres soucis en tête ? Personne ne s'intéresse à cette plante, à part le docteur Landry et moi. De toute évidence, le biologiste n'a nullement l'intention de la protéger. Son intérêt est personnel. Il ne pense qu'à publier "sa" découverte. Et pour ce faire, il est prêt à lui arracher la vie s'il le faut.

Cette idée me martèle la cervelle, et je contracte un mal de tête.

« Docteur Landry ?
— Quoi ?
— Je m'en vais. J'ai mal à la tête.
— Très bien. »

La marche dans le corridor apaise mon exaltation bouillante. Soudain, tout devient clair dans mon esprit : je dois interrompre cette expérience.

Je flâne dans le bâtiment construit en "V". Le cœur de cet édifice à deux étages se compose d'un hall avec réception, flanqué d'escaliers en colimaçon et de toilettes. Des cabinets s'ouvrent de part et d'autre sur les couloirs. L'extrémité des ailes se termine par un escalier en fer à cheval. Une porte de secours condamne l'aile gauche de l'étage inférieur. Par contre, près du laboratoire, une sortie pour les employés dessert l'aile de droite.

J'échafaude un plan. Je m'introduis dans les toilettes pour me cacher derrière la porte d'un cabinet.

Arrive enfin l'heure de fermeture des bureaux. Les lumières s'éteignent. Je me mords les lèvres d'énervement. Mon cœur bat rapidement. Au bout d'une demi-heure, je sors du cabinet d'aisance, les mains moites. Je risque un œil craintif dans le couloir. Seule une lumière diffuse éclaire le hall.

Plongé dans l'ombre, le laboratoire est désert. Les stores vénitiens en aluminium sont fermés. Perçant les ténèbres des yeux, je repère le cactus, et le place dans un sac en papier.

Je quitte les lieux en direction de la porte des employés. Une lumière rouge sur une petite boîte métallique à numéro arrête mon attention. C'est le système d'alarme. Et on l'a enclenché. Zut ! j'avais oublié ça !

J'arpente le bâtiment à la recherche d'une autre issue. Mais portes et fenêtres sont reliées au dispositif de sûreté par un petit fil cuivré qui court le long des murs. Aussi me voilà forcé d'attendre la venue des fonctionnaires le lendemain.

Je me frappe le front. Mais nous sommes vendredi. Personne ne se présentera au travail un samedi ou un dimanche. Les circonstances me contraignent donc à passer une fin de semaine ennuyeuse. Et tout cela pour un cactus !

Je m'assieds sur un fauteuil d'un bureau. Perdu dans un abîme de réflexions, le souvenir de la soirée d'hier avec Andréa s'éveille. Mille désirs se mettent à danser dans ma tête, et mon esprit s'enfonce dans la rêverie...

La nuit tombe. Il se trouve un bureau, près du laboratoire, où s'étend un invitant tapis mœlleux. Je m'y allonge, et je m'assoupis.

La lumière du jour baigne mon visage, tôt en ce samedi matin. J'émerge du sommeil, avec un mal de dos. De la fenêtre de ma prison, le soleil brille. Quelques traînées de nuages effilochés sont suspendues au firmament bleu, comme si un peintre les avait dessinés avec un pinceau très léger.

J'expose le cactus au soleil. Le pauvre n'est plus que l'ombre de lui–même. Ses tiges qui étaient constituées de sept articles épineux sont maintenant réduites à trois. Victime de la science, cette dernière s'apprête à le faucher pour son propre progrès. Que d'absurdités l'homme commet-il parfois au nom de la science !...

La faim me tenaille. Je découvre un distributeur d'aliments à l'étage supérieur. En quête de monnaie dans les poches de mon pantalon, je dégotte plutôt le diamant. Je le sors. Un bout de papier s'en échappe et tombe par terre. Il s'agit de la note au sujet de sa taille.

Histoire de passer le temps, je décide d'éclaircir un certain doute sur la poussée possible du cristal. Le pied à coulisse, déniché au laboratoire, marque presque deux centimètres. Je n'en crois pas mes yeux. Une seconde mesure confirme la première. Le diamant s'est accru d'un demi centimètre.

Mon regard étonné se fixe sur la gemme qui éclate de mille feux. Ses reflets s'avèrent hypnotiques. Pris de panique, je détourne les yeux de la gemme et l'enfonce dans la poche de mon pantalon.

Une question traverse ma pensée : faut-il la vendre ou non ? Cette question roule sans cesse dans ma tête au cours de la journée. Je décide avec le temps de ne pas la vendre. Pourquoi m'en séparer si, d'une part, sa croissance se poursuit ? Cela aurait pour conséquence de hausser sa valeur marchande. Et d'autre part, ne devrais-je pas m'enquérir du pouvoir mystérieux que l'on accorde aux cristaux ? Cette pierre me paraît exercer une si forte attraction sur le psychisme...

Je me résous à attendre la production d'un nouveau diamant. Si la plante l'a produit une fois, elle devrait le refaire encore. Ainsi, je prendrai une décision lorsque j'entrerai en possession de deux gemmes.

Une tempête dérobe le ciel à mes yeux, en ce dimanche matin. Le firmament noir s'éclaire de brutales lueurs blanches et roule comme un tambour. Des gouttes de pluie s'aplatissent sur la fenêtre.

La journée se traîne en longueur. Pour tuer le temps, je fouine dans les bureaux. La découverte d'une radiocassette à l'étage supérieur, au-dessus du laboratoire, fait ma joie. Je l'amène dans le cabinet où j'ai passé la nuit, l'allume et arrête mon choix sur la musique classique. C'est une émission consacrée aux plus grands succès de Bach.

L'écoute de Bach réveille en moi le souvenir d'un compte rendu d'une expérience scientifique sur des vaches. On y soulignait l'influence favorable de la musique sur la production de lait. Et la musique classique, semble-t-il, la favorisait davantage que le rock ou le jazz. Peut-être la musique profitera-t-elle au cactus.

La journée s'écoule à me détendre et à rêver d'Andréa...

Un violent claquement de porte me fait sursauter. Mon cœur se démène à tout rompre. J'éteins la radiocassette et me cache sous le bureau. Ma montre marque cinq heures du soir.

Des bruits de pas se précisent, passent devant la porte du cabinet et s'évanouissent. J'entrebâille la porte.

Une femme d'un certain âge entre dans les toilettes et ressort en poussant un chariot de produits d'entretien. Ouf! ce n'est que la femme de ménage. Elle déplace le chariot dans l'aile gauche du bâtiment, aussi la voie de droite devient-elle libre.

Je file en direction de la sortie des employés, en apportant le cactus dans un sac en papier et la radiocassette. Une lumière verte brille de la petite boîte métallique à numéro : le système d'alarme est désamorcé.

Je monte deux par deux les escaliers, remet la radiocassette à sa place et redescends aussitôt pour gagner la porte sans bruit.

Courant à toutes jambes, je m'arrête hors de vue du bâtiment. La joie remplit mon âme, heureux de recouvrer enfin la liberté.

Le temps s'est mis au beau. Le soleil pend désormais à un ciel pur. Ses rayons dansent sur la chaussée humide des rues.

Je rentre chez moi à pied. À mon arrivée, je dis à haute voix au cactus :

« Te voilà chez toi. Plus rien au monde ne te délogera désormais de cet endroit. Je te le promets. »

Je pénètre dans la cuisine quand soudain un son clair s'échappe de nulle part.

— Mille mercis. »

XIV

L'étonnement se peint sur mon visage. Ai-je bien entendu ? Je tends l'oreille et demande :

« Qui parle ? »

Le son perce de nouveau mon cerveau, clair et vibrant à la fois.

« Je suis dans l'autre pièce. »

Je retourne sur mes pas. Mon regard inquiet erre sur le salon.

« Bien le bonjour. »

Mais personne n'est en vue. L'image d'un cactus se dessine tout à coup dans mon mental. Mes yeux se posent sur lui.

« Toi ?

— Oui. »

Une expression de surprise m'échappe. Le cactus "parle" ! Bien que j'aie caressé l'idée qu'il prenne contact avec moi, j'étais à cent lieues de supposer qu'il le ferait un jour. Et il s'exprimait par télépathie comme Joshua, mais en plus des sons, l'émission comprenait la projection d'images mentales. Fort de mon expérience toute récente dans ce domaine, je devais prêter une attention soutenue aux sons de la pensée qui pénétraient dans mon esprit. Quant à moi, je coulais ma pensée en des mots.

Le souvenir de l'expérience du Japonais, relatée dans le livre *La vie secrète des plantes*[1], revient à ma mémoire. Je vérifie aussitôt si le cactus sait aussi additionner.

« Combien égalent deux plus deux ?

— Quatre. »

Ma foi, il compte en plus ! Cela ne se peut pas ! Ah ! j'y suis. C'est Joshua qui me joue un bon tour en se manifestant par le cactus. Pas fou, l'aigle ! J'ai cru pour un instant...

« J'ai découvert ton jeu, Joshua.

— Je ne suis pas Joshua... quoique j'en connaisse un.

— Hein ?

— C'est mon guide spirituel. »

---

1 Voir chapitre II.

Oh !… non ?… pas possible !… Joshua ne peut pas être son guide spirituel. Ça n'a pas de bon sens. Il le confond.

Je décide d'en avoir le cœur net.

« À quoi ressemble-t-il ?

— À un aigle portant une couronne dorée. »

Ça, par exemple ! Le doute est levé. Nous parlons de la même entité.

« Comment se peut-il qu'il soit ton guide spirituel ?

— Il n'y en avait pas de meilleur à l'époque.

— Et dans mon cas ?

— Peut-être ne lui a-t-on pas laissé le choix. »

Le rire du cactus parvient à mon mental. Franchement ! cela ne donnait pas matière à rire. Mon guide spirituel est un gardien de troupeau de cactus. Y aurait-il pénurie d'anges gardiens parce que les esprits n'ont plus la vocation, comme les humains, pour la prêtrise ? La désignation d'un mentor de deuxième classe pour me seconder dans la vie — et ce, sans me consulter — ne fait pas sérieux, surtout en provenance d'en Haut.

« Quand l'as-tu vu la dernière fois ?

— Il y a six jours. Je l'ai appelé à mon aide, mais il a tardé à venir. »

Cette histoire est suspecte. Joshua ne m'avait-il pas quitté à ce moment-là ? Je pousse la discussion.

« Où se trouvait-il ?

— Au Manitoba. Il s'entretenait, paraît-il, avec un têtu. »

Le cactus est pris d'un fou rire.

Vraiment, mon guide spirituel de deuxième classe exagère. Je lui donnerai l'heure juste lorsque je le reverrai…

« Holà ! Joshua est un être extraordinaire et il t'aime beaucoup. Je m'amusais juste à tes dépens. Tu manques d'humour. »

Le rire du cactus recommence de plus belle à résonner. La colère monte en moi.

« Qui es-tu ? aboyai-je.

— Calme-toi, voyons. Je m'appelle Ramak. Je suis un honnête citoyen du cosmos, issu de la race des cactées.

— Ça je le vois bien ! Mais encore ?

— Je viens de l'astéroïde Karplis, mais peu importe. L'identification des gens à un endroit entraîne souvent des conflits inutiles. Ne sommes-nous pas avant tout des êtres vivants ? Dans ce cas-là, je préfère me présenter comme un citoyen du cosmos.

— Toi, un extraterrestre ? Allons donc !

— Ne suis-je pas, au dire du biologiste, une espèce inconnue de votre planète ? Et d'ailleurs, quelle plante peut s'exprimer par télépathie ? »

La force de son argumentation me convainc. Ma foi, je ne suis pas au bout de mes surprises. Un cactus de l'espace m'est tombé du ciel. C'est incroyable ! Et moi qui voyais les extraterrestres sous forme humanoïde.

Ma rogne se résorbe en un clin d'œil à la suite des propos stupéfiants du cactus. Il venait d'irriter ma curiosité, aussi j'engage la conversation pour l'assouvir.

« Comment es-tu venu ici ?

— Par téléportation… »

Je vais décidément de surprise en surprise.

« …Et depuis que nous sommes sur votre planète, poursuit Ramak, nous avons eu toutes sortes de problèmes.

— De qui parles-tu lorsque tu te réfères à "nous" ? »

Une vague de mélancolie submerge aussitôt mon esprit. Et l'émission télépathique s'altère. Le récit du cactus prend dès lors une couleur tragique.

« Mes compatriotes et moi…

— Tu veux mentionner les autres cactus, non ?

— Oui.

— Mais où sont-ils donc passés ? Quand je me suis rendu de nouveau sur les lieux où je vous avais trouvés, je n'ai vu que des taches rouges sur les roches comme s'ils avaient éclaté.

— Ils sont morts.

— Es-tu sûr ?

— Ça oui ! J'ai capté leurs signaux de détresse de ton salon.

— Quel genre de signaux ?

— Ils ont été gagnés par la panique quand la pollution de l'air de votre planète eut empoisonné certains d'entre nous. J'ai donc fait appel à Joshua dans le but de nous aider. Mais au lieu de l'espérer, ils ont risqué la téléportation. Les cristaux étaient encore trop petits pour assurer ce succès, et mes compatriotes ont explosé.

— Je suis navré », dis-je, ne sachant quelle parole prononcer.

Ramak se tait. Des liens invisibles nous lient souvent au malheur de notre prochain. Ainsi, je partage sa douleur dans le silence.

« Merci. Je vais mieux, déclare-t-il.

— Je n'ai pas très bien saisi ton histoire. Quel genre de problèmes avez-vous eus ?

— Nous étions incapables de concentrer assez de rayons cosmiques dans le but de nous téléporter de nouveau.

— Et pourquoi donc ?

— L'écran de pollution empêche en partie ces rayons d'atteindre la surface du sol. Tu sais, la téléportation est un processus très énergivore. Pour pallier à ce manque, chacun de nous a dû produire un diamant...

— Quoi ! Serait-ce le diamant...

— Hé oui! Il possède le pouvoir de concentrer l'énergie en un seul point. Mais je suis tenu d'attendre après sa croissance avant de me téléporter. Il est trop petit pour être pleinement efficace.

— Euh ! J'avais remarqué qu'il gagnait en longueur. Mais comment ça se peut-il ?

— Comment puis-je expliquer ce phénomène ? La meilleure explication repose sur l'expérience. As-tu le diamant ?

— Oui.

— Alors, fixe ton attention sur le cristal et décris-moi ce que tu vois. »

Je le tire de ma poche et me plonge dans la contemplation.

« Ses arêtes sont coupées au couteau. La lumière irise ses facettes gris bleuâtre lorsque je le fais pivoter entre mes doigts.

— Quoi d'autre ?

— Il a une forme parfaite.

— Quoi encore ?

— Rien.

— Regarde de plus près. Tu devrais identifier autre chose. »

Je redouble de vigilance, mais peine perdue.

« Je ne vois rien, Ramak.

— Prends patience ! Je vais amplifier tes capacités de perception dans une seconde. »

Soudain, deux couches de couleur au lointain vaporeux se distinguent. Elles enrobent le diamant. La couche intérieure, mince de quelques millimètres, est teintée de rose lilas. En revanche, la couche extérieure, plus épaisse, est jaune.

« Qu'est–ce que c'est ça ?

— Continue tes observations. Tu es dans la bonne direction. »

La couche extérieure effectue à présent des mouvements rayonnants. Elle se gonfle puis se contracte selon une pulsation rythmée. La dilatation s'étend vite tandis que la contraction, lente, procède à un recul partiel d'un quart de la distance gagnée.

« Qu'est-ce que je vois ?

— C'est le champ énergétique. Toute pierre possède ce champ, lequel influe sur son niveau de conscience. Il en va de même chez une plante, un animal ou un homme. Sur votre planète toutefois, le développement de ce champ diffère suivant ces groupes. Celui de la pierre est le moins sophistiqué de tous tandis que celui de l'homme l'est au plus haut point. »

Ramak me parle de l'aura qui est un fait avéré très documenté[1]. On a même trouvé une technique permettant de la photographier. Cependant, je présumais qu'il enveloppait seulement les êtres humains.

« Ce cristal est très spécial, continue Ramak. Il se nourrit de molécules de l'air ambiant à l'inverse de ses semblables. Il les absorbe au moment de la contraction. »

Une idée farfelue me traverse sitôt l'esprit. Si les montagnes avaient disposé du même mécanisme de croissance, l'homme les aurait gravies depuis longtemps afin d'atteindre la lune plutôt que d'attendre l'invention de la fusée.

« Je perçois une ligne épaisse qui délimite la gemme à plusieurs centimètres de son espace physique. À quoi sert-elle ? demandai-je.

— C'est la limite assignée à sa croissance. »

Mes yeux s'illuminent et mes lèvres laissent tomber ces paroles :

« Il était évalué à un quart de million de dollars au bas mot avant sa croissance et il vaudra...

— Il vaut bien plus. Il y va de ma vie. Prends-en soin, sinon je serai dans l'obligation d'en produire un autre. Or, le temps me manque, puisque je ne survivrai pas indéfiniment.

— Je comprends. Compte sur moi. J'y veillerai.

— Je dévoilerai plus tard ses pouvoirs, et tu t'apercevras qu'il est sans prix. Je te l'offrirai après mon départ, comme gage d'amitié. »

---

1 *Le noyau énergétique de l'être humain*, par J. Pierrakos, Éditions Sand.

L'origine extraterrestre des cactus a éveillé mon intérêt d'en apprendre davantage sur eux. Ce n'est pas tous les jours qu'on est en présence de visiteurs semblables. Je le presse de questions.

« Pourquoi vous êtes-vous amenés ici ?

— Nous explorons les différents courants de pensées de par le cosmos. Chaque forme-pensée est une "entité vivante temporaire" qui se groupe dans l'espace par la similitude de leurs vibrations. Nous avions étudié les vôtres de Karplis, et nous étions curieux d'en savoir plus. La Terre des hommes était une de nos destinations. Or, nous y sommes tombés en panne d'énergie, comme je te l'ai déjà dit.

— Comment étais-tu au courant de son existence ?

— Grâce à la carte cosmique.

— De quelle carte parles-tu ? »

Une carte se dessine tout à coup dans mon esprit. Elle contient d'infimes points blancs sur un fond noir. Mes yeux s'arrondissent de surprise à la simplicité de leur carte. Je ne m'aventurerais sûrement pas dans l'espace avec une telle carte !

« Comment sais–tu où tu es avec tous ces points qui se ressemblent ? »

Sur l'écran mental un trait rouge cerne quelques points blancs. Le cercle se met à grossir, et envahit tout l'espace mental. Apparaît alors notre système solaire avec ses neuf planètes, marquées d'un nom à côté des ronds blancs pleins.

« Où se trouve Karplis par rapport à notre système solaire ? »

L'écran psychique se trouble et cède la place à l'image initiale. Sur le tableau ressortent deux points rouges diamétralement opposés. Celui à droite représente notre système solaire et l'autre à gauche doit être son astéroïde.

« Wow ! Tu n'habites pas à côté. Tu affirmes être venu ici par téléportation, mais comment est-ce que ça fonctionne ?

— Il suffit d'élever les vibrations électromagnétiques de son corps au-dessus de celles de la lumière. Puis, on concentre son esprit sur la planète souhaitée pour se trouver aussitôt à cet endroit. En un mot, je convertis mon corps en énergie et le transporte à travers l'espace vers un autre lieu.

— Hein ? Tu as voyagé en quelques secondes ! Tu ne veux pas me faire avaler cette histoire, non ?

— C'est néanmoins le cas.

— Mais comment est-ce possible ? Nos engins spatiaux les plus performants prennent des années à gagner l'extrémité de notre système solaire. Et toi, tu aurais traversé en une fraction de seconde des galaxies entières. C'est absurde, voyons.

— Le pouvoir de la pensée abolit les distances. »

Qui suis-je pour argumenter avec lui ? Tout cela n'est pas dans mes cordes. Et il doit parler en connaissance de cause, puisque ces choses-là ne s'inventent pas.

« Si quelqu'un de ma planète avait découvert ce moyen de transport, voyager serait aujourd'hui agréable. La difficulté dans cette histoire, c'est d'imaginer se déplacer sans véhicule.

— Il n'y a rien de plus simple à faire... »

L'émission télépathique vient soudain de s'affaiblir. Mes pensées s'affolent. Serait-ce la pollution qui lui minerait la santé ?

« Qu'as–tu, Ramak ?

— Ce n'est rien...

— Es-tu sûr ?

— Oui... C'est un problème... »

La télépathie se brouille et prend fin. Ramak est maintenant muet comme l'est toute plante — normale.

Cette fin brutale de la communication extra-sensorielle me donne de l'inquiétude. Que lui est-il arrivé ? Je me rabats sur ses dires, et mes pensées se reportent à l'entretien. Voilà que j'héberge un explorateur extraterrestre aux prises avec des difficultés techniques : la pollution de l'air entrave la bonne marche de la téléportation. Et cette même pollution expose aussi sa vie. Il me semble avoir une petite santé pour faire ce genre de voyage.

Le soleil bascule derrière les montagnes. Le firmament se teinte d'un rose orangé, illuminant les quelques nuages cotonneux solitaires à l'horizon.

Je jette un dernier regard sur Ramak avant de me diriger vers la chambre à coucher après avoir mangé. Ce soir-là, je rêve aux extraterrestres qui ont la forme de végétaux.

XV

Le bourdonnement assourdissant d'un hélicoptère sonne mon réveil en fanfare, comme mercredi dernier. Il y a un va-et-vient perpétuel de giravions dans la région depuis ces derniers jours.

Flânant au lit, je prépare mentalement ma rentrée au bureau en ce lundi matin. Puis, mes pensées prennent un autre cours pour se tourner vers Ramak. Je m'arrache du lit.

« Allô !

— Bien le bonjour.

— Comment te portes-tu, Ramak ?

— Je me porte comme un charme.

— Que t'est-il arrivé hier ?

— Hier ?… Ah ! Je perds la faculté de m'exprimer par télépathie à la tombée du jour. Et il en va de même lorsque le ciel se couvre de nuages en plein jour.

— Comment ça ?

— N'es-tu pas au courant que l'activité biologique des végétaux dépend de la lumière ?

— Oui, bien sûr !

— Puisque la transmission de pensées exige une bonne dose d'énergie, alors j'en suis à court quand le soleil disparaît.

— Subis-tu aussi une altération de tes moyens de perception ?

— Non. Je continue à voir et à entendre.

— Hein ? Tu vois ? Mais tu n'as pas d'yeux !

— Toutes les cellules de mon corps captent les rayons infrarouges et ultraviolets émis par la matière. Ainsi, je perçois l'aura des formes physiques.

— Mmh !… intéressant. Ce qui est visible à notre œil est invisible pour toi, et vice et versa.

— C'est visiblement bien ça. »

Un rire pénètre dans mon mental : le cactus rit aux éclats de sa plaisanterie spirituelle. Son rire contagieux me gagne.

« Et comment entends-tu ?

— Je sens les vibrations énergétiques du déplacement d'air. »

Je regarde ma montre.

« Je suis tenu d'aller au travail. Et je t'y amène, question de sûreté. Mais promets-moi de te tenir coi.

— Pourquoi donc ?

— Que penseraient les gens s'ils me surprenaient en train de parler avec un cactus ?

— Pourquoi ne pas t'exprimer en ce cas par télépathie ?

— Je préfère verbaliser ma pensée. Ce processus me permet de suivre le fil de mes idées.

— Je comprends. Je serai alors très discret.

— Je te ramènerai ce soir, et nous pourrons alors poursuivre le dialogue. »

Portant Ramak sous le bras, je me rends au bureau en moins de quinze minutes. Derrière la réception, la secrétaire est pendue au téléphone.

« Bonjour, Pierre, dit-elle. Il y a quelqu'un au bout du fil qui veut te parler. »

J'entre dans mon cabinet et je décroche le récepteur.

« Allô, qui est à l'appareil ?

— Ici, doc Landry. »

Le son de sa voix me fige quelques instants.

« Comment saviez-vous que je travaille ici ?

— Par la couverture de votre déclaration à propos de l'aventure au Manitoba.

— Ah bon ! Où en êtes-vous dans vos recherches ?

— Ne connaissez-vous pas la mauvaise nouvelle ?

— Non.

— Le cactus a disparu. »

Je me surprends alors à feindre l'étonnement et à hausser le ton.

« Quoi ? Racontez-moi ça en détail.

— Il n'y a pas grand-chose à ajouter. Je l'ai cherché partout, mais en vain. Je m'explique mal sa disparition. Il était pourtant bien au laboratoire lorsque je suis parti vendredi.

— Allons donc ! Il ne s'est tout de même pas évaporé.

— Ça c'est certain. On me l'a volé.

— Bien sûr ! Et qui aurait voulu voler un cactus, hein ? Si vous l'aviez confié à ma garde, rien de tout ça ne serait arrivé.

— C'est vous qui l'avez volé », clame-t-il.

Mon visage blêmit. Toutefois, je rembarre aussitôt.

« Qu'allez-vous imaginer là ? Vous êtes lâche de m'accuser ainsi. Vous recherchez un coupable parce que vous

116

n'êtes même pas foutu de reconnaître vos torts. Vous êtes un pauvre type. Mais parlons-en de cette affaire, puisque vous l'avez soulevée ! Comment m'y serais-je pris ? »

Un silence de mort règne à l'autre bout du fil.

« N'avez-vous pas dit que le cactus était au laboratoire quand vous l'avez fermé ? Or, si je me souviens j'ai levé le camp avant la fermeture. Qu'avez-vous à répondre à ça ?

— ...

— Pardon ? Je n'ai rien entendu.

— Veuillez m'excuser. Mais admettez le bien-fondé de mes doutes. Qui d'autre aurait voulu s'approprier le cactus ?

— Je ne l'ai pas volé, mentis-je effrontément.

— Il ne me reste qu'à interroger la femme de ménage. Peut–être sait-elle quelque chose... »

Le vrombissement d'un giravion couvre la voix du docteur Landry.

« Où s'est déclaré l'incendie de forêt, docteur Landry ?

— De quoi parlez-vous ?

— Du remue-ménage que font les hélicoptères en ville.

— Il n'a aucun feu à ma connaissance.

— Eh bien ! savez-vous pourquoi il y en a tant ?

— Aucune idée. »

La réponse sèche du docteur Landry met fin à l'entretien.

Cette vague d'hélicoptères pique ma curiosité, car d'ordinaire, ils ne s'activent de la sorte que pour combattre les incendies de forêt...

Je suis tiré de mes réflexions lorsque l'on frappe à la porte de mon bureau.

« Entrez.

— Salut !

— Oh! salut, Richard !

— Comment va la jambe ?

— Très bien. D'après le docteur, elle recouvrera ses forces d'ici deux mois.

— Excuse-moi de t'avoir négligé depuis ton retour. La rédaction de rapports et les mises en plan de la zone minéralisée ont occupé une bonne partie de mon temps. L'autre partie l'a été aux préparatifs des noces prévues pour samedi prochain.

— Oublie ça. J'ai une bonne nouvelle à t'annoncer.

— Quoi donc ?

— J'ai soupé jeudi dernier avec Andréa.

— Sans blague ! Comment était-ce ?

— Une soirée charmante. Et je la crois amoureuse de moi.

— Bien ! Lui as-tu demandé de t'accompagner à mes noces ?

— Oui, et elle ne peut pas.

— Ah ! c'est bien dommage.

— Hé ! Richard ! Connaîtrais-tu la raison de la présence de tous ces hélicoptères en ville ?

— Il court un bruit sur la découverte de diamants à la péninsule d'Aulneau. Et depuis, les prospecteurs se ruent sur les libellules pour jalonner le secteur, car aucune route ne s'y rend. »

J'avale ma salive avec difficulté. Une sueur froide couvre mon corps. Je m'éponge le visage avec un mouchoir, puis me compose une voix qui ne trahit aucune émotion.

« As–tu idée de la personne derrière ça ?

— C'est le vieux bijoutier de la rue Centrale, paraît-il. Il a levé une armée de coupeurs de lignes. Or, cette activité n'est pas passée inaperçue aux yeux des prospecteurs du coin qui se sont aussi lancés dans cette course folle.

— Euh !... euh !... Qu'en pense... le patron ?

— C'est de la rigolade, selon lui. »

J'échappe un soupir de soulagement : la Compagnie ne participera donc pas à cette ruée aux diamants.

« Et toi, quelle est ton opinion, Richard ?

— Je partage son avis, car je ne connais aucune kimberlite dans la région. Les géologues de la Commission géologique de l'Ontario n'en ont par ailleurs jamais signalé, et ça me renforce dans mon opinion. Mais toi, quel est le tien ?

— Tout est plausible. Le fait que personne n'ait découvert de kimberlite ne prouve pas qu'il n'en existe pas. »

La certitude de Richard est fondée sur un raisonnement faux — une épidémie dans l'histoire de l'Homme. La science, par exemple, n'a jamais observé une vie extra-terrestre ; n'empêche qu'elle existe. À preuve, Ramak. Or, combien de personnes raisonnent faux comme Richard et propagent ainsi de fausses croyances ?

« J'en doute. Cependant je vais suivre cette affaire de près.

— Comment se peut-il que tu sois toujours informé sur tout ?

— J'ai de multiples contacts dans différents milieux. Bon ! Je dois m'en aller. Le patron désire le rapport de la propriété

118

de Thompson pour midi. Que dirais-tu de casser la croûte ce midi ?

— D'accord. »

Je m'effondre sitôt après le départ de Richard. Mon intuition ne m'avait pas trompé sur le compte du vieux bijoutier, mais ai-je bien fait de l'induire en erreur ? Résultat, il s'est précipité sur la péninsule d'Aulneau en quête de diamants, et d'autres l'ont suivi. J'ai peine à croire que mon grossier mensonge soit la cause d'une ruée.

Mes soupçons sur la mystérieuse personne qui m'a rendu visite durant mon absence pèsent de nouveau sur le bijoutier, à la suite de l'entretien avec Richard. Je l'appelle à l'interphone.

« Tes contacts t'auraient-ils révélé l'identité de l'intrus qui a fouillé dans ma maison ?

— Non. Mais j'ouvre l'œil. Je te ferai signe si j'apprends des nouvelles.

— Bien! Je te laisse. On frappe à la porte… Entrez. »

La secrétaire apparaît dans l'entrebâillement de la porte.

« Dépêche-toi, Pierre.

— Quoi donc ?

— Richard ne t'a rien dit. On t'attend à la salle de conférence.

— J'arrive dans une minute. »

Une odeur de beignes frais et de café flotte dans le corridor, et séduit mes narines. Des murmures et des rires s'élèvent de la salle de conférence où est entassé tout le personnel de la boîte. Mon apparition est saluée par un accueil triomphal, à mon grand étonnement.

Le patron élève les mains pour imposer silence aux gens. Puis, il prend la parole.

« Pierre, nous avons décidé d'offrir une fête en ton honneur. Je tiens à souligner que nous sommes tous, ici présents, heureux de te revoir parmi nous. »

La surprise se lit sur mon visage. Je regarde tous ces visages souriants qui affichent leur joie. Cet accueil chaleureux me touche, et les larmes me montent aux yeux.

Les marques d'affection de notre entourage se révèlent rares. Quelquefois les gens en prodiguent — et ce sont souvent les seules d'ailleurs — si seulement nous avons risqué la mort, comme si une prise de conscience les avait soudainement tirés du sommeil. Or, combien d'hommes meurent sans jamais en recevoir ?...

« Un discours, lance tout à coup une voix dans la salle.

— Un discours. Un discours, scandent mes camarades.

— Bon ! D'accord, dis-je en essuyant mes larmes. J'imagine que vous êtes intéressé à entendre parler de mon aventure de l'incendie de forêt, non ?

— Oui », répondent-ils en chœur.

Le silence s'établit. Je retrace les faits de mon aventure, mais je m'abstiens de raconter la rencontre avec mon ange gardien. Mes auditeurs, suspendus à mes lèvres, retiennent leur respiration. La fin de mon récit soulève un tonnerre d'applaudissements. La matinée se passe ensuite à me donner des accolades et des poignées de mains cordiales.

Durant l'après-midi, le patron, les administrateurs et moi occupons la salle de conférence. À l'aide de graphiques et de cartes, Richard présente les résultats des travaux d'exploration de la propriété de Thompson. Nous nous penchons ensuite sur des stratégies minières en vue d'assurer le succès des prochains travaux de la zone aurifère. Personne ne soulève l'affaire de la ruée vers les diamants.

De retour à la maison, je résume ma journée à Ramak.

« J'ai reçu un coup de fil du docteur Landry ce matin. Imagine-toi la drôle de figure qu'il a faite en constatant ta disparition.

— J'ai, en effet, tout entendu.

— Je le vois en train de chambouler le laboratoire pour te retrouver. Le pauvre ! Il ne comprend pas ce qui est arrivé. Nous nous sommes bien payés sa tête, non ?

— Tu te mettras dans de beaux draps s'il découvre que je suis ici.

— Ne t'inquiète pas. Dis-moi plutôt pourquoi tu voyages ?

— Je m'intéresse aux formes par lesquelles la vie se manifeste. Les voyages planétaires aiguisent ainsi mes pensées en me fournissant matière à réflexion.

— J'ignorais que la matière végétale pouvait cogiter à ce point. Comment est-ce possible ?

— Sur Karplis toutes les plantes ont un corps mental, donc la faculté de penser.

— As-tu aussi une âme ?

— Non. Et toi ?

— Bien sûr ! Pourquoi une telle question ?

— Non, Pierre, tu n'as pas d'âme ; tu en ES UNE. Votre problème à vous, les hommes, est de vous considérer comme de la chair avec une âme plutôt qu'une âme dans la chair.

— Minute ! Tu jongles avec les mots. Tout ça, c'est du pareil au même.

— C'est tout le contraire. Se considérer comme de la chair avec une âme est cause de vos illusions, car pour vous le jeu de la vie est coulé dans du béton. Vous êtes comme l'inventeur d'un jeu vidéo qui, captivé quand il s'amuse avec son invention, oublie qu'il est le concepteur de cette idée en laquelle il a défini les paramètres. Par contre, se considérer comme une âme dans la chair implique que vous êtes conscient de la conception du jeu. Si vous ne l'aimez pas, vous pouvez en tout temps modifier ses paramètres ou changer de jeu. »

Voilà une réponse qui invite à la réflexion. Les idées de Ramak ne recoupent-elles pas en quelque sorte celles de Joshua lorsqu'il comparait l'existence humaine à un rêve ?

« Tu es donc une âme... incarnée ?

— Bien sûr! Derrière toute forme de vie, il se trouve une âme. Ne sommes-nous pas tous une parcelle divine ? Tu as pris la forme d'un humain et moi, celle d'un cactus.

— Mais à quelle fin t'es-tu incarné dans un cactus ?

— Cette enveloppe pratique favorise mes voyages planétaires. Elle me permet de lutter contre les intempéries, comme le froid, la canicule et la sécheresse et aussi, et non le moindre, de former mon caractère.

— Comment ça ?

— Chaque forme comporte ses propres limites. Considère, à titre d'exemple, mon cas. Mes facultés de télépathie dépendent du soleil de sorte que je dois composer avec cette réalité. Je ne peux ni marcher, ni toucher comme toi. Les inconvénients physiques de chaque forme donnent ainsi à l'âme l'occasion de grandir.

— Mais la forme est-elle nécessaire pour grandir ?

— C'est une excellente question. J'ai une petite idée là-dessus, quoique le résultat de mes découvertes soit encore fragmentaire.

— Eh bien ! je t'écoute.

— T'es-tu déjà posé la question à savoir pourquoi l'espace-temps n'existe que sur le plan matériel ?

— Certaines personnes soutiennent l'opinion que toutes nos vies antérieures et futures se dérouleraient en même temps dans le même espace mais dans une époque différente. Envisager cette possibilité dépasse mes capacités intellectuelles. Et une dimension sans l'espace-temps l'est encore plus. Bref, je n'en ai pas la moindre idée.

— L'espace-temps permettrait la prise de conscience de la puissance de notre pensée. Quel que soit le plan où nous sommes, la pensée se cristallise sitôt qu'elle surgit dans l'esprit du penseur. Celui-ci se trouve sur l'heure dans une autre réalité, en conformité avec sa pensée. Mais sur le plan matériel, ce processus s'avère des plus lents à cause de l'espace-temps. Le décalage entre l'émergence et la cristallisation d'une pensée donnerait la chance au penseur de percevoir les causes de sa nouvelle réalité, ce qui ne se produit pas sur les autres plans. De ce point de vue, une âme ne pourrait ainsi grandir que par la forme.

— Ramak, je n'y vois que du feu.

— Forgeons un exemple pour illustrer mon propos. Si tu te crois nul — sans vraiment l'être — tu le deviendras, car cette pensée se coagulera dans un proche avenir. Si tu meurs subitement et que cette pensée n'a pas eu le temps de se coaguler, elle le sera, par contre, à la minute de ton passage sur l'autre plan... »

Le téléphone sonne.

« Excuse-moi, Ramak. »

Je décroche le récepteur.

« Allô !

— Ici, Andréa. Est-ce que je te dérange ? »

Un flot de joie me submerge.

« Bien sûr que non.

— Comment vas-tu ?

— Très bien, et toi ?

— Ça colle. J'ai tenté de te rejoindre ce week-end, mais tu étais absent.

— Il m'est arrivé une drôle d'histoire à cause d'un cactus.

— Quel genre d'histoire ?

— Il serait trop long de te la raconter au téléphone. Je le ferai quand on se reverra.

- Je tenais à te remercier pour le poème. C'est... la première fois... que quelqu'un m'en compose un », se livre-t-elle, émue.

La minute de vérité approche. Et mon cœur bat si fort que je m'entends à peine lui demander :

« Et après ?

— Je l'ai fort apprécié. »

Le silence tombe entre nous.

« Bon ! À la prochaine », dit-elle.

C'est tout ? Cet échange finissait à rien. Elle n'a même pas eu la curiosité de savoir comment j'ai su où elle garait son auto.

« Andréa ?

— Oui, Pierre. »

J'allais l'inviter à souper, mais les mots restent dans ma gorge : je ne voulais pas paraître trop entreprenant.

« Rien… À la prochaine. »

Le cri de mon amour reste sans écho. N'était-ce point à elle à faire les prochains pas ? Mais se pourrait-il que la gêne l'ait paralysée, comme moi avant mon départ pour Thompson ?

Une autre perception de la situation se profile dans mon esprit. Après tout, elle ne m'a pas fermé la porte de son cœur. Son trouble à me parler du poème ne trahissait-il pas l'émotion typique d'une personne amoureuse ?

De mes réflexions renaît ma confiance en une relation amoureuse avec Andréa. Le cœur gonflé de tendresse, je prends la plume pour laisser couler mes pensées dans les mots.

Tu embaumes un doux parfum de fleurs sauvages,
Lequel se répand jusqu'aux rives de mon cœur.
Je me plais à m'enivrer à plein de ton odeur ;
Odeur qui éveille en mon âme un monde d'images.

Le soir tombe, et Ramak se trouve plongé dans un silence forcé. Des pensées envahissent mon esprit. Ce cactus haut de seulement quelques centimètres est doué d'une intelligence à faire rougir certaines personnes. La capacité de son esprit secoue notre mépris des plantes. La vie ne recèle-t-elle pas moult secrets, prêts à se dévoiler aux humbles qui savent écouter et regarder ce qui les entoure ?…

XVI

De ma fenêtre, un soleil pâle perce les nuages blêmes en ce mardi matin. Piqués par la morsure du gel, les érables qui surplombent la rivière au fond de l'arrière-cour ont enfilé leur costume multicolore durant la nuit. Des grappes d'oiseaux noirs se groupent sur les branches. Ils préparent à grands cris leur long voyage vers le Sud, signe avant-coureur des prochaines bordées de neige.

Je déjeune en compagnie de Ramak.

« Je suis surpris de l'étendue de ton savoir. D'où vient-il ?

— D'abord, je discute souvent avec Joshua. Ensuite, je suis en communication avec les différentes formes de vie, et ce, au-delà des frontières spatio-temporelles.

— Comment ? Par téléphathie ?

— Oui. C'était l'unique moyen de communication des premières formes de vie avant qu'elles ne se structurent en organismes complexes. Toutefois, cette faculté s'est atrophiée pour la plupart d'entre ceux qui ont acquis le langage parlé.

— J'ignorais que la télépathie était monnaie courante.

— Pourtant, quelques scientifiques de votre planète se sont déjà penchés sur cette question. N'as-tu jamais pris connaissance des idées de Lyall Watson, un biologiste sud-africain, dans son livre *Histoire naturelle de la vie éternelle ou l'erreur de Roméo*[1] ?

— Hein ? Tu lis ?

— Mais non ! Je peux, par contre, entrer en contact avec l'image mentale du livre que l'écrivain a construite lors de la rédaction. Cette forme-pensée flotte dans l'espace, comme une "entité vivante". Et elle est accessible à tout le monde.

— Ah !... Non, je n'ai jamais entendu parler de ce Watson. Que raconte-t-il ?

— Le comportement des vautours préoccupait ce chercheur. Il se demandait comment ces oiseaux repèrent les animaux frappés d'une mort naturelle, même très bien

---

1 Éditions Albin Michel.

cachés ? Pourquoi tournoient-ils autour de moribonds mais jamais autour d'individus sains ? Et pourquoi sont-ils absents quand un animal est abattu d'une balle ?

— Et qu'en est-il ?

— Son postulat était celui-ci : les cellules — groupées ou pas en un corps complexe — sont des individus autonomes. Elles enverraient un S.O.S. au moment où l'animal est acculé à la mort. Et toutes les cellules étrangères à l'animal en détresse capteraient ce message. Dans le cas des vautours, cette espèce aurait développé au fil des générations un sens particulier à le capter.

— Mais ça n'explique pas pourquoi ils sont absents quand un animal est tué d'une balle.

— Les cellules de l'animal n'auraient pas flairé le danger. Par conséquent, elles n'ont pu lancer des signaux de détresse.

— Ça alors, c'est pas ordinaire !

— Watson n'a jamais pu prouver ses intuitions. Cependant, un chercheur américain démontra ce phénomène avec des œufs. Son expérience consistait à en jeter dans l'eau bouillante à sept mètres d'un œuf témoin, lequel était raccordé par des aiguilles à un électro-encéphalographe.

— Laisse-moi deviner le résultat. L'œuf a réagi, n'est-ce pas ?

— Hé oui ! Toutefois, le tracé en crescendo de l'appareil redevint plat, et ce, malgré le plongement d'autres œufs.

— Et pourquoi donc ?

— Selon l'opinion du scientifique, l'œuf se serait évanoui à la suite d'une commotion. »

La stupéfaction s'empare de moi. Les œufs seraient étourdis par une commotion lorsque j'en poêle quelques-uns. Il est à souhaiter que le frigidaire les engourdisse assez pour leur éviter ce choc.

« Les expériences sur ce sujet sont nombreuses, signale Ramak. Et je suis bien placé pour te parler de celles qui vont suivre. Les chercheurs établirent la sensibilité des plantes à toute autre forme de vie. Par exemple, elles réagissaient quand un œuf était cassé ou quand des crevettes étaient jetées vivantes dans l'eau bouillante.

— Tombaient-elles aussi dans les pommes comme l'œuf ?

— Oui. Cependant, leurs réactions devenaient de moins en moins vives. Se rendant compte que le sort de ces êtres ne les menaçait d'aucune manière, elles avaient cessé peu à peu d'écouter. Cette découverte a amené les enquêteurs de la ville de New York à les utiliser pour s'attaquer à des meurtres insolubles si elles s'étaient trouvées sur les lieux d'un crime.

— Ça, par exemple ! Et cette technique a-t-elle fait ses preuves ?

— Oui et non. Un jour, la police eut deux coupables sur les bras. L'un l'était bien, mais l'autre s'était appliqué à tondre la pelouse dans la matinée. Or, dans l'esprit des plantes, cette personne avait, elle aussi, "du sang sur les mains". »

Mes yeux s'arrondissent de surprise.

Ramak enchaîne :

« L'homme venait de constater deux nouveaux faits. D'abord, les plantes peuvent identifier un meurtrier sans être sur les lieux du crime. Ensuite, elles confondent un assassin et une personne dont la conduite est irréprochable d'après votre justice.

— J'étais au courant de la sensibilité de certaines formes de vie. Mais de là à supposer que les œufs et les cellules l'étaient, il y avait loin. Mais pourquoi je ne les entends pas comme toi ?

— Tu décodes seulement une fréquence de la gamme des transmissions de pensée. Voilà la raison.

— Est-ce que toutes les formes de vie sont à ce point sensibles ?

— Bien sûr ! Que crois-tu qu'il se passe quand une papetière ouvre une brèche dans la forêt ?

— Mmh... Les arbres doivent être gagnés par la panique, en proie à des commotions. Peut-être poussent-ils des cris déchirants, inaudibles à nos oreilles. Peut-être perdent-ils connaissance. Qu'en sais-je ? Mais à la lumière de ton exposé, je sais maintenant qu'ils ont une réaction quelconque même si je ne la perçois pas.

— Parfait ! Tuer un arbre ne pose pas un problème. La cause, par contre, en pose un.

— Et pourquoi donc ?

— L'arbre a été créé pour servir l'humanité. Ses feuilles dégagent de l'oxygène — indispensable à la vie — et son tronc procure un bois de construction et de chauffage. Un homme conscient ne s'amuse pas à couper un arbre de gaieté de cœur. Il le fait parce qu'il en a besoin. Ainsi, il est tenu de le lui dire avant de l'abattre, car cette démarche conduit l'arbre à accepter sa mort. Mais l'abattage aujourd'hui est devenu vide de sens.

— Qu'entends-tu par là ?

— Le profit d'une coupe à blanc est-il un bon motif pour mourir ?

— Euh… pas vraiment.

— L'arbre, comme l'homme, est prêt à épouser une cause digne du sacrifice de sa vie. Mais quel homme donnerait sa vie pour l'enrichissement d'un autre ? Il en va de même pour l'arbre. »

La discussion qui s'était circonscrite autour de l'idée de la conscience et au respect de toute forme de vie se grave en moi.

« Ramak, tu viens de m'ouvrir les horizons d'une autre réalité.

— Pour sûr. Et si elle était jusque-là occultée, c'est parce que les sens ne se cantonnent pas dans la perception, mais conçoivent plutôt le monde extérieur.

— Que veux-tu dire ?

— Quelle vision le chien se fait-il de son odorat ou la chauve-souris, de ses ultrasons ? Se pourrait-il que ces visions se révèlent plus tangibles que celle de l'homme ?

— Tu poses une bonne question. Chaque espèce, y compris l'homme, je crois, perçoit un seul aspect de la réalité, n'est-ce pas ?

— C'est en plein ça.

— Mais j'y pense. Les sentiments ne l'influencent-ils pas aussi, puisque les gens ne considèrent jamais la vie sous le même angle ?

— Certes oui !

— Si nos cinq sens et nos émotions créent la réalité, alors ne seraient-ils pas la source de nos illusions ?

— Tu as mis le doigt sur la difficulté.

— Ouais !… C'est très intéressant. »

Je consulte ma montre.

« Je dois me sauver. Nous en reparlerons ce soir. Ah ! j'ai décidé de te laisser à la maison. Le doc Landry n'aura pas idée de venir te chercher ici. Je l'ai bien mystifié hier. »

Une fois sorti, je passe par la rue où Andréa gare sa voiture, et je glisse le poème sous les essuie-glaces. Je me rends ensuite à mon travail.

Richard fait irruption au début de la matinée dans mon cabinet et demande :

« Connais-tu la nouvelle ?

— Laquelle ? »

Richard dépose le quotidien du matin — le *Daily Miner and News (Kenora)* — sur le bureau. Il s'assied en face de moi, puis croise les bras. Penché sur un document, je tourne la tête et jette un coup d'œil à la une.

COLLISON SPECTACULAIRE ENTRE DEUX HÉLICOPTÈRES : AUCUN SURVIVANT.

Une collision meurtrière entre deux hélicoptères s'est produite hier après-midi à 17 h 40 aux environs du lac Shoal. Cinq passagers et deux pilotes y ont laissé leur vie. La police refuse pour l'instant de divulguer leur identité.

Un riverain, M. Leclerc, témoin oculaire de l'accident, raconte : « J'étais assis sur un fauteuil à feuilleter une revue lorsqu'un pétard du tonnerre a éclaté. Je suis sorti de la maison, et j'ai vu une colonne de fumée noire dans le ciel. J'ai aussitôt averti la Police Provinciale de l'Ontario. »

Une équipe terrestre fouille actuellement les lieux à la recherche d'indices qui expliqueraient l'accident. Quoiqu'il soit encore prématuré d'émettre une hypothèse, les enquêteurs penchent pour l'épais brouillard qui flottait depuis hier midi sur la région du lac Shoal.

Ce drame affreux s'ajoute à la liste peu reluisante d'accidents survenus lors de ruées aux jalonnements miniers. Voilà plus d'une semaine, le secteur sud-est du lac Shoal est pris d'assaut, parce qu'un bruit court que des diamants y ont été trouvés.

Interrogé à ce sujet, le géologue résident, Paul Backburn, du ministère du Développement du Nord et des Mines a déclaré : « C'est la première fois que Kenora se signale par des diamants. » Il n'a pas foi en cette découverte, puisque aucune roche favorable pouvant en contenir n'est connue dans le district.

*Le Bureau des Mines rapporte un enre-
gistrement record de jalons miniers durant
ces derniers jours. Un total de mille deux cent
quatre-vingt-dix jalons a été soumis au
ministère.*

*« Nous prévoyons que ce nombre va doubler
ou tripler d'ici quelques semaines, de même
que le nombre de personnes actives dans le
secteur», avance l'inspecteur minier, Scott
Burden.*

*« La dernière fois qu'il y a eu un tel en-
gouement dans la province remonte à
l'époque de Helmo, au nord du lac Supérieur.
Sept cent mille hectares avaient été ainsi
piquetés dans les années 80 », a-t-il ajouté.*

*Cette course contre la montre oblige les
jalonneurs à se ruer vers le Bureau des Mines
en hélicoptère. Ils doivent enregistrer leurs
travaux le plus tôt possible, car pour un
même territoire, le premier arrivé voit ses
jalons validés.*

*« En 1980, la ville de Marathon était devenue
un carrefour d'hélicoptères. Et une collision
meurtrière avait failli se produire. Les
catastrophes sont souvent inévitables dans de
telles situations », conclut M. Burden.*

Cette nouvelle m'assomme. Le visage bouleversé par
l'émotion, je lève la tête vers Richard. Mais je ne trouve rien
à lui dire.

Richard prend la parole.

« J'ai fait ma petite enquête hier au Bureau des Mines. Et
devine quoi ?

— Quoi ?

— Nous sommes en plein cœur de la ruée, encerclés de
toutes parts.

— Hein ? Comment ça ?

— La région dont parle le journal est la péninsule
d'Aulneau et nous y avons une propriété. Bizarre, non ? »

Je vois soudain clair dans toute cette histoire. Ne serait-il
pas temps de mettre Richard dans le coup ? Réflexion faite, je
laisse ma conscience s'exprimer.

« J'ai fait expertiser une pierre précieuse par le vieux bijoutier de la rue Centrale avant mon départ pour Thompson.

— Ah ! Nous y voila ! Il s'agissait d'un diamant, non ?

— Oui. Et comme il me pressait de questions sur sa provenance, j'ai raconté n'importe quoi pour ne pas le lui révéler. Il a dû lire l'article de journal sur mon aventure au Manitoba pour apprendre que j'étais géologue à la solde de la compagnie minière de Kenora. Et il a, certes, déduit que c'était la Compagnie qui m'envoyait faire expertiser le diamant.

— À quoi donc as-tu pensé en lui mentionnant la péninsule d'Aulneau ?

— Mais j'ai seulement mentionné le lac des Bois, sans plus. Il a dû se procurer les cartes de jalonnement et localiser ainsi la propriété de la Compagnie... Il est incroyable que mon mensonge ait pu entraîner toutes ces conséquences. »

Le silence s'installe entre nous. En proie à un sentiment de culpabilité, j'ouvre ma pensée à Richard.

« Je me reproche la mort de ces sept personnes.

— Bien sûr ! ironise-t-il. Tu es joliment responsable des actes d'autrui !

— Mais non ! Je suis coupable d'avoir menti. Si j'avais su...

— Si le bijoutier a été assez naïf pour croire un gars incapable de mentir, alors, à qui la faute ?

— Comment ça ?

— Notre discussion d'hier sur la ruée de diamants a provoqué chez toi un malaise. Et je me suis dès lors douté que tu en savais plus que tu voulais en laisser paraître. On te lit jusqu'au fond de l'âme, savais-tu ?

— Ah, bon ?

— Pour ma part, on n'est pas responsable des émotions qui dictent les actes d'autrui. Chaque personne réagit différemment à une situation donnée. Et si un jour je me suicidais à la suite de propos blessants que tu m'aurais tenus, cette décision n'aurait appartenu qu'à moi seul. Mets-toi bien cela dans la tête. »

L'argument porte.

« Ma foi, tu as raison. Je ne suis responsable de rien. »

Richard se fait tout à coup curieux.

« D'où vient ce diamant ?

— Tiens ! Tu me poses la même question que le bijoutier ! Blague à part, tu ne me croirais pas si je te disais la vérité.

— Essaie toujours. »

Puisqu'il veut connaître la vérité, mes paroles tombent crûment.

« J'ai découvert par hasard un cactus dans la forêt, et je l'ai amené chez moi. Puis un beau jour, il a fleuri pour donner le diamant. Encore plus, ce cactus s'exprime par télépathie.

— Tu veux rire ?

— Non. »

Richard écarquille les yeux et un air incrédule se fige dans son regard.

« Ne me regarde pas comme un extraterrestre. C'est lui qui vient d'une autre planète, pas moi.

— Puis-je… le… voir ?

— Tu devrais voir le drôle d'air que tu as. »

Je jette un coup d'œil par la fenêtre, et ajoute :

« Il est maintenant muet. Ça lui arrive toujours quand le ciel se couvre. Je te le présenterai aussitôt que les nuages passeront. D'accord ?

— D'accord. »

Sur l'heure du midi, je me présente au guichet d'Andréa. Elle me fait bon accueil. J'attache mes yeux sur son visage et son regard s'accroche au mien. Un sourire glisse sur ses lèvres.

« Merci pour le poème, dit-elle.

— Oh ! ce n'est rien. Si tu pouvais lire mon cœur et… »

Les mots s'arrêtent sur mes lèvres. Ils trahissent un peu trop ma pensée.

La voix d'Andréa adopte soudain un ton froid, détaché.

« Je veux te rencontrer jeudi soir à sept heures et demie après ma séance de danse aérobique. »

Le ton de sa voix me glace le cœur, et ma voix s'étrangle.

« Très… bien… Je t'attendrai. »

Le ton menaçant d'Andréa m'annoncerait-il son désir de rompre avec moi ? Mais pourquoi donc ? Serait-ce la pluie de poésies auquel mon amour s'adonne qui la mettrait mal à l'aise ?

Ces pensées me rongent, et l'inquiétude s'infiltre en moi au fil des heures. Subissant les affres de l'incertitude, l'attente m'est insupportable. Pendant que la détresse noie mon cœur durant ces cinquante-quatre heures d'attente, un temps maussade s'abat sur Kenora. Le silence forcé de Ramak et l'absence de Richard au travail, retenu au lit par une fièvre, me laissent seul avec mes papillons noirs. J'exprime, avant l'arrivée d'Andréa, les angoisses qui m'étreignent le cœur, par la poésie.

Je ne sais quelle étrange émotion m'envahit
Ni quel trait de ta personnalité m'ébahit,
Je sais, par contre, que mon cœur bat fort
Et que tu tiens entre tes mains mon sort !

Je t'aime, quoique je sois devenu très soucieux,
Je ne dors même plus, parce que je suis nerveux,
Puis, je me sens tellement anxieux et incertain
De ce qu'il adviendra de notre amour clandestin.

Ma flamme n'a pas eu vraiment la chance de naître
Ni ai-je eu véritablement l'heur de te connaître
Que déjà mon cœur brûlant est mis sur la sellette
Pouvant bientôt le reléguer aux sombres oubliettes.

Sur la mélodie d'une danse chorégraphique
Je ne sais point à quelle cadence magique
Je dois vraiment harmoniser mes démarches
Pour que nos relations amoureuses marchent ?

Andréa se présente de bonne humeur au rendez-vous. Je m'efforce de lui sourire, mais le cœur n'y est pas. M'attendant à la rupture de nos relations, elle m'annonce contre toute attente :
« Je peux venir au mariage.
— Quoi ?
— Mon copain part pour Calgary à cause du décès de sa grand-mère. Les funérailles ont lieu dimanche. Je suis donc libre samedi. »
Un transfert d'émotions s'opère en moi. Une joie extrême balaie la mélancolie anxieuse. Toutefois, une lueur de colère traverse aussitôt mon regard : notre relation ne courait aucun péril. Pourqui ne me l'a-t-elle pas dit plus tôt ? Je me suis fait du souci pendant tout ce temps pour rien.
« C'est une belle surprise, non ? » dit-elle avec beaucoup de tendresse dans la voix.

Andréa fait éclore un sourire sur son visage. L'éclat de son sourire désarme ma colère encore embryonnaire.

— Pour une surprise, c'en est toute une, répondis-je. Ton ami sait-il pour samedi ?

— Oui.

— Et qu'en pense-t-il ?

— Il désapprouve ma décision, mais je l'ai envoyé paître... Je quitte la banque la semaine prochaine.

— Hein ? Comment ça ?

— J'ai décroché un bon poste au ministère des Affaires Autochtones. Je débute dans trois semaines. »

Elle me parle de son nouvel emploi. La conversation dévie ensuite pour rouler sur l'exploration de nos jardins secrets.

Andréa prend congé à deux heures du matin. Je cueille un petit baiser sur les lèvres. Une bouffée de joie enflamme aussitôt mes joues.

Dès la première heure du vendredi, je me précipite au bureau de Richard.

« J'ai une bonne nouvelle à t'annoncer.

— Quoi donc ?

— Andréa vient à la noce.

— Ça alors ! Toutes mes félicitations. Mais pourquoi a-t-elle changé d'idée ?

— La grand-mère de son ami est morte lundi. Il va assister aux funérailles dimanche à Calgary.

— J'imagine que tu es plus intéressé à passer seul cette journée avec elle qu'avec nous, hein ?

— Honnêtement ? Oui.

— Pourquoi ne soupes-tu pas en tête-à-tête avec elle ? Vous viendriez nous rejoindre plus tard dans la soirée.

— Mmh... C'est une excellente idée.

— Cependant, j'impose une condition.

— Laquelle ?

— Tu me raconteras ce qui s'est passé le lendemain.

— Mais, je présumais que vous partiez en voyage de noces.

— Nous ne prenons l'avion pour Hawaï que lundi à cause des conflits d'horaires entre les aéroports de Kenora et de Winnipeg.

— D'accord. Marché conclu. »

XVII

Le soleil apparaît enfin samedi après-midi, après la célébration du mariage. Revenu à la maison, je prépare le repas prévu pour six heures, puis j'arrange la table. N'ayant plus rien à faire, je me mets à compter les heures. Il m'en reste trois à tuer avant l'arrivée d'Andréa. Je décide de parler avec Ramak, muet depuis ces quatre derniers jours sombres.

« Ramak ?

— Bien le bonjour. Je suis enfin sorti de ma léthargie. Cela m'a semblé durer une éternité.

— À moi aussi. Je suis content de reprendre contact avec toi.

— Tu t'ennuies, n'est-ce pas ?

— Comment sais-tu ça ? Je ne t'ai rien dit.

— Toute plante est capable de percevoir les pensées ou les émotions humaines, animales ou végétales, et ce, quelle que soit la distance qui les sépare.

— Oui bien sûr ! Écoute ! Si nous parlions de choses plus frivoles.

— Je t'ennuie avec mes histoires ?

— Mais non ! J'ai l'esprit ailleurs en ce moment, et je ne suis pas en mesure de soutenir une conversation sérieuse.

— C'est Andréa ?

— Oui.

— Je t'ennuie, tu t'ennuies, donc Pierre s'ennuie à mort. C'est bien ennuyeux tout ça. Que dirais–tu de faire une expérience en attendant son arrivée ? Cela ne demandera aucune réflexion de ta part.

— Quel genre d'expérience ?

— J'avais promis de te dévoiler les pouvoirs du diamant, t'en souviens-tu ?

— Oui.

— Bien ! Si tu veux, nous pouvons commencer tout de suite.

— D'accord, mais l'expérience doit se terminer avant six heures.

— Pas de problème ! Es-tu prêt à attaquer ?

— Que dois-je faire ?

134

— Assieds-toi confortablement. N'oublie pas la gemme. »

Je tire la pierre précieuse de la poche de mon pantalon que je conservais là depuis la violation de mon domicile.

« Je suis prêt. Qu'allons-nous expérimenter ?

— Le cristal possède plusieurs types de pouvoir. Nous allons agrandir dans ce cas-ci le champ de ta conscience. Choisis un sujet d'expérience.

— Mmh... J'aimerais en connaître davantage sur la conscience végétale, selon l'esprit de ton exposé de l'autre jour.

— Parfait ! Tiens le diamant entre le pouce et l'index de la main gauche... Ferme les yeux et prends de bonnes respirations. Inspire par le nez et expire par la bouche... C'est ça. Maintenant diminue le rythme... L'agitation de ton esprit se calme. N'autorise aucune pensée à venir le troubler. »

Mon corps s'alourdit peu à peu. Mon souffle s'éteint presque tant il devient lent. Ramak ordonne de laisser tomber mes impressions, en me concentrant plutôt sur ma respiration.

« Plie à présent le bras gauche, de façon à ce que la gemme soit à quelques centimètres de tes yeux. Ouvre-les et fixe ton regard sur le cristal. Vois sa forme, la ligne de ses arêtes, son extrémité et ses imperfections... Referme les yeux et tâche de garder son image en mémoire... »

J'ai maintenant la configuration de la pierre en tête.

« Ouvre les yeux et observe-le de nouveau. Il est gros et occupe la totalité de ton champ visuel... Imagine-le s'éloigner de toi... Il revient vers toi... Maintenant, tu vois juste sa face... Qu'est-ce qui éveille ton attention ?

— Il y a une petite inclusion.

— Alors, fixe-la... À présent, pénètre dans l'inclusion... »

Mon esprit s'y glisse tout doucement, puis s'harmonise avec les vibrations du diamant.

« Tu ne fais maintenant qu'un avec la gemme. Remarque la lumière brillante autour de toi. Elle entraîne ton esprit à vibrer de plus en plus vite, et tu entres en résonance avec la fréquence élevée de la lumière... À trois, projette ta pensée sur la conscience végétale. Attention ! C'est parti : un, deux, trois...

— Je veux élargir l'état de ma conscience sur... »

Soudain, mon corps s'enfonce dans la causeuse sous l'influence d'une force d'accélération puissante. La pression s'intensifie, refoulant mon sang vers les jambes. Je plonge dans un tourbillon. Des images floues défilent devant mes yeux. Privé de sang, mon esprit commence à halluciner. Puis la pression se relâche. Le sang afflue de nouveau au cerveau, mais je perds connaissance.

Lorsque je reviens à moi, je me trouve par terre dans le noir. Du sable soulevé par rafales me pince les joues et les mains. Où suis-je donc ? Je me souviens alors de l'expérience du diamant. Mais qu'est-ce que je fais ici dans ce milieu hostile ? Il y a erreur. Ne devais-je pas expérimenter la conscience végétale ?

« Ramaaak ! »

Seul la plainte du vent me répond.

Je balaie d'un coup d'œil les lieux. Une lumière rose teintée de lilas mobilise mon attention. Les mains portées au visage pour me protéger du vent chargé de sable, je marche vers la source lumineuse. J'avance à grand-peine: mes pieds s'enfoncent.

Le dôme de lumière renferme un palmier au tronc massif dont la tige se termine par un bouquet de palmes. Il est haut d'environ dix mètres.

Je franchis le cercle de lumière. À ma grande surprise, la tempête ne m'atteint plus. Mais en revenant sur mes pas, je l'essuie de nouveau. À la frontière du dôme de lumière, la moitié de mon corps reçoit l'assaut du sable tandis que l'autre connaît la trêve. Ce phénomène m'amuse un moment. Mais ma patience s'use.

« J'en ai ras le bol, Ramak. Je veux rentrer chez moi. Ramak !… Ramaaaak !… Sapristi ! Qu'attends-tu pour me répondre ? »

Toutefois, je n'entends que le mugissement de la tempête. Les mots " diamant et téléportation " traversent tout à coup mon esprit. Oh !… Non ?… Aurais-je été téléporté par accident sur une planète perdue et que Ramak soit dans l'incapacité de me ramener ?… Ou peut-être a-t-il perdu ma trace… Non, tout cela n'a aucun sens. Mon esprit se perd en conjectures.

Le temps coule. Je regarde ma montre. Elle marque déjà près de six heures. Je vais manquer mon rendez-vous galant.

J'élève la voix pour couvrir les hurlements du vent.

« Ramaaak ! Andréa arrive d'une minute à l'autre… J'avais ta promesse, sapristi ! »

Le vent continue à gémir sa plainte interminable. Irrité contre le silence de Ramak et des gémissements du vent, ma colère explose furieusement. Mais les mille questions qui bouillonnent en moi restent entières. Où suis-je ? Que fabrique Ramak ? Que va-t-il m'arriver ? Comment vais-je survivre ? Mon mental s'exténue à penser. Harassé, je succombe au sommeil.

Le cauchemar d'hier perdure à mon réveil. La tempête s'est peut-être évanouie, mais mon regard se perd sur la région devenue silencieuse. Des dunes s'étendent à l'infini, réchauffées par un soleil de plomb. Il n'y a rien d'autre en vue que des dunes et le palmier de la veille. Est-ce une hallucination ?

Je me penche et roule le sable des doigts. Il est sec, fin et abrasif. Ce toucher confirme l'exactitude de mes sensations visuelle et thermique. Je me tiens donc dans un désert. Serait-ce la planète Karplis, cette terre de cactus ?

« Ramak ! Je meurs de faim… Ramaaak !… Je veux rentrer chez moi, sapristi ! »

Le silence règne toujours. L'idée d'être perdu à tout jamais dans ce milieu hostile me vrille le cerveau. Un bruit derrière moi me distrait soudainement de ce tourment. Un raton laveur se dirige vers le palmier. La surprise me cloue sur place.

L'animal ne m'a pas vu. Il grimpe au tronc, puis rampe le long de la première branche et s'empare d'une pomme. Le palmier d'hier a été changé en pommier.

Le raton laveur me découvre finalement et s'enfuit aussitôt derrière les dunes.

Je m'avance vers l'arbre rempli de pommes. J'en cueille une au hasard. C'est bel et bien une pomme. La faim lève mes dernières hésitations ; je croque dans la pomme.

J'en mange plusieurs, à l'ombre de l'arbre.

L'esprit plein de soucis, mes pensées coulent, abondantes. Richard a sans doute constaté ma disparition lors des noces, et me portera ainsi secours. Mais il risque d'éprouver un mal de chien à me retrouver. Moi-même j'ignore où je suis. Seul Ramak est au courant. Franchement ! Qu'attend-il pour me ramener à la maison ? Serait-il aux prises avec des difficultés de téléportation ? Aurait-il perdu ses moyens à cause de l'apparition subite de nuages ?

La chaleur étouffante interrompt mes réflexions : la soif me dévore. Je me mets en quête d'eau, puisque le pommier doit bien en pomper quelque part. Mais il n'y a que du sable, calciné par un soleil omniprésent.

Revenu au pommier, je tombe de surprise. Un serpent vert pistache avec quatre lignes jaunâtres dessinées sur toute sa longueur est enroulé autour d'une noix de coco. Pressée par l'animal, la noix éclate. Il se penche ensuite sur la cavité du fruit et boit le lait. Voilà donc un moyen de me désaltérer. Mais où l'a-t-il dégoté ?

Je le surveille sans faire le moindre bruit. Après avoir vidé la noix, le serpent rampe vers l'arbre et l'assène de la queue. Deux noix de coco tombent.

Mon regard se pose sur l'arbre. Son tronc est désormais élancé, surmonté d'un faisceau de feuilles, lequel est chargé de lourdes noix. Ma foi, le pommier s'est transformé en cocotier !

J'accours vers le serpent. Surpris, il émet un sifflement. Il se dresse contre moi dans une attitude de combat. Me tenant à distance convenable, je lui jette du sable à la tête. Ce manège se poursuit jusqu'à ce qu'il abandonne.

Je me précipite vers les deux noix. J'incise la fibre d'un fruit de mon canif et bois le lait. Je saisis l'autre et le lance à la cime du cocotier. Une avalanche de noix s'accumule au sol, après d'innombrables essais. J'en entaille plusieurs, et étanche ma soif.

Je fais provision de noix au cas où le cocotier disparaîtrait mystérieusement, comme cela est arrivé au pommier et au palmier. Au bout d'une vingtaine de minutes, le cocotier se trouve vide de noix. Baigné de sueur, j'en ouvre encore quelques-unes jusqu'à plus soif. Satisfait de la récolte, je m'accorde un repos bien mérité.

Un tambourinage attire mon attention. Je renverse la tête et découvre un pic à tête rouge sur le tronc du cocotier. Plus rien ne me surprend à présent. J'ai bien vu un raton laveur et un serpent, alors pourquoi pas un pic.

Je le suis des yeux. S'agrippant à l'écorce, l'oiseau grimpe un peu, puis s'appuie sur sa queue. En position verticale, il frappe le cocotier à coups répétés de son long bec conique. Des éclisses fendent l'air. Les coups font sortir une larve d'insecte qu'il attrape pour l'avaler d'un trait.

Il s'envole ensuite vers une branche et attaque une cerise. Non ! ce n'est pas possible ! Je me frotte les yeux. Mais le cerisier se présente toujours à ma vue. Force m'est de tirer cette conclusion : cet arbre possède le pouvoir de se transmuer en diverses formes végétales.

Le pic se sauve après avoir ingurgité des cerises. Une impression vague veut s'imposer à mon esprit, mais je l'ignore : je préfère aller me gaver de cerises.

Je me perds ensuite dans un abîme de réflexions. Je me tiens dans un désert typique. Cependant, je n'ai jamais entendu parler de la capacité d'un arbre solitaire de se muer en différentes formes végétales ; un arbre qui pousse sur un sol infertile ; un arbre qui porte — selon un mécanisme obscur — une variété de fruits, lesquels apaisent la faim et la soif de ses habitants invisibles.

L'impression de tout à l'heure s'impose de nouveau à mon esprit. Je constate alors la disparition des noix de coco. Mais où sont-elles ? Je cherche en vain ; elles me semblent s'être évanouies. C'est impossible ! Quelqu'un les a donc volées. Cette planète n'est pas sécuritaire même si l'on présume être seul au monde — ou enfin, presque. Qui a volé mes noix ? La question reste entière.

Je m'approvisionne de cerises au cas où une pénurie de nourriture sévirait. La cueillette me fournit des vivres pour un temps. Je me promets cette fois-ci de bien veiller.

Un singe noir saute soudain dans le cerisier pour s'y camper. Il pousse des cris perçants. Mais que fabrique-t-il ici ? Je lui fais signe de descendre. Il m'ignore. Je montre le poing. Il me défie en persistant à faire des acrobaties et des grimaces. Ce primate commence à m'échauffer les oreilles.

Le voilà qui se bourre de cerises. J'en ai assez. Je décide de me lancer à sa poursuite. Je viens pour agripper une branche quand tout à coup le cerisier se change sur le coup en bananier. Je passe dans le vide et mords la poussière. Mon sang bout alors de colère. Je me relève en maudissant le singe.

Les branches du bananier sont trop hautes pour que je puisse les empoigner. L'idée de lui envoyer des cerises par la tête me sourit. C'est peine perdue : elles ont disparu.

Le primate de malheur me bombarde de bananes.

« Attends un peu, que je t'attrape. Tu ne riras pas de sitôt. »

Sans doute trône-t-il pour l'instant dans l'arbre, mais j'aurai ma revanche à un moment donné.

Un bon nombre de bananes jonchent maintenant le sable. Hé ! Voilà de quoi riposter à ses attaques ! Je me penche en vue d'en saisir une, mais elle s'évapore. Ce pirate m'aurait-il devancé ?

J'en cherche d'autres des yeux. Mais elles se sont toutes évanouies. Ma foi, cet animal est vif : je n'ai rien vu ! Il va me payer cher son audace. Le ridicule a des limites. Je décharge sur l'animal un regard foudroyant.

Il me catapulte une orange. Je l'attrape de la main, et la lui renvoie. Elle se volatilise à mi-course.

Fou de rage, je ne me rends plus compte de ce qui se déroule. Toutefois, j'en prends conscience, à bout de souffle. J'assiste alors à un spectacle renversant.

Le grand végétal affecte en un rien de temps la forme de plusieurs arbres fruitiers. Dès qu'il s'est mué en une autre espèce, tous les fruits dans l'arbre et au sol s'évaporent. Voilà donc l'explication de la disparition des noix de coco et des cerises. Mais par quel mécanisme le végétal se métamorphose-t-il en de multiples espèces ?

Une grêle de projectiles fruitiers me détourne de mes observations. Le singe accompagne ses attaques de cris qui me cassent les oreilles.

Un pamplemousse m'atteint à la tête. Sorti de mes gonds, je le maudis afin qu'il se rompe le cou. Cependant, il est bien trop habile pour que ça lui arrive. Ah ! Il serait bon de voir l'arbre se changer en cactus pour rire au nez du singe ! Sitôt pensé, sitôt fait. L'arbre se transmue.

Le primate qui, à l'instant, s'élançait vers une autre branche, échoue sur les épines du cactus. Son cri perçant déchire le silence du désert. Il se dégage aussitôt, mais rate sa descente et tombe par terre. Grimaçant de douleur, il se sauve la queue entre les pattes.

Je contemple avec une émotion profonde l'arbre magique. Sa capacité de revêtir le caractère des autres essences du règne végétal tient du prodige. Mais comment s'y prend-il ?

De ma mémoire jaillit le déroulement des faits avant la dernière transformation du végétal. N'avais-je pas formulé le désir de le voir se changer en cactus ? Ma pensée aurait-elle déclenché sa métamorphose ? Ce serait trop beau pour être vrai.

Cette idée a néanmoins du crédit dans mon esprit, aussi je l'examine de près. Je pense à des avocats, et le cactus devient sur l'heure un avocatier. C'est incroyable ! Je m'amuse à le convertir en diverses formes végétales. Il se transforme chaque fois en ce que je désire, pareil à un puits de souhaits.

J'établis alors le rapport entre les transformations du végétal et la présence des animaux. Aussi étrange que cela puisse paraître, ceux-ci connaissent le fonctionnement de l'arbre magique.

Le soir approche. Affamé, je commande un repas en pensant à des pêches, et un pêcher apparaît.

Je réfléchis à la journée. Peut-être suis-je toujours prisonnier du désert, mais je n'ai plus à me soucier de faire des provisions. L'arbre est le grenier et la pensée, les provisions. Ne devrait-il pas en être ainsi de la vie quotidienne ? La crainte de manquer du nécessaire ne limiterait-elle pas le pouvoir de notre pensée? Et l'obscurcissement de notre vision mentale ne mettrait-il pas un frein à l'abondance ? À quoi bon se tracasser quand l'univers peut en tout temps pourvoir à nos besoins ?

Un gros soleil rouge incendie l'horizon. Il baigne le sable d'une lueur pourpre. Une nuit d'encre tombe ensuite sur le désert en écrasant le reste du jour. Un silence de mort s'implante dans une atmosphère rafraîchie. Le ciel et la terre se recueillent un moment.

Les étoiles émaillent à présent le firmament. Un croissant de lune en porcelaine y est pendu. Elle verse une faible clarté qui laque l'arbre. Et le dôme de lumière rose teintée de lilas aperçu la veille réapparaît. Je recule pour le contempler.

De nombreux points bleus flottent dans la lumière. Certains s'ébranlent, prennent de la vitesse et heurtent le dôme. À son contact, les points explosent en de minuscules gerbes de couleurs.

Ce spectacle de feux d'artifice lilliputien m'émerveille un bon moment. Puis, le sommeil me colle les yeux.

À l'aube de ce nouveau matin, un bruissement me réveille. Je scrute l'horizon et aperçois un castor. Ça, par exemple ! Un castor dans le désert. En voilà une bonne !

Une intuition illumine tout d'un coup mon esprit. J'accours vers l'arbre. Un bouleau a remplacé le pêcher de la soirée. Des éclisses jonchent le sable. Le tronc a été rongé jusqu'à la moelle par le castor. Son état est tel que je m'étonne qu'il ne soit pas déjà renversé. Recouvrera-t-il la santé si j'en modifie la forme ?

Je pense à des bananes, mais le bouleau demeure inchangé. Je reformule mon souhait. Rien ne va. Je pense à des prunes, des dattes, des olives, des pamplemousses — et quoi encore — sans obtenir de résultats. Il se trouve vraiment à l'agonie.

Je suis alors confronté au visage terrible de la réalité. Me voilà désormais privé de fruits. Et si l'arbre magique meurt, je ne tarderai pas, moi aussi, à le suivre dans la tombe.

Je dégage une leçon de ce malheur. L'altruisme de l'arbre a exaucé le vœu du castor qui désirait assurément un bouleau pour se nourrir. Et il lui a donné sa vie. Je m'en veux de ne pas avoir pris soin de l'arbre. J'ai agi de façon égoïste et irresponsable. Il me paraissait sans doute normal de voir les choses se passer ainsi sans que je me sente impliqué. Mais ne nous rendons-nous pas compte de la perte des choses que lorsqu'elle nous affecte ?

Je ne sais comment le sauver. Dans un geste de désespoir, je replace les éclisses sur la plaie et la bande de ma chemise. Opération inutile, car l'ombre de l'arbre s'éteint par degrés. Le soleil me brûle à présent la peau. Et la chaleur commence à devenir intolérable.

Je récite en dernière tentative des prières en vue de le remettre sur la voie de la guérison. Cependant, elles ne trouvent aucun écho dans les éthers.

Le vent se lève et l'horizon se brouille. De faibles tourbillons isolés s'élèvent dans le ciel suivis d'une épaisse poussière. Ces derniers meurent après une folle course désordonnée. Le vent se fait de plus en plus impétueux. Et une tempête s'arrache finalement du sol, en éclaboussant de sable la région entière.

J'accuse le destin, si imperturbable en cette période de crise. Il ne donne aucune chance à l'arbre de se rétablir. Celui-ci doit en plus lutter contre les intempéries d'une nature devenue ingrate.

La fureur du vent me crible la peau de sable aussi piquant que des aiguilles. L'arbre ne résiste pas aux violents assauts. Il est renversé. Sa chute creuse un sillon dans le sol.

Je récupère ma chemise pour me protéger des aiguillons du sable. Mais à quoi bon, si de toute façon je suis bientôt contraint à suivre le végétal dans la tombe ?

Il est tout de suite enseveli sous le sable stérile. Je pleure en silence, mais aucune larme ne coule. Mes glandes lacrymales sont à sec. Une éternité de ténèbres souffle sur une planète agonisante. Pleurais-je sur la mort de l'arbre magique ? Sur mon sort ? Ou bien celui de l'humanité ?

Un long cri sauvage, chargé d'une douleur intolérable, monte de ma gorge. Je fléchis les genoux et m'écrase face contre terre. Une larme de sang perle au coin de mon œil. Elle sillonne ma joue empoussiérée pour tomber et se perdre dans la porosité du sable.

XVIII

Dring !... Dring !... Dring !...

Ces coups de sonnette me réveillent en sursaut, et mon cœur bat la chamade. On sonne de nouveau. J'ouvre la porte, l'esprit confus.

Souriante, Andréa se tient sur le seuil, vêtue d'une longue robe noire décolletée en cœur. Un rang de perles pend à son cou. Sa blonde crinière bouclée tombe sur ses épaules. De sa main droite se détache un châle de laine écarlate. Une odeur de jasmin flotte dans l'air.

Une expression de surprise m'échappe.

« Que fais-tu là ?

— Ne devais-je pas être ici pour six heures? Me serais-je trompée ?

— Si !... Non !... Je ne sais plus !... Sommes-nous samedi ?

— Mais comment donc ! Qu'est-ce qui ne colle pas, Pierre ? »

Tout est confus et se heurte dans mon cerveau.

« Excuse-moi ! Mes idées se sont embrouillées. Euh ! Tu es ravissante.

— Merci.

— Ne reste pas là. Entre. »

Nous passons au salon.

« Aimerais-tu prendre un apéritif ? Un Madère sec ?

— S'il te plaît. »

Je remplis deux coupes de cristal, et lui en tend une. Toutefois, la confusion règne toujours dans mon esprit.

« Donne-moi quelques minutes pour me remettre de mon trouble, veux-tu ?

— D'accord. »

Je plonge dans mes pensées. Des lambeaux de mon histoire dans le désert remontent peu à peu à la surface de ma conscience. Finalement, je revois en pensée la scène dans son intégralité.

« J'ai fait un cauchemar, Andréa.

— Mais à quoi as-tu rêvé pour être dans tous tes états ? »

Je lui parle un peu de Ramak et du cristal, mais je retrace surtout les faits de mon aventure du désert.

« C'est une pure coïncidence, Pierre, mais j'ai regardé un documentaire sur le castor hier. Celui-ci, comme l'homme, accommode le milieu à ses besoins contrairement aux autres animaux qui s'y adaptent. À preuve, les barrages de castor qui condamnent des territoires à cause de l'inondation. Mais que penser de l'ambition désordonnée de l'homme qui, armé de sa technologie, se lance à l'aveuglette dans la transformation de la planète ?

— Nous agissons de façon insouciante.

— C'est juste ! On ne s'interroge sur la gravité de nos actes que lorsque notre environnement donne des signes de dégradation. Or, il est souvent trop tard pour payer les pots cassés, car le désordre qui était alors imperceptible a déjà fait des ravages irréparables. »

Les propos d'Andréa mettent en lumière mon aventure dans le désert. Ne me suis-je pas aussi comporté de cette manière ? Lorsque j'ai compris la fonction vitale de l'arbre magique dans ma vie, il était trop tard pour lui porter secours. Ma négligence l'avait entraîné dans sa ruine.

« À quoi réfléchis-tu, Pierre ?

— Notre timidité à reconnaître l'urgence de changer de conduite met en péril l'écosystème. Il serait temps que nous nous posions les vraies questions et que nous agissions, sinon la vie tiendra bientôt à un fil. Crois-moi, les chemises sont inutiles pour redresser les abus.

— Je partage ton opinion, mais la majorité des gens s'en fout. Rien que d'y penser, j'en suis malade.

— Tu exagères, Andréa.

— Mais non ! Et pourtant ils devraient se sentir concernés par la détérioration de leur environnement. Peut-être aujourd'hui n'en sont-ils pas affectés, mais demain, lorsqu'ils se réincarneront, ils en subiront les conséquences.

— Mmh… Je n'ai jamais considéré cette chose sous cet angle, mais ça tombe sous le sens.

— C'est navrant de raisonner ainsi, mais il faut mettre les choses au point avec les gens. Leur vision linéaire du temps les empêche de voir loin.

— Écoute ! Je suis moins sévère que toi. La détérioration de l'environnement préoccupe beaucoup de gens. Cependant, ils ne savent quoi faire. Je suis, moi aussi, du nombre, je te l'avoue.

— C'est pourtant simple, s'empourpre Andréa. Le ménage commence par sa propre cour, en s'attaquant tout d'abord à nos mauvaises habitudes.

— Mais c'est une goutte d'eau dans l'océan.

— Mais non ! Tu négliges "l'effet papillon".

— "L'effet papillon" !...

— Comment ! Tu ne connais pas "l'effet papillon" ?

— Non. Je n'ai jamais entendu parler de ça.

— En quelques mots, "l'effet papillon" fut découvert à la suite de simulations météorologiques par ordinateur. On y avait fait deux expériences à partir de mêmes données, sauf qu'une des deux comprenait en plus le battement d'ailes d'un papillon. Les prévisions obtenues surprirent. L'expérience du battement d'ailes d'un papillon avait déchaîné une tempête au bout de quelques semaines ; l'autre, pas.

— Ça, par exemple ! De simples battements d'ailes d'un papillon influenceraient la météo.

— Tu as bien pigé. La goutte d'eau paraît sans doute insignifiante, mais elle devient une vague à la longue. Ainsi, il s'agit de presser le gouvernement à appliquer des peines sévères aux pollueurs, d'acheter des produits biodégradables et d'exiger des articles recyclés.

— Est-ce suffisant ?

— Si les consommateurs n'achètent pas les produits, la compagnie qui les fabrique se verra alors obligée de les enlever du marché. Avec de la bonne volonté, on arriverait vite à corriger la situation. »

Sa passion à dénoncer les abus de l'homme sur son environnement trahit sa grande sensibilité à ce problème. Greenpeace n'aurait pas meilleur candidate pour défendre sa cause.

« Au fond, Pierre, ton songe est simple à piger. L'homme est le jardinier de la Terre. S'il en prend soin, elle pourvoira à ses besoins. Mais si, au contraire, il en abuse, elle se changera en terres stériles. Aussi traitons-la comme nous voudrions l'être... À propos, qui est Ramak ?

— Un cactus. C'est à cause de lui si j'étais absent de la maison la fin de semaine dernière. Suis-moi, je vais te le montrer. »

Rendus à la baie vitrée, je le pointe du doigt.

« Andréa, voici Ramak. »

Je constate tout à coup le ridicule de la situation. Faut–il avoir la sottise de présenter un cactus à une femme ! Que va-t-elle penser de moi ? Le regret de lui avoir parlé de Ramak me ronge soudain.

« Il est mignon. Tu dis qu'il est télépathe ? »

Ramak est loin d'être beau avec ses épines éparses, semblables à une barbe de cinq jours. Se moque-t-elle de moi ou est-elle sincère ?

« Oui. Il perd toutefois sa faculté de télépathie la nuit et lors de temps nuageux, aussi ne nous dira-t-il rien ce soir. Néanmoins il nous entend.

— Ah bon ! » soupire-t-elle.

Son soupir m'agace. Me croit-elle ou me prend-elle pour un "halluciné" ?

« Où est le cristal ? demande-t-elle.

— Là–bas, sur la petite table. »

Elle le saisit de la main et l'examine avec attention.

« Quel magnifique diamant ! Il doit valoir une petite fortune, non ?

— Comment sais-tu que c'en est un ?

— Voyons ! les femmes savent reconnaître les bijoux de valeur », lance-t-elle, les yeux pleins de défi.

Sa réponse m'embarrasse. Géologue, je n'avais aucune idée de la nature de la gemme avant d'en être fixé par le joaillier, tandis que…

« Comment se fait-il que tu possèdes un diamant de cette qualité ?

— C'est une longue histoire.

— Vas-y, je t'écoute. »

J'hésite, incertain de m'engager sur ce brûlant terrain, mais je m'étais déjà compromis. Il serait mal vu de me défiler maintenant.

« Ramak l'a produit.

— Comment !

— Tu as bien entendu !

— Allons ! Ce sont des histoires.

— Mais non ! Ramak vient d'une planète lointaine. Le diamant lui permet en quelque sorte de voyager d'une galaxie à l'autre. »

Un ange passe. Je détourne alors la conversation.

« Si nous passions à table. Je crève de faim. »

Andréa accueille cette idée avec un sourire.

Nous prenons le repas, à la lueur des bougies. L'épisode sur l'origine du diamant me semble n'avoir troublé en rien nos rapports : nous couvons l'autre des yeux et échangeons des regards tendres.

Au cours du souper, Andréa me prie de lui raconter le récit du cactus. Je consens à sa demande. Le vin délie les langues.

L'histoire suscite chez elle un intérêt profond.

« Je te crois avec réserve. Qui n'aurait pas un doute sur un récit aussi invraisemblable ?

— À qui le dis-tu !

— J'ai hâte de m'adresser à lui... Vas-tu enfin m'expliquer la raison de ton absence le week-end dernier. En quoi le cactus était-il responsable ? »

Je lui résume le rôle du docteur Landry dans cette aventure.

« ... et je me suis caché dans les toilettes pour délivrer Ramak après la fermeture du ministère. C'était cependant une idée idiote. Je n'avais pas pensé au système d'alarme et en plus on était vendredi. J'ai donc dû prendre mon mal en patience jusqu'à l'arrivée de la femme de ménage dimanche soir. »

Andréa éclate de rire.

« Tu parles d'une drôle d'affaire !

— Et comment !

— Ah! Pierre, j'ai demandé à ma copine Kathy cette semaine si je pouvais emménager chez elle quand son amant partirait... »

Sa démarche me surprend agréablement. Songerait-elle à quitter son ami pour moi ? J'ai de la peine à croire en ma chance.

« ... Elle vit des jours difficiles avec un homme marié. Et elle envisage de le mettre dehors de son appartement, car il remet son divorce de semaine en semaine. Elle se fatigue de sa belle promesse qui est violée à tous coups.

— Au fait, qui est Kathy ?

— C'est ma meilleure copine. Elle est photographe pour le journal.

— Et qu'a-t-elle répondu ?

— Elle est encore indécise. Pourtant elle n'espère plus rien de lui. Ils ne baisent plus depuis deux mois déjà. »

Nous partons vers neuf heures aux noces, lesquelles ont lieu à l'hôtel *Inn of the Wood*. La salle de réception grouille de monde. Un petit orchestre au fond de la salle exécute des morceaux.

Je repère Richard dans la foule et je me fraie un chemin en compagnie d'Andréa. Je fais les présentations d'Andréa à Richard et à Dominique, son épouse. Richard me jette un regard complice.

« Ne m'oublie pas demain, me rappelle-t-il.

— C'est promis. »

Andréa et moi allons nous asseoir à une table libre. Un maître d'hôtel nous offre à boire. Nous prenons tous les deux une crème de menthe.

L'orchestre interprète un *slow*. J'invite Andréa à danser. Je profite de cette belle occasion pour la serrer contre ma poitrine, avec un appétit de tendresse. Elle colle son visage contre le mien. L'ivresse de l'amour me monte par degrés à la tête. Et je sens naître en moi le désir.

En plein milieu de la danse, Andréa glisse quelques mots dans le creux de mon oreille.

« Pierre, j'ai vu des copains avant d'aller chez toi. Ils m'ont mise en garde contre le sang chaud des francophones. Il y en a même un qui s'est informé si j'avais ma boîte de condoms.

— Sans blague ! »

Notre attraction mutuelle doit exercer un prodigieux envoûtement pour qu'Andréa se livre à ce genre de confidence.

Nous retournons en riant à notre table.

Les musiciens jouent maintenant de la musique rock dans un rythme endiablé. J'entraîne Andréa sur la piste de danse. Nous nous tortillons à nous enivrer. Après quelques morceaux, nous planons dans un décor de rêve comme si nous étions seuls à danser sur la piste : les autres danseurs se sont effacés comme par magie. Les yeux rivés sur l'autre, nous échangeons des regards tendres et des sourires épanouis.

Exténués, nous regagnons la maison trois heures plus tard. J'allume un feu dans la cheminée et prépare ensuite de la tisane à la menthe. Entre-temps, Andréa place la causeuse devant le foyer. Je décide plutôt de m'asseoir sur le tapis moelleux. Elle m'y rejoint. Nous buvons à notre santé, puis échangeons nos impressions sur les noces.

Le silence tombe entre nous. Nous n'entendons alors que le crépitement des bûches. Les flammes ondoyantes qui dansent nous plongent dans un état d'hypnose.

Mon dos prend appui sur le sien et un tressautement me parcourt tout à coup le corps. Nous nous retournons en même temps. Ses yeux verts sont incendiés par l'amour et mon corps brûle d'un feu de désir.

J'avance ma main droite et lui caresse le visage. Mon doigt effleure ensuite le contour de ses lèvres charnues. Je baisse la tête et, emporté par une flambée du cœur, je l'embrasse sur la bouche avec véhémence. Tremblante, Andréa rend de petits baisers.

Nous tombons à la renverse sur le tapis. Je prends deux coussins de la causeuse que je glisse sous nos têtes. Je couvre Andréa de baisers, mais je la sens se raidir.

La bouche collée sur la peau tiède de son cou, je l'humecte de ma langue. Je la déplace lentement par des mouvements circulaires jusqu'à ses oreilles. Son rythme respiratoire augmente, et sa réticence cède tout d'un coup à l'engourdissement voluptueux ; son corps se détend.

Je me risque à toucher ses épaules avec la main. Sa respiration devient bruyante. Je laisse descendre ensuite la main le long de son flanc, frôlant au passage la courbe ferme de ses seins. Son corps frémit. Mes mains glissent sous la robe pour remonter le long de ses cuisses moites. Elles saisissent la rondeur de ses fesses.

Son parfum de jasmin, la beauté de ses formes et la vitalité de son corps gorgé de sève m'enivrent à plein. Je dégrafe son soutien-gorge pour goûter la fraîcheur de ses seins. Andréa s'affaire à déboutonner ma chemise et glisse sa main à l'intérieur.

La passion atteint un degré de frénésie ; nous arrachons en moins de deux les vêtements de l'autre. À la découverte de l'anatomie d'Andréa, je caresse ses lignes et la dévore de baisers.

Une houle émerge alors du plus profond de mes reins. J'attire Andréa et nos corps brûlants se fondent dans le labour où se mêle la sueur collante. Nos membres se raidissent, puis une lame vertigineuse nous emporte vers l'extase.

Je m'allonge sur le dos, épuisé. Andréa m'entoure de ses bras. Elle me souffle à l'oreille :

« Je dois me sauver.

— Déjà ? Mais pourquoi donc ? »

Je consulte ma montre. Elle marque quatre heures du matin.

« Je dois rentrer au chalet. Mes parents y sont pour le week-end. On se verra plus tard. »

Andréa se lève et s'habille. Je la regarde faire avec des yeux emplis d'affection. Puis, elle me plante un rude baiser sur la joue.

« Pierre, as–tu du papier et un crayon pour que je t'inscrive mon numéro de téléphone ?

— Oui. Sur mon bureau. »

Sitôt après son départ, Andréa frappe à la porte. Elle a enfilé son blouson bleu marine.

« Pierre, mon pneu est crevé.

— Je vais te reconduire. La prochaine fois, tu mettras ta chaloupe au quai à l'arrière de chez moi. Ce sera plus simple.

— D'accord. Mets un manteau. Il fait froid. »

Un vent glacial accueille notre sortie. Nous nous rendons en auto à la rue en cul-de-sac. Nous dévalons les escaliers de l'embarcadère. Le ponton ondoie au gré des vagues où quelques embarcations désertes sont attachées. Un croissant de lune flotte dans une mer noire, criblée par les feux de la nuit. Le lac étincelle sous cette faucille d'argent.

Nous nous coulons dans les bras de l'autre, le cœur débordant de tendresse. Andréa se libère de mon étreinte et monte sur sa chaloupe à moteur. Elle tire la corde sous le capot de l'engin. Le bruit du moteur crève le clapotis des vagues au troisième essai. Elle revient se nicher dans mes bras. Nous nous embrassons encore une fois.

Le moteur est maintenant chaud. Andréa s'arrache de mes bras, mais je la rattrape. Je la sonde sur ses sentiments. Le désir de rester auprès de moi se devine au regard qu'elle m'adresse. Et mon regard s'accroche au sien, la suppliant de le faire.

« Es–tu obligée de partir ?

— Je n'ai pas le choix, Pierre », dit-elle sèchement.

Elle s'assied sur le banc de la chaloupe, puis tourne la poignée du moteur à pleins gaz. Lancée, la chaloupe fend les flots du lac. Andréa se retourne et m'envoie un baiser de la main.

Je regarde la silhouette de la chaloupe disparaître derrière l'île de Coney. Le bourdonnement du moteur s'absorbe peu après dans le clapotis des vagues.

Mon regard se promène dans le ciel. Soudain, un météore jette une traînée lumineuse qui transperce la voûte étoilée. C'est bon signe. Je forme des vœux pour l'épanouissement d'une vie sentimentale avec Andréa.

Je regagne la maison, en nageant dans la joie. Le phare de ma chance brille, car ma relation amoureuse commence à prendre une tournure inespérée. D'une part, les amis d'Andréa sont informés de notre liaison, et d'autre part, elle songe à emménager chez son amie Kathy. Ces deux indices n'indiquent-ils pas que je suis désormais l'élu de son cœur ? Cette nuit d'amour et la connaissance de son numéro de téléphone par surcroît ne confirment-ils pas l'exactitude de mes espoirs ?

Je laisse libre cours à un déchaînement de tendresse et je lui compose ce poème.

Parmi ces journées sursaturées de parfums sauvages
Où le déferlement des vagues meurt sur les plages ;
Parmi ces soirées balayées de lumières estivales
Où sur la voûte se dessinent des aurores boréales ;
Je rêve de te chanter la folle musique des cigales.

Parmi ces matinées inondées d'un brûlant soleil
Où l'air piquant s'absorbe dans le bleu du ciel ;
Parmi ces nuits poudrées d'innombrables étoiles
Où la nudité cristalline de la lune se dévoile ;
Je rêve de pouvoir te peindre nue sur une toile.

Ô Andréa, mon cœur brûle de te dire tant de choses
Mais pour l'instant, je t'offre cette humble prose.

XIX

La lumière du jour traverse les rideaux transparents de ma chambre à coucher et baigne mon visage. Je me frotte les yeux.

Un bonheur ineffable m'habite. Mon esprit, mon cœur et mon corps sont en complète harmonie. Et un seul mot explique mon état : l'amour. Ah ! Comme il fait bon d'être amoureux !

Mes pensées convergent vers la source de ce bonheur. Je voudrais tant entendre la douce voix de la petite abeille, mais il est encore trop tôt pour l'appeler : il est tout juste onze heures du matin.

Je m'arrache du lit et écarte les rideaux. Il fait un temps superbe. L'azur du firmament resplendit sous le soleil aux reflets d'or, tout comme mon état d'âme qui brille sur mon cœur gonflé d'amour.

Des images de la nuit dernière peuplent mes pensées, m'entraînant dans une douce rêverie. Aujourd'hui est une journée pleine de promesses...

Je sors humer l'air. Un riche parfum d'humus inonde l'arrière-cour. Le vent chaud qui court à travers les feuilles des érables avec un murmure de fontaine me caresse agréablement la peau. Quelques mésanges à tête noire chantent leur appel, un "tchik-a-dî-dî-dî" caractéristique. Des colverts, l'avant du corps submergé et l'arrière retroussé, se nourrissent d'algues de la rivière. Toute la nature semble vibrer sous les chauds rayons du soleil.

Je me rends à la sortie de garage. La voiture d'Andréa penche vers l'arrière, le pneu droit étant à plat. Puisque le bouton de verrouillage de la portière est tiré, j'en profite pour poser la roue de secours.

Je déjeune à l'extérieur. Puis, j'essaie de lire en attendant que la journée prenne de la maturité, mais l'impatience me dévore. Je passe alors un coup de fil au chalet.

On répond à la troisième sonnerie.

« Andréa, s'il vous plaît ?

— Attendez un instant, dit une femme d'un certain âge.

— Ne la réveillez surtout pas si elle dort encore. »

La voix ensommeillée d'Andréa crève enfin le silence au bout d'une assez longue période.

« Allô !

— Salut, mon amour !

— Ah, c'est toi ! Bonjour.

— Je suis désolé de te réveiller si tôt. J'ai pourtant indiqué à la personne qui m'a répondu de passer outre si tu dormais.

— On ne m'a pas réveillée. Je paressais au lit, en songeant à la soirée d'hier soir.

— Était-ce ta mère ?

— Oui. Elle a su tout de suite que tu étais le gars avec lequel j'étais sortie. Comment vas-tu ?

— Je suis aux anges. J'aurais toutefois préféré te retrouver dans mon lit ce matin. Et toi ?

— Ça colle.

— Ta voiture est en état de rouler.

— Tu m'as rendu service, merci ! J'irai la chercher tout à l'heure. »

En raccrochant le combiné, mes yeux tombent sur Ramak. Accaparé par Andréa ces dix-huit dernières heures, j'avais oublié le cactus. Être amoureux ne nous entraîne-t-il pas à se couper du monde, comme si rien d'autre n'existait ?...

« Salut, Ramak !

— Bien le bonjour. Je vois que tu es amoureux.

— Ça oui !

— Méfie-toi des emballements, Pierre.

— Mais qu'est-ce que tu connais de l'amour ?

— Pas grand-chose... selon... idée que... vous,... hommes, vous en faites... »

Des bruits parasites surviennent dans l'émission télépathique. Et la projection des images mentales se brouille en plus dans mon esprit. Quelque chose ne tourne pas rond.

« Hé ! Ramak ! Qu'est-ce qui ne va pas?

— Rien.

— Mais pourquoi ces parasites ?

— Vraiment, ce n'est rien. »

Sa réponse évasive m'est suspecte. Une intuition s'impose à moi : Ramak tait la vérité pour une raison obscure. Je le pousse à me la dévoiler.

« Tu ne dis pas toute la vérité, Ramak.

— Bon, bon, je pâtis de votre pollution atmosphérique. Mes jours sont comptés si je ne me téléporte pas sous peu. »

M'étant pris d'amitié pour lui au fil des jours, la nouvelle me plonge dans une inquiétude profonde.

« Tu vois, je ne voulais pas t'alarmer pour un rien, ajoute Ramak. J'ai encore du temps devant moi avant de rendre l'âme. La communication sera quelquefois entrecoupée de parasites.

— Y aura-t-il d'autres symptômes ?

— Oui. Je perdrai plus tard mes facultés télépathiques, mais je t'entendrai encore.

— Et après ça ?

— Ma santé dépérira rapidement, et puis... J'ai besoin de savoir pour l'instant la dimension exacte du diamant. »

Je tire le cristal de la poche de mon pantalon, et relève sa dimension.

« Il marque deux cent quatre-vingt-dix millimètres. Mais quelle dimension doit-il mesurer pour que tu puisses procéder à la téléportation ?

— Trois centimètres.

— Il y est presque. Et quand crois-tu que le diamant les atteindra ?

— Il y a beaucoup de chance pour que ce soit moins... d'un jour... J'espère... capable de tenir... le coup... »

Le brouillage vient encore d'altérer l'émission télépathique. Mon inquiétude redouble.

« Comment puis-je t'aider en attendant ?

— Il n'y a rien à faire. Nous avons assez causé de moi. Abordons plutôt le sujet de ton expérience d'hier.

— Parlons-en ! Où étais-je donc ?

— Quelque part dans une autre réalité de ton invention.

— Bien sûr !

— Mais oui ! Tu t'es choisi ce sujet d'expérience.

— Allons donc! Je n'ai rien choisi.

— Bien au contraire. Ne désirais-tu pas élargir le champ de ta conscience ?

— Je voulais approfondir la question de la conscience de toutes formes de vie. Or, j'ai vécu des moments difficiles dans un "drame écologique".

— En somme, tu ne sais pas encore maîtriser ta pensée. Elle doit être claire. Mais dans ton cas, un mélange d'élargissement de... conscience et de... sensibilité des arbres... formaient la trame de... pensée au moment de l'expérience... »

Mon angoisse va croissant. Les parasites sont trop fréquents à mon goût.

« Écoute, Ramak ! Si tu es incommodé, nous...

— Ce n'est rien pour l'instant... Je tiens à t'expliquer ton aventure dans le désert. Les symboles abondaient.

— Ah oui ?

— Tu as bien compris un des deux thèmes : l'écologie. L'arbre magique représentait la planète Terre ; le castor, l'inconscience de l'homme et la chemise, les techniques de dépollution. Cependant, les subtilités du deuxième thème, qui traitait du "sens divin", t'ont quelque peu échappé.

— Quelles étaient-elles ?

— Dressons d'abord la liste de celles que tu as perçues. Il y avait "faire des provisions" et "la mort de l'arbre". Le premier symbolisait... pouvoir de la pensée de réaliser... désirs et le deuxième, l'amour inconditionnel... de Tout Ce Qui Est. »

Le symbolisme de mon aventure m'étonne. J'aurais été dans l'impossibilité d'énumérer tous les symboles.

« Que veux-tu dire par "amour inconditionnel"?

— Ne fallait-il pas que l'arbre soit dépourvu de jugement pour se changer en diverses formes végétales selon les désirs — bons ou mauvais — de ses habitants ? Ainsi, en est-il de Dieu. Son Amour laisse agir ses créatures en toute liberté.

— Et quelles sont celles qui m'ont échappées ?

— Il s'agit des animaux, de ton comportement et... dôme de lumière... de l'arbre. Le premier... confirmait le côté naturel du pouvoir de la pensée. Le deuxième reflétait la réaction de l'homme, lequel est prisonnier de son rationnel. En effet, pour lui, toute chose doit s'expliquer. Mais quelquefois la chose peut défier toute logique. Et... troisième évoquait... septième couleur du vortex... énergétique, soit... fusion... l'arbre en Dieu... Les points bleus... »

L'émission télépathique prend subitement fin.

« Ramak ?... »

Un silence de mort s'impose.

« Ramak, réponds-moi ! S'il te plaît ! »

Mais le silence s'approfondit. Voilà que la deuxième phase de son malaise entre en action. Que le temps passe vite ! Je dois faire quelque chose, mais quoi ? Il ne m'a donné aucune instruction. J'établis alors un parallèle entre l'arbre magique et le cactus. Il m'importe d'empêcher l'histoire de se répéter. Mais la panique me gagne, car le temps qui me glisse entre les doigts joue contre lui.

Pendant que je cherche un moyen de sortir Ramak de ce mauvais pas, Andréa apparaît. Elle est flanquée d'un jeune homme, à ma grande déception. Son ton détaché tranche avec celui de ce matin.

« Voici mon frère David. J'ai besoin de t'emprunter un couteau pour couper une corde de la chaloupe.

— Andréa, je... »

Elle me coupe la parole.

« Je n'ai pas le temps. Peux-tu me passer un couteau, oui ou non ? »

Et ils s'en vont sans plus de cérémonie, avec le couteau.

Andréa revient seule au bout d'une demi-heure. Entretemps, elle s'est composée un visage de marbre.

« Merci pour le couteau. Tiens, le voilà... David te trouve vieux. »

Je me moque éperdument de l'opinion de son frère. Mes tourments sont autres.

« La pollution a commencé à ruiner la santé de Ramak.

— Quelle fâcheuse nouvelle ! Que comptes-tu faire ?

— Je ne sais pas encore. Et toi, quels sont tes projets pour la journée ?

— Je suis très prise. Je déménage mes effets du chalet. Mes parents sont en train de le fermer pour l'hiver.

— Quoi ! Tu emménages déjà chez Kathy !

— Non. Je m'installe dans la maison d'un couple âgé qui s'en va en Floride. Je l'ai louée jusqu'au mois de mai avec mon copain et une autre personne. »

Je contiens ma surprise. Sa réponse sèche douche le peu d'enthousiasme qui me reste de cette journée. L'idée de la savoir bientôt là avec son ami me portait ombrage. Et sa réponse soulève en plus une question : Pourquoi ne m'en a-t-elle pas glissé un mot hier soir ?

Andréa brise la conversation.

« Il faut que j'y aille. »

Une étrange sensation m'habite. Sa conduite ne reflète en rien ses sentiments d'hier. Pourquoi garde-t-elle ses distances ?

Je lui bloque le passage.

« Je peux t'aider si tu veux ?

— Non merci. Je n'ai pas grand-chose à transporter. Des vêtements, quoi !

— Te reverrais-je aujourd'hui ? »

Le cœur étreint d'angoisse, j'attends la réponse.

« Je ne sais pas.

— Non mais! est-ce une réponse ça ? », ronchonnai-je.

L'agacement manifeste lui tord la bouche, d'un faux sourire.

« Je ne sais où trouver le temps d'être avec toi.

— Je ne vois pas. Tu devrais t'acquitter de ta tâche en moins d'une heure ou deux. N'auras-tu donc pas du temps libre pour me voir ?

— Tu commences à m'exaspérer, Pierre. J'ai d'autres chats à fouetter. Je tiens à visiter des appartements au cas où Kathy changerait d'opinion à propos de son amant. Il est douteux qu'elle le jette à la rue, comme je te l'ai dit hier.

— Mais je peux t'accompagner...

— Non. Je veux aussi prendre le temps de chercher les mots pour informer mon copain de ce qui se passe. Et puis, je dois préparer mon voyage de deux semaines pour Vancouver.

— Hein ? Tu pars en voyage ?

— Je l'ai projeté ce matin pour débrouiller l'écheveau de ma vie sentimentale. J'ignore où j'en suis, et j'ai décidé de boucler ma valise mercredi. »

Ses propos me laissent pantois. Andréa vient de me dévoiler des projets dans lesquels je ne figure pas. Tous mes rêves se brisent sur le coup. Je ravale ma déception, maudissant le destin qui bouleverse mes plans.

« Ces deux semaines vont me paraître longues », finis-je par articuler.

Cependant, la conversation se tarit. Andréa a dressé un mur de silence entre nous. Y aurait-il une fissure dans nos amours ? Je rive en dernière tentative mes yeux sur la petite abeille, mais elle évite mon regard de détresse. Je suis désemparé.

Elle me brûle sans tarder la politesse, et j'en suis pour mes frais. Son attitude me dépasse.

Dans mon cœur s'agite un chaos de sentiments, en une véritable tempête. Et des questions s'entrechoquent dans ma tête. Que diable s'est-il passé ? Il n'y avait pourtant aucune ombre au tableau hier. Ne nous sommes-nous pas épris l'un de l'autre ? Eh bien ! Comment expliquer ce brusque revirement ? Pourquoi se montre-t-elle tout à coup distante ? Et pourquoi ce regard fuyant ?

Je me noie dans un océan d'incompréhension. Une pensée me traverse l'esprit : tout cela s'expliquerait si Andréa avait succombé aux passions charnelles. Les souvenirs affluent, que je laisse prendre forme dans mon cerveau. Et un détail d'un de nos entretiens retient mon attention. Ne m'a-t-elle pas confié le désir de satisfaire son attraction qui la portait vers moi, malgré la désapprobation de sa collègue de travail ? Sans doute cette curiosité l'a poussée jusqu'à faire l'amour avec moi. Et un trouble mêlé de craintes et de désirs s'en est suivi.

À bon droit, elle a besoin d'une période de réflexion en vue de pénétrer son trouble. Mais si ses sentiments envers moi sont à ce point confus, alors pourquoi sa mère, son frère et ses amis sont-ils informés de notre fréquentation ? Et à quelle fin trompe-t-elle son ami au vu et au su de tout le monde ? Tout cela me porte à croire qu'elle avait jeté son dévolu sur moi. Aurais-je pris mes désirs pour des réalités ?

J'ai beau examiner la situation sous toutes ses faces, je nage toujours dans le brouillard. Je ne sais comment interpréter sa conduite à moins qu'Andréa n'ait un cœur volage. Cette pensée fugitive est sitôt refoulée.

De cette situation désespérée, je finis malgré tout par caresser l'espoir de nous retrouver sous peu. Son voyage devrait la remettre sur la bonne voie : la mienne. Aussi, je me rabats sur la patience.

Je tente de me tourner vers des pensées plus gaies. Mais la santé de Ramak qui dépérit me revient à l'esprit, et je contracte de nouveau le cafard. Mais que puis-je donc faire pour l'aider ?

Ce dimanche de septembre restera assurément un jour mémorable dans mes annales de morosité.

XX

Je retourne à la maison, rongé d'inquiétude. Je jette un regard anxieux sur Ramak. La maladie a commencé à l'étioler, comme s'il avait été trempé dans de l'eau de Javel. Les phases de sa maladie ne semblent donc pas évoluer comme il m'en avait prévenu. Point n'est besoin d'exercer le métier de biologiste pour s'apercevoir qu'il est déjà à l'article de la mort. Une nausée me tord l'estomac. Et un cri d'angoisse monte de ma gorge.

« Tiens bon, Ramak. Je vais te sortir de ce mauvais pas. »

Mais comment ?... C'est alors qu'une idée géniale se présente à mon cerveau : Joshua. Mais où avais-je donc l'esprit ? Ne m'a-t-il pas promis de m'apporter son aide si besoin était ?

Je me concentre sans tarder sur l'image mentale de l'aigle. Cette application reste sans réponse. Je recommence de plus belle, mais en vain. Plus les secondes s'égrènent, plus mon impatience grandit. Je finis par m'emporter.

« Sapristi ! Qu'attends-tu pour apparaître ? »

J'écrase le poing sur la table. Deux de ses trois protégés demandent une aide d'urgence et il ne se montre même pas le bout du bec. Qu'espérais-je de plus d'un gardien de troupeau de cactus ? Qu'il aille se faire voir ! Je me débrouillerai bien tout seul. Au fait, quelqu'un peut-il m'informer de l'endroit où l'on expose ses griefs quand on est mécontent de son guide spirituel ?

Lorsqu'il n'y a plus moyen de résoudre un problème par la voie la plus simple, la deuxième étape est de recourir au surnaturel. Je ne sais pourquoi, mais je pense à ma pyramide miniature, mise quelque part dans un placard.

On dit merveilles de la pyramide, à cause de sa structure qui fait converger l'énergie vers le centre. Ce phénomène, par exemple, garderait les lames de rasoir tranchantes, donnerait un meilleur goût lors du mûrissage des tomates et cristalliserait même les pensées écrites. On rapporte aussi que des grains de blé dans la pyramide de Khéops seraient demeurés intacts durant trois mille ans.

Je dégote enfin la pyramide, haute de quarante centimètres. Quatre panneaux de verre blanc triangulaires fixés par une monture de métal dorée forment cet objet.

Un dilemme surgit tout à coup de mon esprit quant à son emploi. Devrais-je rétablir la santé du cactus ou hâter la croissance du diamant ? Il y a du pour et du contre. D'une part, à quoi bon rétablir Ramak si le cristal mesure moins de trois centimètres ; et d'autre part, à quoi bon hâter la croissance du cristal si Ramak meurt entre-temps.

Je tranche la question. Le caillou est d'abord placé sous la pyramide. J'écris ensuite une pensée positive — *Ramak est débordant de santé* — sur un petit carton dur que je dépose à côté de la gemme. Les opérations ainsi terminées, je laisse le temps faire son œuvre.

Je gagne à pied le domicile de Richard, étant fidèle à ma promesse de vendredi.

Richard entrouvre la porte. Il m'accueille d'un large sourire.

« Ah ! Te voilà enfin ! Andréa et toi avez bien failli nous voler la vedette hier soir, blague-t-il.

— Ce ne sera pas le cas aujourd'hui. Mes amours font naufrage.

— Comment ! Les tourtereaux cherchent déjà chicane ?

— Si encore je connaissais les raisons de la mésentente.

— Asseyons-nous sur les marches du perron pour discuter. Nous y serons plus tranquilles. Il y a un tapage infernal à l'intérieur. La parenté célèbre encore nos noces.

— Je te dérange ?

— Mais non ! Alors, raconte-moi ça. »

Des paroles de détresse se bousculent sur mes lèvres et je déverse mes malheurs.

« Je m'explique mal son attitude, avoue Richard. N'aurais-tu pas quelque chose à te reprocher ?

— Penses-tu ! Tout était pour le mieux dans le meilleur des mondes ; nous filions le parfait amour. Puis, tout est tombé sans crier gare ce matin. »

Richard réfléchit quelques minutes.

« Somme toute, elle fait marche arrière.

— Que veux-tu dire ?

— Elle doit regretter de s'être jetée aveuglément dans une liaison amoureuse pour laquelle elle éprouve à présent une peur bleue.

— Je ne saisis pas.

— Comment réagirais-tu si du jour au lendemain quelqu'un entrait dans ta vie pour ébranler la confiance que tu avais dans des relations amoureuses avec une autre ?

— Mmh... Ça ne résout pas mon problème. J'ignore quoi faire.

— Sois patient et aie confiance. C'est un mauvais moment à passer. Elle fera le point d'ici peu. N'est-ce pas pour cette raison qu'elle part ?

— En effet !

— Alors, tout peut encore s'arranger. Elle te reviendra si elle t'aime. En attendant, tu peux lui manifester ton amour, mais évite d'être trop entreprenant sans quoi tu vas l'effrayer.

— Puisse les choses se tasser, sinon je ne m'en remettrai jamais.

— Allons donc ! Tous ceux ou celles qui sont déchirés par un chagrin d'amour s'en consolent à la longue... Hé ! Pierre ! Que dirais-tu de souper avec nous ? »

Je décline l'invitation, mais Richard insiste.

« Bon ! J'accepte. Avant tout, j'ai à régler une affaire. Je serai bientôt de retour. »

L'état de Ramak est stationnaire. Et le diamant marque trois centimètres. Ouf ! Ce sont enfin les premières bonnes nouvelles de la journée.

« Hé ! Ramak ! Le diamant est prêt. Tu peux te téléporter. »

Toutefois, rien ne se produit. Ramak aurait-il déjà perdu ses moyens? En ce cas, je dois lui redonner des forces.

Je retire le cristal et l'enfonce dans la poche de mon pantalon. Puis, je brûle le petit carton contenant la pensée positive. La pyramide renferme à présent Ramak. Cependant je ne me berce pas d'illusions à propos des pouvoirs de la pyramide. La pierre ne poussait-elle pas auparavant sans son aide ?

De retour sur le perron de Richard, je lui confie mes craintes au sujet de Ramak.

— Te rappelles-tu du cactus dont je t'ai déjà parlé une fois au bureau ?

— L'extraterrestre qui produit des diamants ?

— Oui. Il file un mauvais coton. Et j'ai peu d'espoir qu'il en réchappe.

— À propos, mets-moi donc au fait une fois pour toutes de l'histoire du cactus. »

161

Au point où j'en suis, je n'ai rien à perdre mais tout à gagner de le mettre dans la confidence. Aussi je lève le voile au sujet de Ramak.

Richard n'émet aucun jugement, à ma grande surprise. Au contraire. Il partage mes ennuis.

« Au pis aller, tu peux contacter le gars du ministère des Richesses naturelles.

— Hein ? Le docteur Landry ?

— Mais oui ! Il doit connaître la physiologie d'un cactus. Après tout, il est biologiste.

— As-tu perdu l'esprit ? Il va m'étrangler si je lui dénonce mon vol. Cette idée est à écarter.

— Étant donné les circonstances, elle n'est pas à négliger. Aurais-tu un meilleur plan ?

— Non.

— C'est au pis aller, tu comprends ?... As-tu le diamant avec toi ?

— Oui bien sûr ! Tiens ! Le voici. »

Richard l'examine avec attention.

« Il est splendide... Il va te le laisser au moment de son départ, tu disais ? »

Je hoche la tête de bas en haut. Richard me remet le cristal.

« Tu es bien chanceux. Rentrons manger. »

Une vingtaine de personnes sont éparpillées en petits groupes dans le salon et la cuisine. Les noces battent leur plein. Le lecteur de disque compact répand une musique agréable. Le champagne coule à flots. Les rires fusent de toutes parts. Et le buffet froid, plein à craquer, rassasie les ventres affamés.

Mes soucis finissent par s'estomper un peu grâce à mon entourage. Je leur fausse toutefois compagnie vers huit heures.

Mes pas me conduisent au ponton. L'endroit est désert. Je m'assieds, au bout de l'embarcadère, sur les talons. Mon regard se fixe sur l'île de Coney avec l'espoir d'apercevoir Andréa. Mais aucun signe d'elle. Mon esprit tourmenté s'égare et s'abîme dans les eaux froides. Une détresse immense noie mon cœur.

Transi, je me relève et monte les escaliers, tête baissée. Je croise un homme. Il est suivi d'un autre qui se plante en face de moi. J'essaie de le contourner, mais il m'en empêche. Je redresse la tête en vue de crier contre lui quand tout à coup je

162

reçois un coup derrière le crâne. Je vois des chandelles, puis je tourne de l'œil.

Lorsque je reprends connaissance, je gis sur les marches. Une nuit étoilée a tombé entre-temps. Mes membres sont engourdis par le gel. Et un mal de tête me fait souffrir. En palpant mon cuir chevelu, je constate une énorme bosse sensible. En somme, on m'a bel et bien assommé. Les rues de Kenora se révéleraient-elles aussi dangereuses que celles de New York ?

Ce geste est incompréhensible. Mon portefeuille est encore bien garni. L'argent ne les intéressait donc pas. Mais que me voulaient ces hommes ? Cette agression couvre un mystère.

Les maux de tête redoublent. Je me hâte de rentrer à la maison. La porte est entrebâillée. Et une mauvaise surprise m'attend. Oh Nooooooooon !... Mon regard se pose sur le salon en pagaille. Des intrus ont encore une fois fouillé mon domicile. Mes soupçons prennent aussitôt la couleur de la certitude. C'est le joaillier. Non mais, il abuse franchement de ma patience !

Mes yeux tombent sur la pyramide, restée intacte lors de la fouille. Mon premier mouvement est de m'assurer de l'état de santé de Ramak. À mon grand étonnement, je constate du mieux.

« M'entends-tu, Ramak ? »

Il se produit alors des bruits parasites à peine perceptibles. Un flot de joie me submerge.

« Ramak ! Le diamant est fin prêt pour la téléporta... »

Les mots meurent sur mes lèvres. Je venais d'éventer la mèche de mon agression : on m'avait volé le cristal. La poche de mon pantalon ne le contient plus. L'effet est électrique. Mes muscles se contractent et mes poings se crispent. Je deviens sur le coup semblable à un taureau furieux, la vapeur s'exhalant des naseaux. Cette dose d'adrénaline dissipe mon mal de tête.

« Tiens bon, Ramak. Je reviens sous peu. »

Je m'installe au volant de ma voiture et file chez Richard sans hésiter.

Richard entrouvre la porte. La surprise de me voir agité se répand sur ses traits.

« Nom de Dieu ! Que se passe-t-il, Pierre ?

« J'ai reçu chez moi la visite d'intrus. Et j'ai été en plus agressé par deux hommes à l'embarcadère, près de l'île de Coney. Ils m'ont piqué le diamant, dis-je avec une violence mal contenue.

— Comment ! Tu as vraiment le don de te foutre dans le pétrin. A-t-on aussi idée de cacher un diamant sur soi. Tu aurais pu le déposer à un coffret de la banque.

— Garde tes remarques pour toi », déclarai-je d'un ton sec.

Richard tressaille. Je change de ton.

« Excuse-moi ! Je suis dépassé par les événements. J'ai besoin d'aide plutôt que de m'attirer ton blâme.

— C'est bon ! As-tu une petite idée de qui il s'agit ?

— Ce sont les complices du bijoutier.

— En es-tu sûr?

— J'en ai la conviction, tonnai-je. Ces hommes savaient ce qu'ils cherchaient : ils n'ont pas touché à mon argent.

— Et qu'as-tu l'intention de faire à présent ?

— J'entends rendre visite à ce maudit bijoutier. Il va voir de quel bois je me chauffe. Sais-tu où il habite ?

— Calme-toi. Je vais m'informer. »

Richard inscrit quelques appels téléphoniques. Entre-temps je prends de bonnes respirations.

Richard revient. Un sourire flotte sur les lèvres.

« J'ai trouvé.

— Qui est-il ?

— Un nom à coucher dehors, un dénommé Kraushaar. Il demeure sur la Cinquième Avenue.

— Amène-toi ! Nous partons », dis-je sans le consulter.

Je démarre sur les chapeaux de roues. Les pneus crissent dans les tournants. Nous arrivons en moins de deux à la Cinquième. Je gare l'automobile devant la résidence du joaillier. Cependant l'obscurité enveloppe sa maison.

« Es-tu certain qu'il habite ici, Richard ?

— Oui.

— Bon ! Allons-y !

— Un instant ! As-tu au moins dressé un plan d'action ?

— Nous sonnons à la porte et je lui saute dessus quand il l'ouvre. Puis, nous le rouons de coups jusqu'à ce qu'il nous rende le diamant. Compris ?

— Non, mais alors ? Ça ne va pas entre les deux oreilles ?

— Écoute ! La vie du cactus est en jeu. Il est prêt à se téléporter, mais il lui manque le cristal. Par la faute du

164

bijoutier, il va mourir. Alors, inquiète-toi pas. Je sais ce que je fabrique », dis-je, les yeux brillants de colère.

Nous sortons de la voiture. Ma portière claque. Sitôt rendu à la porte d'entrée, je me pends à la sonnette. Mais personne ne se montre.

« Hé ! Richard ! Vérifie donc chez les voisins où est cet abruti. Entre-temps je vais faire le tour de la résidence. »

Richard s'exécute sans mot dire.

Un étroit passage dallé me mène vers la porte arrière. Un silence lourd enveloppe l'arrière-cour déserte.

Je casse le carreau de la porte et pénètre dans la résidence. Ce dommage matériel n'est rien par rapport à ceux qu'il m'a causés. J'allume l'électricité, mais aucune lumière ne jaillit. Les autres interrupteurs ne m'apportent pas de meilleurs résultats.

Je retourne à l'auto et m'empare de la lampe de poche dans la boîte à gants. Je répands de la clarté à mon retour et surprise : les meubles n'y sont plus.

Richard apparaît sur le fait.

« Pierre, es-tu là ?

— Par ici.

— Il paraît qu'il a déménagé hier hors de la ville.

— Ça tombe sous le sens. Regarde !

— Vraiment, on aura tout vu.

— Il avait préparé son coup depuis longtemps. Il ne s'en sortira pas ainsi. Je remuerai ciel et terre pour retrouver le diamant. Est-on au courant où il a déménagé ?

— Non. Il a vidé les lieux sans laisser d'adresse.

— Sortons d'ici avant que notre présence soit remarquée. »

À peine assis sur la banquette de la voiture, je propose à Richard :

« Allons voir ce qui se trame à la bijouterie.

— Il a sans doute levé le camp de là aussi », avance Richard, d'un air songeur.

Quelques minutes plus tard, nous garons l'auto devant la joaillerie. De l'autre côté de la rue Centrale, quelques fêtards bruyants flânent devant la pizzeria. Un écriteau sur la vitrine de la joaillerie annonce : "FAILLITE : TOUTE LA MARCHANDISE DOIT ÊTRE LIQUIDÉE D'ICI MARDI". Un air de triomphe éclaire mon visage.

Je colle mon nez contre la vitrine. Le magasin est à moitié vidé de ses bijoux. Une petite pancarte — À LOUER — dans le coin gauche inférieur de l'étalage accroche mon attention.

« Hé ! Richard ! Il me semble être encore dans les parages.

— Bizarre ! Il a vendu sa résidence, mais il tient toujours son commerce. Je me demande bien où il a élu son nouveau domicile.

— Va donc savoir ! Je vais revenir demain matin le coincer.

— Et après ?

— Je l'ignore. Je verrai bien. »

Je reconduis Richard chez lui.

« Je suis navré d'avoir troublé tes projets de la veille de ton voyage de noces.

— Il n'y a rien là. C'est tout naturel d'aider un ami. Est-ce que ça va maintenant ? »

N'est-ce pas dans le malheur qu'on reconnaît ses vrais amis ?

« Oui, Richard. Merci beaucoup.

— Nous nous reverrons dans une semaine. Entre-temps, ne commets pas trop d'imprudences.

— D'accord. Je te souhaite bon voyage. Et amuse-toi bien. »

Une fois de retour chez moi, je jette un coup d'œil sous la pyramide. Ramak a dépéri. Une sourde angoisse monte en moi.

« Si tu m'entends, Ramak, je tiens à te dire que je ne t'ai pas oublié. Hélas ! j'ai des ennuis : le bijoutier m'a volé le diamant. Mais je te promets de le récupérer d'ici demain. Ne perds pas courage. »

Le silence reprend possession du salon. Ramak a-t-il capté mon message ?

Soudain, la perspective d'essuyer un échec s'infiltre en moi. Et si je ne retrouvais pas le joaillier, qu'allait-il arriver à Ramak ? À cette idée, je frémis. La pyramide ne deviendra-t-elle pas dès lors son tombeau ? Cette pensée me ronge.

J'ai souvenir de l'expérience de l'arbre magique. Et il s'accroche à moi pour me hanter. L'histoire se répétera-t-elle encore une fois ? Après l'Égypte pharaonique, un autre savoir risque d'être à jamais enseveli dans un tombeau. Quel gâchis ! Mais pourquoi ? Mais pourquoi donc ?...

XXI

L'inquiétude au sujet de Ramak me mord le cœur. Elle m'empêche de trouver le sommeil cette nuit-là. Je me lève le matin suivant pour mettre fin à l'essaim de pensées incontrôlables. L'état de Ramak s'est encore aggravé. La réalité crève les yeux. Les pouvoirs de la pyramide ne peuvent plus rien pour lui. Et même s'il entrait en possession du diamant, il serait incapable de se téléporter.

Je me rappelle la suggestion de Richard et je décide à contrecœur de me rabattre sur l'aide du docteur Landry. L'idée de lui avouer le vol du cactus me déplaît, mais quel autre choix s'offre à moi ? Il m'importe avant tout de sauver Ramak.

J'avise le bureau — encore fermé — de mon absence via le répondeur. L'élaboration d'un plan pour la matinée trompe ensuite ma longue attente de l'ouverture du ministère des Richesses naturelles. Puis, à huit heures quinze pile, je compose le numéro de téléphone.

« Puis-je parler au docteur Landry ?

— Une seconde, s'il vous plaît. Je vérifie s'il est au laboratoire », précise la réceptionniste.

La voix du biologiste résonne à mes oreilles.

« Ici, doc Landry. Qu'y a-t-il pour votre service ?

— Allô ! Comment allez-vous ?... Vous ne me reconnaissez pas ! Allons, c'est Pierre à l'appareil. Je vous ai apporté un cactus voilà plus de deux semaines déjà.

— Ah oui ? Quel service puis-je vous rendre ? »

Je fais la bouche en cœur :

« Où en êtes-vous dans vos recherches ?

— Ça avance. Mais, vous ne m'appelez assurément pas pour ça ?

— Non... J'ai un cactus en pitoyable état, hésitai-je. Il pâtit de la pollution atmosphérique. Je me demandais si vous pouviez le guérir.

— Comment ! Vous en avez trouvé un autre ?

— Euh !... Euh!... à vrai dire... pas vraiment. »

Véritable aveu, mon embarras me trahit.

Le docteur Landry le prend de très haut.

« Tiens, tiens !

— Vous commettez une lourde erreur. Ce n'est pas ce que vous croyez.

— Non ! Vous me traitez de lâche et d'irresponsable, alors qu'en réalité vous n'êtes qu'un voleur, un menteur et un hypocrite. Et en plus, vous êtes incompétent en matière de cactus, n'étant même pas foutu de vous en occuper comme il faut. »

La réplique me brûle les lèvres, mais je laisse ses injures glisser sur moi. Il m'importe par-dessus tout de sauver Ramak de la mort.

« Je reconnais mes torts. Et je vous présente mes excuses. Je voulais juste vous empêcher de détruire ce cactus parce qu'il... est spécial. »

Le silence s'installe entre nous pendant de longues secondes.

Le docteur Landry adopte un autre ton.

« Spécial en quoi ? »

Je joue cartes sur table.

« Le cactus est capable de manier des concepts.

— Qu'allez-vous inventer là ? Un cactus qui a des capacités intellectuelles. Elle est bien bonne !

— C'est la pure vérité. Il faut le soigner. Dès qu'il se sera remis, je vous promets des révélations surprenantes. Et ce sera un bon sujet de publication, croyez-moi. Alors, qu'en pensez-vous ?

— Amenez-le-moi. Je suis en mesure de le rétablir.

— Ne bougez pas. J'arrive d'une minute à l'autre. »

Le docteur Landry se leurre sur la nature de mes intentions. Une fois en possession du diamant, j'ai l'idée de le remettre en catimini à Ramak afin qu'il s'arrache des griffes du scientifique. Mais tout dépendrait bien sûr de l'état de sa santé. J'imagine d'ici la scène. Pfouitt ! Le cactus qui s'évanouit par téléportation sous les yeux du biologiste. Quelle drôle de tête le doc Landry fera-t-il alors !

Je mets le cap sur la joaillerie au lieu de filer directement au laboratoire. Elle est ouverte. J'entre et je me dirige vers un jeune homme derrière le comptoir.

« Monsieur Kraushaar, s'il vous plaît ?

— Il n'est plus ici.

— Que voulez-vous dire ?

— Il a fait faillite, et nous avons pris possession du magasin.

— Qui ça "nous" ?

— La banque.

— Savez-vous où je peux le joindre ?

— Je n'en ai aucune idée.

— Mais comment le contacter si l'on veut louer le local ?

— Le propriétaire est M. Hendrick. Il habite au deuxième étage si vous désirez obtenir le renseignement. Sa porte est de ce côté-ci de la façade », désigne-t-il en la montrant du doigt.

Je m'y rends et frappe à la porte.

Un homme dans la quarantaine, d'apparence négligée, les cheveux pêle-mêle, le visage empâté et les yeux bruns vitreux, me répond durement.

« Qu'y-a-t-il ?

— Monsieur Hendrick ?

— Moi–même.

— C'est à propos de M. Kraushaar.

— Que lui voulez-vous ? lance-t-il, manifestement de mauvaise humeur.

— J'aimerais ravoir un objet qu'il tarde à me remettre.

— Rien d'étonnant à ça. C'est bien là son style, crache-t-il.

— Comment ça ?

— Vous rêvez en couleur si vous pensez récupérer votre bien. Ce salaud me doit cinq mois de loyer.

— Savez-vous où il habite ?

— Sur la Cinquième Avenue.

— Il n'y est plus. Il a déménagé.

— Le salaud ! Il est parti sans me payer. Je ne sais quoi vous dire. »

Je lui tends ma carte d'affaires.

« Si vous avez des nouvelles, informez-moi. »

Cet échec me décourage, mais je ne m'avoue pas vaincu. Tout bien pesé, il y a plus d'un moyen de retrouver sa trace. Le Bureau des Mines, le bureau de poste et la compagnie de téléphone me seront assurément d'un grand secours. Ces possibilités me réconfortent.

À peine arrivé au laboratoire, deux policiers m'entourent pour me passer les menottes. Mon cœur bondit de surprise et de colère à la fois.

« De quel droit m'arrêtez-vous ?

— Voilà les conséquences quand on contrevient à la loi. Tu te croyais malin ! », crâne le docteur Landry.

Je venais tout bêtement de tomber dans le piège qu'il m'avait tendu. J'ai envie de hurler ma colère et ma révolte, mais je fais plutôt l'innocent.

« Je ne comprends pas. »

Le biologiste m'arrache des mains le sac contenant le cactus et il jette un coup d'œil à l'intérieur. L'ébauche d'un sourire narquois joue sur ses lèvres. Il s'adresse aux policiers.

« J'ai trouvé. Débarrassez-moi à présent de cette ordure. »

Son propos injurieux me met au comble de la fureur. Si j'étais libre d'entraves, je lui enverrais mon poing dans la figure. Je lui ferai ravaler ses paroles un de ses quatre.

« Vous ne perdez rien pour attendre, le menaçai-je.

— Reste tranquille si tu ne veux pas aggraver ton cas », intime un des deux agents de police.

Voilà où m'a conduit la naïveté. Le biologiste va me payer cher son audace. Je n'ai pas dit mon dernier mot.

Nous quittons le laboratoire. Dans le couloir, les employés se retournent sur notre passage pour me jeter des regards en coin. Nous atteignons le hall de réception. Un des deux policiers va quérir la voiture. Entre-temps, l'autre me regarde de travers.

« Mais, toi, je te reconnais. »

Le silence tombe.

La voiture s'amène à l'entrée. L'agent de police ouvre la porte arrière et me pousse à l'intérieur. Une fois assis sur la banquette avant, il informe son collègue.

« Hé ! Paul ! C'est la personne de la Troisième Avenue dont la maison a été vandalisée l'autre jour. »

Paul coule un regard dans le rétroviseur.

« Quelle surprise ! On court les problèmes, mon gars ?

— J'ai toujours trouvé l'infraction suspecte, Paul.

— Tu pourras le questionner à ta guise au poste. »

Je tente de placer mon mot.

« Écoutez ! Je ne voulais pas nuire à personne. J'ai juste tenté de sauver la vie à un cactus…

— Ce que tu nous diras sera retenu… »

Mon esprit se ferme à leurs imbécillités. Quelle bande de crétins ! Le docteur Landry les a menés par le bout du nez en leur racontant je ne sais quoi. Derrière combien de couches d'idiotie se cache leur intelligence ? — si toutefois ils en ont une !

« De quoi m'accuse-t-on ? demandai-je.

« — Vol au bureau du ministère des Richesses naturelles et infraction des règlements du parc de Sioux Lookout.

— La belle affaire ! »

Une humeur massacrante m'envahit.

Une cohue de policiers s'affaire au poste. Impressionné, j'ouvre de grands yeux. C'est la première fois qu'on m'invite à ce genre de gala ! Mes hôtes enfreignent cependant les convenances : on me jette dans une cellule encrassée où la peinture s'écaille comme la lèpre. Un sommier métallique supportant un mince matelas usé et un lavabo en acier inoxydable résument mon nouvel univers. J'ai néanmoins une belle vue rayée sur le corridor !...

Est-ce cela la justice occidentale ? Les criminels courent les rues et les innocents croupissent en prison !

On pousse plus loin le ridicule. Je subis un interrogatoire d'une heure. Les policiers me mènent la vie dure, alors que Kraushaar — qui a une longe liste d'actes criminels peu enviables — se la coule douce. Le vol avec violence du diamant, les loyers impayés, les violations de domicile, les actes de vandalisme — et quoi encore ? — sont de la petite bière comparés au vol du cactus !

Mes intentions étaient pures. Je voulais exempter le cactus d'une étude scientifique menée par un biologiste cruel et avide de gloire. Mais ces gens ne veulent rien entendre. Messieurs, vous abattez de la belle besogne ! Et continuez à manger vos beignes ! Cela développe l'intelligence, paraît–il !

On me relâche au bout de deux heures après que j'eus payé une amende de trois cents dollars pour violation des règlements du parc Sioux Lookout. On me colle en plus une sommation de comparaître en justice le mois prochain. Le chef d'accusation ? Vol d'un cactus au ministère des Richesses naturelles. Qu'espérer de plus quand la bêtise humaine gouverne le monde !

J'ai ainsi perdu un temps précieux pendant que Kraushaar prenait la fuite sans inquiétude. Rassemblant mes idées, je passe en revue les moyens à utiliser pour le retrouver.

L'employée du Bureau des Mines m'apporte les cartes de jalonnement du secteur Sud du lac Shoal. Je note le numéro des jalons, puis demande la liste informatique des noms et adresses des propriétaires des numéros relevés. Mais le nom de Kraushaar ne figure pas sur la liste. Ainsi, mes recherches s'annoncent mal .

Furieux, je vide les lieux en direction du bureau de poste.

Un monde fou fait la queue devant le seul guichet ouvert. L'agente sert les clients avec une lenteur révoltante ; les autres se tournent les pouces à l'arrière. Maudissant ce genre de service, je ronge mon frein. Mon tour arrive enfin.

D'un geste machinal, l'agente, au teint blafard, mâchonne sa phrase.

« Qu'est-ce que je peux faire pour vous ?

— J'aimerais avoir l'adresse à laquelle vous réexpédiez le courrier de M. Kraushaar. Il habitait au 520 de la Cinquième Avenue.

— Nous n'offrons pas ce service, autrement on n'en finirait plus. »

J'allonge un billet de vingt dollars sur le comptoir.

« Faites donc exception à cette consigne. »

Les yeux brillants, elle empoche le billet.

« Comment épelez-vous son nom ?, postillonne-t-elle.

— K R A U S H A A R. »

Elle sort un vieux répertoire d'un tiroir et le consulte.

« Ah! nous en avons un au 520 de la Cinquième Avenue.

— Et après ?

— Il n'est mentionné aucune adresse de réexpédition.

— Peut-être que la donnée n'est pas encore entrée dans le répertoire ?

— Impossible ! »

Je tends un second billet de vingt dollars.

« Faites donc un autre effort.

— Mais j'y pense, il y a toujours le fichier. Attendez ! Je vais vérifier. »

L'argent est-il le seul moyen de ressusciter un fonctionnaire qui s'encrasse ?

L'agente fouille dans le fichier, mais revient bredouille.

Maussade, je retourne chez moi. Les moyens de dépister Kraushaar tombent un à un. En dernière ressource, je cherche son numéro de téléphone dans l'annuaire. Je passe un coup de fil.

Le timbre d'une voix enregistrée annonce :

« Le numéro composé n'est pas en service. »

J'appelle l'assistance-annuaire. Une femme me répond.

« Je tente de rejoindre M. Kraushaar au 468-1342. Mais le message d'un répondeur téléphonique m'informe que son numéro n'est pas en service sans donner le nouveau.

— Un instant, s'il vous plaît. »

À l'autre bout, le pianotage saccadé sur un clavier me parvient à l'oreille.

« Désolée, je n'ai rien à l'écran.

— Écoutez ! Quelqu'un est en train de mourir dans sa famille, et je suis tenu de l'avertir. »

Quel subterfuge n'inventerais-je pas pour arracher quelques maigres informations !

« À qui ai-je l'honneur ?

— Je suis le docteur Percy, médecin de famille d'un moribond apparenté à M. Kraushaar. Il désire revoir son seul parent avant de mourir.

— Vous m'en voyez navrée. Je ne peux pas vous aider.

— Ainsi, vous n'avez aucun autre numéro de téléphone dans votre ordinateur.

— Il n'est pas question d'un nouveau numéro. Nous lui avons suspendu le service le mois passé à cause de comptes en souffrance. »

Après la communication, je m'abîme dans le désespoir. J'ai peine à croire que le joaillier a disparu dans la nature sans laisser au moins une trace.

À court d'idées, je décide d'aller à la brasserie du coin pour le lunch. Peut-être ce changement de décor m'aidera-t-il à trouver d'autres moyens de le retracer.

XXII

La turbulence des clients de la brasserie me distrait de mes préoccupations. Noyés dans les vapeurs de l'alcool, ces gens affichent de faux sourires. Ils se vautrent dans une gaieté factice qui excite le rire. Mais ce monde-là ne s'accroche-t-il pas à des illusions ? Dans quelle réalité ces gens sont-ils plongés quand les effets de l'alcool ne se font plus sentir ?...

Je réoriente mes pensées vers les moyens de dépister le joaillier, mais je ne trouve rien. Mes réflexions s'égarent pour glisser vers Andréa. Mon mental s'agite aux mêmes questions qu'hier après-midi. Pourquoi nos amours font-elles naufrage ? Me reviendra-t-elle après son voyage ?...

Ces questions me ravagent l'âme. Plus je sonde les ténèbres, plus je m'y perds et plus mon cœur saigne d'affliction. Le pire de tout est l'incertitude de mes relations amoureuses. Elle me pèse sur le cœur.

C'est dans ces dispositions d'esprit que je me trouve nez à nez avec Andréa qui est accompagnée d'une joyeuse bande.

Sa présence dans ce lieu me surprend — elle qui prétendait être si occupée ces temps-ci.

« Que fais-tu ici ?

— Tu vois bien. Je suis avec des copains, répond-elle sèchement.

— Aurai-je l'occasion de te parler avant le voyage ?

— Je n'ai pas le temps. J'ai plein de choses à faire avant mon départ.

— Comme quoi par exemple ?

— Dieu! que tu es égoïste ! Pense un peu à moi dans cette affaire. J'ai plein de choses à faire avant mon départ. Piges-tu ça pour le moins ? »

Que dois-je comprendre ? Qu'elle a du temps pour ses amis, mais pas pour moi ? C'est pourtant clair dans ma tête. Je l'aime, je la désire et je la veux. Pourquoi est-ce si compliqué dans la sienne ? Elle m'aime ou elle ne m'aime pas ; elle me désire ou elle ne me désire pas ; elle me veut ou elle ne me veut pas.

« Mais, Andréa...

— Laisse-moi tranquille. Tu es étouffant, Pierre. »

Frustré, je tourne les talons. La force des choses m'amène désormais à concentrer mes énergies dans une seule direction : Ramak. Je décide de prendre de ses nouvelles. Et par la même occasion, j'en profiterai pour dire ses quatre vérités au docteur Landry.

Le laboratoire est vide. Une odeur d'irrémédiable y flotte malgré le brassage d'air du ventilateur à pales. L'angoisse monte en moi. Mon regard inquiet erre sur divers objets : la table-évier, le plateau de dissection, le scalpel... Une substance rouge, au plafond, mobilise mon attention. Mauvais pressentiment.

Le cœur en émoi, je me précipite et découvre le pot du cactus vide. Devant moi, des éclaboussures rouges visqueuses engluent des éclats de raquettes tachant le mur et le plafond. Oh !... Non ?... La mort a fauché Ramak.

La tête me tourne soudain. Et mon univers bascule dans un monde de douleur aiguë. Une plainte naît de ma gorge, s'enfle et déchire ma bouche. La douleur se change sitôt en un sentiment de révolte. Et ma colère explose. Je cogne contre le mur.

Sur ces entrefaites, le docteur Landry apparaît. Surpris, il s'immobilise, comme pétrifié. Une lueur d'inquiétude traverse son regard.

Les yeux révulsés et les poings crispés, je marche sur lui. Son visage se convulse ; ses lèvres frémissent. Fou de rage, je lui saute à la gorge. Nous tombons par terre. Je me mets à califourchon sur le biologiste et lui serre le cou. Encore frappé de stupeur, il ne m'oppose aucune défense. Mes doigts s'enfoncent dans sa chair.

Je me défoule de toutes mes frustrations : la mort de Ramak, mes déboires amoureux avec Andréa, la disparition de Kraushaar et l'intransigeance du scientifique.

Son teint vire au blanc. Le docteur Landry recouvre tout à coup un profond instinct de conservation ; il me donne un bon coup de poing au plexus solaire. Mon corps se tord de douleur. Je lâche prise et m'étale, plié en deux. Chassant tout l'air hors de ses poumons, le biologiste s'étrangle à beugler. Je me jette de nouveau sur lui.

Deux hommes font irruption dans la pièce. Ils me saisissent aux bras et me soulèvent. Je me débats. Me plaquant contre un mur, ils finissent par me maîtriser.

Le docteur Landry se relève, puis me lance un regard noir. Je lui oppose un visage de pierre. Nous nous regardons en chiens de faïence. Un silence lourd plane sur le laboratoire. Le visage crispé du biologiste se détend peu à peu. Il rompt le silence.

« Vous auriez pu m'étrangler si je ne m'étais pas défendu. Je m'étonne que vous ne soyez pas encore enfermé avec une nature aussi impulsive.

— Laissez-moi vous dire une chose, hurlai-je. Vous êtes un dégueulasse de la plus belle espèce. Tous les moyens vous étaient bons pour parvenir à la célébrité, incluant la mort du cactus.

— Vous vous trompez. Je souhaitais le garder en vie...

— Mon œil ! Vous vouliez le détruire à des fins scientifiques et vous avez réussi. Bravo.

— Un instant ! Vous me l'avez apporté dans un fichu état.

— Vous m'aviez assuré que vous pouviez faire quelque chose.

— Je... Je... »

Gagné par l'écœurement, je le couvre de mon mépris en le toisant des pieds à la tête. Une moue de dégoût me tord la bouche.

« La fin justifie les moyens, hein ?

— Avec la meilleure volonté du monde je n'aurais pas pu le réchapper.

— Allons bon ! Vous m'écœurez. »

Cependant, ma révolte se brise contre l'indifférence apparente du docteur Landry. Et ma colère tombe.

« Je suis mécontent de la tournure des événements... »

Ne prêtant plus attention aux paroles creuses du biologiste, mes pensées se tournent vers Ramak. Une profonde tristesse m'habite et mon regard se voile.

Que le destin peut être parfois cruel ! Il a orchestré le départ du cactus en dépit de son esprit pacifique. Pourquoi les bons sont-ils autant menacés que les démoniaques ? Est-ce cela le véritable sens de l'Amour ? Une liberté donnée à tout le monde qui aurait une chance égale de s'affirmer quelle que soit sa tendance ?

Par ailleurs, l'humanité évoluerait-elle sans le dualisme des bons et des méchants ? À cet égard, l'univers me paraît tissé d'une trame où chaque élément se greffe sur une contrepartie pour former un lien indissoluble. Chaque

176

élément ne peut exister sans sa contrepartie, comme la vie n'existe que par rapport à la mort, l'esprit par rapport à la matière, le positif par rapport au négatif, la santé par rapport à la maladie. Or, toutes ces dualités susciteraient-elles les prises de conscience nécessaires à l'évolution de l'âme humaine ?...

« ... Je ne porterai pas plainte. Voyez ! je suis bon prince. Je vous prie à présent de vider les lieux. »

Le docteur Landry fait signe aux hommes de me relâcher. Il plante son regard dans mon regard figé par la douleur.

« Ne remettez plus les pieds ici, sinon vous aurez affaire à moi. Je prendrai plaisir à vous envoyer croupir en prison. J'ai deux témoins de l'incident si jamais vous songiez à recommencer. »

La mort de Ramak jette le trouble dans mon âme. Et mon chagrin devient abattement. Pour oublier, je m'enferme dans mon bureau et m'abrutis de travail jusqu'à dix heures du soir.

À peine dehors, la mort de Ramak revient me hanter. Fou de douleur, je traîne dans les rues, par peur de rester seul chez moi.

J'entre dans une taverne. La salle enfumée est quasiment déserte. Un téléviseur bruyant, juché sur une corniche, diffuse une joute de hockey ennuyeuse.

Cherchant à assourdir ma souffrance, je commande deux bières que je cale d'un trait. Mais l'alcool est impuissant à extirper le mal. Le remords qui s'était logé dans mon cœur éclate alors à la surface de ma conscience.

Je m'en veux de m'être fait bêtement volé le diamant par les hommes de main de Kraushaar. Si je l'avais déposé dans un coffret de la banque, j'aurais sans doute pu sauver Ramak.

Je redemande une autre bière.

Si j'avais eu sous la main le diamant lorsque Ramak a eu un regain de santé, hier soir, alors il... Mais non ! J'ai été assez sot pour l'avoir caché sur moi. À vouloir bien faire, j'ai causé sa mort. Quel crétin je suis !

Suffoquant de colère, je donne des coups de poing sur la table. Le barman sursaute. Embarrassé, je souris pour le rassurer de mes meilleures intentions.

Ce défoulement me délivre un peu du remord qui pesait sur ma conscience. Qui sait ? Peut-être était-il inapte à se téléporter à ce moment-là.

Je commande une autre bière. L'alcool commence à endormir mon mal.

Ma pensée erre pour tomber sur Andréa. Je veux la chasser de mon esprit, mais j'en suis incapable. Force m'est de reconnaître que je l'aime toujours malgré sa conduite étrange des dernières heures. Maudite passion ! Elle empoisonne ma vie. La raison me dicte de l'oublier et mon cœur, de faire quelque chose. Mais quoi ? La suggestion de Richard me remonte à la mémoire : *"Manifeste-lui ton amour, mais évite d'être trop entreprenant"*.

Le barman m'offre une bière.

« Hé ! N'est-ce pas toi qui te trouvais dans l'incendie de forêt au Manitoba ?

— Oui. »

S'apprêtant à engager la conversation, j'exprime mon désir de rester seul. Le barman se retourne d'un air déçu.

Mes réflexions reprennent leur cours. Je prends une décision. Demain, j'irai voir Andréa à la banque pour lui donner mon dernier poème et une boîte de chocolat.

Je termine ma bière. Complètement soûl, je titube jusqu'à la maison et m'abandonne au sommeil.

Le lendemain, sous l'œil jaloux des autres caissières, j'offre mon cadeau à Andréa tout en lui soufflant à l'oreille :

« À la merveilleuse caissière qui m'a très bien servi ces mois passés. »

La surprise se peint sur son visage. Elle déballe la boîte et lit ensuite le poème. Un sourire s'épanouit sur ses lèvres.

— Oh ! merci, Pierre. J'emporterai les chocolats en voyage. Cela me fera penser à toi.

— Pars-tu toujours mercredi ?

— Oui. Je quitte mon emploi aujourd'hui. Et à mon retour, je commence à travailler au ministère des Affaires autochtones... »

La conversation se prolonge. Andréa me parle de ses projets. Toutefois, elle ne manifeste aucune intention de me voir avant son départ. Je suis déçu. Mais comme il m'importe de lui laisser un bon souvenir, je freine aussitôt la morosité qui m'envahit.

« Alors, bon voyage.

— Merci bien.

— Donne-moi de tes nouvelles au retour, ajoutai-je. Je n'ai plus aucune coordonnée pour te joindre.

— C'est promis. »

Le lendemain, j'imagine Andréa en train de prendre son avion. Et la douleur broie mon cœur. Je souffre d'ignorer ce qu'il adviendra de notre relation. Des "peut-être-que-oui", "peut-être-que-non" me traversent sans cesse l'esprit.

Ces deux semaines s'annoncent mal. L'incertitude me submerge au fil des jours pour nourrir ma peur de perdre Andréa. Hantant mes jours et mes nuits, ma pensée ne peut se détacher d'elle. Et l'attente devient insupportable.

L'inquiétude écarte peu à peu l'espoir de recoller mon cœur pulvérisé. Chaque jour, je m'enfonce un peu plus dans le désespoir. À quoi bon vivre sans l'être aimé ? Que les journées sont ennuyeuses !

Il n'y a pas à dire, cette passion ravageuse me consume. Elle détruit tout, comme un raz de marée. Mais toute passion n'entraîne-t-elle que la souffrance ?...

La perte de Ramak m'emporte aussi sur des eaux agitées. Saturé de chagrin, je suis comme une âme en peine jusqu'à la visite de Richard — huit jours plus tard — un mardi soir.

« Salut, Pierre ! Nom de Dieu ! Tu as une tête d'enterrement. Que se passe-t-il ?

— Je file un mauvais coton ces temps-ci.

— Raconte-moi ça. »

Je raconte mes malheurs à Richard qui écoute jaillir cette plainte continue : l'échec de retrouver Kraushaar et le diamant, la mort de Ramak, la bagarre avec le docteur Landry et l'incertitude de mes relations avec Andréa.

« Tu fais preuve de pessimisme à propos de tes relations avec Andréa.

— Bien au contraire. Je suis réaliste. Je redoute sa décision et pour cause.

— Réaliste ! Parlons-en ! Ton problème est simple. Tu confonds l'amour et le désir sexuel.

— Quoi !

— Ouvre-toi les yeux, Pierre. C'est seulement l'attraction sexuelle qui te porte vers Andréa.

— Allons donc ! Je la trouve très intelligente…

— Est-ce son intelligence qui t'a frappé la première fois ?

— Euh ! Non.

— Alors quoi ? Sa beauté ?

— Bon ! D'accord. Sa beauté m'a séduit, mais…

— Pierre, tu prends l'ombre pour le corps. Être amoureux n'est pas aimer ; aimer se développe plutôt quand la passion s'éteint. L'amour ne s'attrape pas d'un coup de foudre ; il se cultive. Il existe un excellent livre qui traite de cette question.

— Ah oui ? Lequel est-ce ?

— *Le chemin le moins fréquenté* de Scott Peck[1]…Mais j'y pense, je l'ai à la maison. Attends ! Je vais le chercher tout de suite. »

Richard revient dix minutes plus tard.

« Ce livre devrait t'éclairer, Pierre.

— Peut-être. Mais n'empêche que mes amours se meurent.

— As-tu fini de te lamenter sur ton sort ? Regarde-toi. Tu es dans un état déplorable. À quelle fin laisses-tu tes émotions te terrasser ? Je croyais que tu avais plus de caractère. »

Mon orgueil s'irrite de la remarque.

Cependant, Richard a raison. Je ne suis plus que l'ombre de moi-même. Ma relation amoureuse m'a entraîné dans le tourbillon du monde des émotions au point de perdre la maîtrise de ma destinée. Et ma situation est devenue insoutenable. Comment ai-je pu en arriver là ?

1 Éditions Robert Laffont.

XXIII

La lecture du livre de Scott Peck m'ouvre des horizons. Selon l'auteur, tomber amoureux est un effondrement temporaire de nos limites. C'est une réponse stéréotypée des humains à un ensemble de pulsions et de stimuli sexuels, lesquels servent à accroître la probabilité d'accouplement afin d'assurer la survie de l'espèce.

Sa définition très mécaniste contredit celle, plus romanesque, de la croyance populaire. Tomber amoureux ne se veut pas l'affirmation de l'amour. Somme toute, on a forgé cette expression pour ennoblir les pulsions sexuelles. Toutefois, cette même expression entretient aujourd'hui l'illusion.

Ce vent nouveau souffle sur mes pensées. Aussi mon cerveau entre-t-il en ébullition. Je replace les événements passés dans leur contexte en vue de percer la vérité des choses. Et la lumière jaillit. Toute cette aventure amoureuse tire son origine du sourire enjôleur d'Andréa. Flatté de cette attention, j'ai subi son charme printanier ; j'étais devenu amoureux.

Déployant les ressources de la séduction — le vin, les roses, les chandelles, les soupers intimes, les feux de foyer... — j'ai joué une parade nuptiale, comme les animaux avant l'accouplement. Les frontières du moi sont finalement tombées, et nous avons fait l'amour. J'en voulais encore, mais la situation s'est compliquée. Andréa, qui fréquentait un autre gars, est devenue confuse. J'ai essayé de vaincre cet obstacle en forçant son inclination, mais elle m'a repoussé. Et j'ai sombré, avec le poids de mes illusions perdues. Voilà ma compréhension de cette histoire.

Je reviens d'une illusion. L'amour ne dictait en rien mes actes. C'était plutôt mes pulsions sexuelles. J'avais donc joué la comédie de l'amoureux blessé, supportant mal la frustration de ne plus faire l'amour. Cette prise de conscience me délivre d'un grossier mensonge, lequel m'a plongé dans une douleur fictive, certes, mais combien vraisemblable.

La vague d'amour me ramène néanmoins vers Andréa : je crois que je l'aime vraiment. Cependant, je ne veux plus revivre les égarements de la passion. Mais comment la mater?

Le rappel incessant du caractère sexuel de mes amours finit par me libérer de leurs entraves. Cette opération éloigne Andréa de mon cœur, quoiqu'elle y occupe toujours une place.

Je prends du mieux. Le temps chasse mon chagrin et est en train de guérir mes douleurs. Et les souvenirs qui battaient ma mémoire, s'estompent. La mort de Ramak et mes recherches pour retrouver le diamant sont une affaire du passé. D'ailleurs, personne n'avait idée où se terrait Kraushaar. J'avais songé à mettre la police à ses trousses, mais j'ai eu assez d'ennuis sans m'en créer d'autres. Comment leur prouver que le diamant m'appartenait ? D'où venait-il ? Des questions assez embarrassantes auxquelles répondre.

Après avoir gardé une dent contre le joaillier, je lui ai pardonné, ou enfin presque. La rancune n'aboutit nulle part. N'est-ce pas une de mes réflexions faites à la suite des discussions avec Joshua ? Si toutefois Kraushaar se trouvait sur mon chemin, je me promettais de lui faire goûter à sa médecine.

Un vendredi après-midi, je tombe sur Andréa dans un magasin d'alimentation, neuf jours après la lecture du livre.

Mon visage rayonne.

« Bonjour, Andréa. Tu es déjà revenue.

— Je suis arrivée mercredi soir. Je suis passée chez toi hier, mais tu n'y étais pas », dit-elle, embarrassée.

Son excuse est dérisoire : si elle avait vraiment voulu me voir, elle m'aurait trouvé.

Je la perce de mon regard.

« As-tu fait bon voyage ?

— Que oui !

— As-tu commencé à travailler à ton nouvel emploi ?

— Hier matin.

— Et puis ?

— Il me plaît, je crois.

— Il faut fêter ton retour. Je t'invite à souper la journée qui te conviendra.

— Euh ! Je ne sais pas. »

Ma réaction est spontanée et vive.

« Quand tu te seras décidée, tu m'en informeras, d'accord ? »

Je lui tourne aussitôt le dos. Je n'ai pas de temps à perdre avec quelqu'un qui hésite encore. Par ailleurs, c'est Andréa qui se prive, pas moi.

Mon indifférence me réjouit. Il m'est plus facile de me tenir à l'écart de mes émotions que je ne l'avais imaginé. En fait, me libérer des entraves de l'amour est un havre de paix pour l'esprit.

Andréa me rend une visite éclair dimanche soir, avant son cours de conditionnement physique. Nous éprouvons de la gêne. Ses intentions sur l'avenir de nos relations sont obscures ; elle ne s'engage en rien. Aussi, je garde mes distances. Elle me quitte vingt minutes plus tard.

Son absence de seize jours a creusé un fossé entre nous. Andréa s'en est rendu compte. Mais comment espérait-elle le combler en vingt minutes d'entretien ?

Le vendredi suivant, Andréa donne un coup de fil au bureau.

« Quelle surprise ! Est–ce que ça va ?, m'inquiétai-je.

— Je crève d'ennui. L'employeur m'a menti. Je devais faire de la recherche. Or, je suis assise toute la journée à taper et à répondre au téléphone. Je hais cela.

— Sois patiente ! Tu…

— Non. J'ai décidé de retourner aux études en janvier prochain pour obtenir une maîtrise en sociologie à l'Université de Winnipeg. Je suis lasse d'être ici.

— Hé ! Hé ! Il y a de l'action dans ta vie !

— Je n'irai pas habiter avec Kathy, ajoute-t-elle. Elle s'en retourne chez sa mère. Son amant est parti en emportant les meubles. »

Andréa vient de piquer ma curiosité.

« Quels sont tes projets à court terme ?

— Je reste avec mon copain en attendant d'être acceptée au campus universitaire. Vois-tu, je suis, moi aussi, sans meubles. Je dois raccrocher, car le patron arrive. »

Le soir venu, je glisse un mot sous les essuie-glaces de l'auto d'Andréa mise au stationnement de l'école. Elle est en train de pratiquer sa danse aérobique. Ce mot l'enjoint de venir chez moi après sa séance. La conversation téléphonique a fait naître en moi un espoir, et je veux en avoir le cœur net.

Andréa se présente. Et la gêne aussi. Cependant, cette dernière disparaît sitôt la conversation engagée. Andréa parle confusément de notre relation.

Deux choses ressortent de ce bref entretien. L'une, j'exerce toujours un charme sur elle. Et l'autre, elle ne comprend pas pourquoi nous avons des rapports tendus. Qu'estime-elle récolter quand nous nous voyons à peine ? Des relations intimes s'entretiennent non pas par des visites éclair espacées, mais par des fréquentations régulières.

En rentrant d'une excursion le lendemain, je trouve une enveloppe dans la boîte aux lettres.

Cher Pierre,

Je t'écris parce que tu es encore au premier rang de mes pensées. Je suis contente d'avoir eu la possibilité de discuter avec toi hier soir. As-tu trouvé réponse à tes questions ? Quant à moi, notre relation demeure un point d'interrogation. Depuis que je t'ai rencontré, tout a tourbillonné dans ma tête. Même si j'ai pris le temps de réfléchir ces dernières semaines, aucune solution ne m'est encore apparue.

J'ai été inexplicablement attirée par toi dès que je t'ai vu. J'ai alors obéi à mes impulsions. J'en étais ravie, car plus je te découvrais, plus tu me plaisais. J'ai beaucoup apprécié passer du temps avec toi. C'est encore le cas, quoique je sois incertaine de ton désir de pousser plus loin notre amitié.

Notre relation a suivi un cours différent de ce que j'ai déjà vécu, et cela ne me posait aucun problème au début. Mais nous nous sommes malheureusement heurtés à des obstacles qui nous paraissent à ce jour insurmontables. La cause, selon moi, est que nous nous connaissons peu, et cela rend difficile de savoir où nous en sommes et quoi faire pour renverser la situation. Notre relation, semble-t-il, est en train de sombrer malgré l'existence d'un lien spécial entre nous.

Je souhaite de tout mon cœur que nous restions copains. Je voulais te faire savoir que je songeais souvent à toi. Je t'en prie, Pierre, ne me deviens pas étranger.

Avec amour, Andréa.

184

Cette lettre, comme la conversation d'hier, n'apporte aucune réponse à ma question. Bien au contraire. Cette missive porte des ambiguïtés. Elle sue l'amour, mais Andréa met l'accent sur l'amitié. Pourquoi ? C'était bien la peine de partir deux semaines en Colombie-Britannique ! J'ai de la chance de m'être libéré des entraves de l'amour, sinon j'aurais plongé dans un abîme de douleurs.

En fait, la passion semble autant dévorer Andréa que moi. Et nous aboutissons à la même impasse. Son raisonnement m'échappe. Elle n'a pourtant qu'un geste à poser ou un mot à dire…

Si je comprends bien le sens de sa lettre, elle me propose de troquer l'amour contre l'amitié. Cette suggestion, qui me répugne à première vue — les sentiments ambigus d'Andréa pourraient me causer des tourments — m'attire pourtant. C'est une belle occasion de découvrir et d'étudier mes émotions. Je me résous donc à jouer le jeu. Et si je perds la tête, je n'aurai qu'à rompre pour de bon.

Le mardi suivant, Andréa fait un saut chez moi. Mon approbation à sa proposition l'enchante. Détendue, elle me parle de son voyage.

Un événement insolite se produit durant la conversation. Sans crier gare, je quitte mon corps pour flotter au-dessus du salon. De là-haut, mon esprit devient observateur ; il voit et entend Pierre et Andréa qui discutent en bas. Cependant, ma vue et mon ouïe sont aiguisées. Des nuages de couleur sombre en mouvement nimbent les personnes et les objets. Les pensées secrètes de Pierre et d'Andréa me sont connues. Et, chose curieuse, le Pierre physique s'exprime sans que j'y prête mon concours.

Ce nouvel état de conscience ne m'effraie pas.

Une expression familière accroche soudain mon attention.

« Puisse la paix demeurer avec toi. »

Ma vue se porte sur Joshua. Un bleu de cobalt lumineux irradie de sa tête. Toutefois, ma joie s'altère. Une colère, qui m'était restée sur le cœur me submerge. Je la décharge sur lui.

« Pourquoi n'es-tu pas venu m'aider lorsque Ramak était malade ?

— Une tempête électromagnétique m'a empêché cette journée-là d'intervenir.

185

— N'es-tu pas au-dessus de tout ça ?

— Hélas ! Mes manifestations dépendent des conditions physiques de l'univers. »

Je change alors d'humeur.

— Pardonne-moi, Joshua. Mais au fait, que fais-tu ici ? Ne t'est–il pas défendu d'enfreindre la *loi de la non–ingérence* ?

— Tu me poses toujours la même question. Mais c'est à moi de te demander ce que tu fais ici. Tu es dans mon monde, Pierre.

— Dans ton monde !

— Bien sûr ! Personne de ton monde visible ne nous voit ni ne nous entend. »

Andréa converse avec le Pierre physique sans s'apercevoir que mon esprit s'entretient avec Joshua. Joshua dit donc vrai.

« Que s'est–il passé pour que je me trouve ici ?

— Tu as fragmenté ton moi.

— Hein? est-ce normal ?

— Oui. Toutefois, la fragmentation consciente du moi se fait rarement.

— Pourquoi cette fragmentation de mon moi ?

— Pour t'observer… Regarde ! Il y a de l'action en bas. »

Le nimbe de mon moi physique se rétrécit et change de couleur. Puis, il se détache de mon corps pour entourer Andréa d'un cercle de lumière verte, haut de plusieurs centimètres. Après ce travail, il s'incorpore de nouveau à mon corps physique.

« Je ne comprends pas. Que signifie tout ça ?

— Tu vois l'aura des corps astraux, le siège des sensations et des émotions. Le changement de forme et de couleur de ton corps astral provenait d'une émotion ressentie. Et le geste posé, ce cercle de lumière verte, témoignait du détachement.

— Du détachement ?

— Bien sûr ! N'as-tu pas choisi l'indifférence pour enchaîner ta passion ?

— Oui.

— Alors, l'indifférence est un pas vers le détachement. Et nous pouvons jouir de tout grâce au détachement. Mais le tout nous échappe quand on essaie de retenir une chose ou quelqu'un. Tu l'as bien appris à tes dépends, je crois.

— Comment donc ! J'ai subi les affres de la passion.

— Mais au fait, le drame fait vibrer ton âme, n'est-ce pas ?

186

— Pourquoi dis-tu ça ?

— Tes relations amoureuses avec Andréa en sont un exemple. Elles ont dégénéré en inquiétude à cause d'une de tes croyances.

— Ah oui? Et laquelle était-ce ?

— Le bonheur serait superficiel, d'après toi, sans l'arrière-plan de la souffrance. En fait, tu es semblable à la personne qui ne goûte pleinement la vie que lorsqu'elle frôle la mort.

— Tu sautes aux conclusions. Les tergiversations d'Andréa sont responsables de la mauvaise tournure de nos relations.

— Penses-tu ! Songe en ce cas à l'expérience de l'arbre magique qui a tourné au drame. N'était-ce pas de ton invention ?

— Mmh... Ma foi, tu me sembles être bien renseigné sur moi !

— C'est ma vocation après tout.

— Alors, je suis masochiste selon toi.

— Pas vraiment. Tu crois la dualité nécessaire à l'évolution. Elle l'est peut-être à l'homme inconscient, mais pas à l'homme conscient. Cela dit, j'aimerais apporter un élément nouveau à tes observations. Ton désir d'Andréa n'était pas seulement sexuel ; il comblait aussi ton vide sentimental. »

Cette discussion donnait beaucoup de matière à mes réflexions.

Ma vue plonge. Le cercle de lumière verte qui entourait la petite abeille forme à présent un mur. Chaque fois qu'elle se lève, je l'imagine se heurter au mur. Mais non ! Le mur l'accompagne dans ses mouvements, tel le bord d'une robe de femme.

Je cueille une impression au vol. Mon "moi astral" a construit ce mur de lumière autour du danger, faute de maîtriser ses émotions. Ce mur me semblait donc réprimer les troubles possibles à la source.

« Je te suggère, Pierre, d'écrire tes expériences des dernières semaines. Cet exercice te permettra d'assimiler les causes de ton illusion. Et si, un jour, tu t'illusionnais encore, tu auras alors un ouvrage de référence pour te les rappeler.

— Tiens ! c'est une excellente idée.

— J'ai des nouvelles de Ramak.

— Quoi ! il est vivant.

« — Bien sûr ! La mort appelle la vie à une autre réalité. Lorsque tu es né, il a bien fallu que tu meures ailleurs. La mort n'est pas une fin en soi, mais le passage d'un état à un autre.

— Un peu comme une chenille qui passe à l'état de papillon.

— Oui.

— Quels sont les nouvelles de Ramak ?

— Tu vas recevoir bientôt une lettre de lui. Une chaîne de communication entre médiums, par l'écriture automatique, assure la transmission de sa pensée vers la Terre.

— C'est une idée géniale. Mais pourquoi se complique-t-il la vie ? Ne pouvait-il pas prendre directement contact avec moi par télépathie ?

— Ramak vit dans une sphère de réalité très loin d'ici. C'est au-dessus de ses capacités télépathiques.

— Il aurait pu en ce cas te charger de me transmettre son message.

— Je ne suis pas messager. Et puis, Ramak voulait te laisser quelque chose de palpable… »

Mon esprit devient soudain lourd. Je réintègre sitôt mon corps physique. Et Joshua disparaît de ma vue sur le coup.

Il m'arrive les jours suivants de quitter brièvement mon moi physique. La plupart de mes amis sont entourés d'un mur de lumière, mais d'aspect différent. Certains sont renforcés de trois cloisons de lumière ressemblant à un blockhaus blindé. D'autres sont munis d'ouvertures que je bouche en cas de menace. Rien ne me semble pouvoir s'échapper de ce mur étanche.

Andréa me recherche depuis mes désillusions. Elle, qui était si occupée auparavant, m'appelle souvent pour me demander de faire de la randonnée pédestre ou pour aller canoter. Aussi sortons-nous toutes les fins de semaine. Cependant, les soupers à la chandelle sont rayés de nos activités. Nos relations d'amitié occultent la magie d'hier et finissent pas stagner. La conséquence est inévitable. Nos nombreuses sorties s'espacent, et je perds Andréa de vue vers la fin de novembre. Était-il concevable de vouloir transformer une passion en relation amicale ?

Deux questions me trottent dans la tête depuis la disparition d'Andréa de mon existence. Le mur de lumière y était-il pour quelque chose ? Ou serait-ce Andréa qui n'a pu accepter de perdre son emprise sur moi ? Quelque mauvaise qu'ait été la tournure de cette aventure, mon âme en sort grandie. C'est ce qui comptait en bout de ligne.

Je reçois enfin la lettre de Ramak

Pierre,

Merci de ton hospitalité et de tes efforts pour me porter secours. Je voulais te donner le diamant en gage d'amitié, mais nous savons ce qui s'est passé. À défaut de diamant, j'ai pensé partager certaines de mes observations. Sans prétention de ma part, les voici sans plus tarder :

1) Garde sans cesse l'esprit ouvert. Souviens-toi que tu conçois ta réalité. Plus ton ouverture d'esprit est large, plus ta réalité est expansible.

2) Aie sans cesse à l'esprit des pensées positives. Rappelle-toi que tu es maître de tes états d'âme. Par conséquent, ne te laisse jamais abattre par un vent de pessimisme puisque c'est toi qui le nourris, consciemment ou inconsciemment. Tu peux ainsi le rejeter en tout temps. Dans l'adversité, vois à l'horizon la joie et l'amour.

3) Garde-toi des émotions négatives. Si un jour elles exerçaient leur emprise sur toi, efforce-toi d'en rechercher la cause. Cette compréhension te permettra de mieux les gérer et de demeurer maître de toi.

4) Toi seul est responsable de tes émotions. Si tout va mal, ne blâme pas les autres. Dégage-toi plutôt du nid de guêpes. Les moyens de t'en sortir ne sont connus que de toi. Les solutions miracles n'existent pas.

Je projette une grande expédition dès ma réincarnation. J'aimerais que tu en fasses partie. Je te dévoilerai mes intentions une fois sur Terre. À très bientôt donc.

Ramak.

Quoique j'eusse plutôt préféré le diamant, ces pensées valent bien la pierre précieuse. La richesse n'est-elle pas intérieure ? Or, Ramak a accru mon avoir. Et personne ne pourra me le voler cette fois. Car la richesse de l'esprit s'avère éternelle ; les autres disparaissent avec la mort.

POSTFACE

Il m'a fallu vivre un an plus tard une autre aventure amoureuse avant de me décider à coucher cette histoire sur papier. Le même piège voulait encore se refermer. En vue de le désamorcer une fois pour toutes, il était devenu urgent que j'écrive la page de " mes amours " avec Andréa. Aussi me suis-je attelé à cette tâche en 1990.

Il y avait cependant quelques trous dans ma mémoire. Au moment où mon imagination s'enflamma pour les combler, un esprit prit part à l'écriture. Il s'adressait à ma propre pensée. J'avais déjà senti quelquefois sa présence par le passé, mais il m'était inconnu.

Sa participation à la rédaction dévia le cours du récit de sa réalité. Il revêtait toutefois un caractère particulier : je le vivais comme un rêve éveillé. Je laissai donc faire cet esprit, puisqu'il répondait à mes questions. Le courant de cette aventure jetait en plus une toute autre lumière sur ce passé.

Puis, un jour, je tombai de surprise en faisant plus ample connaissance avec cet esprit ; il s'appelait Joshua. Une visite à un médium dissipa mes doutes. Joshua existait bel et bien ; il était mon guide spirituel.

Quant à Ramak, il incarne l'Amour, le Souffle de la Vie manifestée et articulée. Sa Conscience imprègne toute chose. Je L'ai découvert la première fois sous la forme d'un cactus, mais il aurait pu être une pierre, un arbre, un oiseau, un vent…

Ramak est bien réel. Regardez autour de vous non pas avec les yeux de chair, mais avec ceux de l'esprit, et vous L'apercevrez. Écoutez non pas avec vos oreilles de chair, mais avec celles de l'esprit, et vous L'entendrez. Ouvrez votre cœur, et vous sentirez sa Présence vous habiter.

J'ai eu droit à ces hasards qui n'en sont pas. Cet état de conscience est à la portée de tous les hommes. Ramak coexiste en nous, autour de nous et partout. Il est omniprésent. Et depuis ma prise de contact avec Lui, Il a transformé ma perception de la vie.

*

L'univers est le reflet de notre pensée. Ce sont les émotions, les croyances, les sens, l'intellect, l'éducation et l'expérience qui façonnent notre réalité. Tout cela forme des fenêtres à travers lesquelles nous regardons la vie. Aussi vivons-nous dans un monde qui est dans une large mesure notre propre création.

Quand les événements de notre vie tournent au drame, il faut apprendre à lâcher prise. Pourquoi se débattre contre les choses extérieures instables qui ne peuvent donner satisfaction ? Ma réaction à l'égard de mes relations amoureuses avec Andréa, lors de son retour, s'est inscrite dans un lâcher prise. Notre vrai problème, à nous les humains, est de nous identifier à nos émotions. Ressentir une émotion et être conscient de cette émotion sont deux choses différentes. Nous ne sommes pas l'émotion.

C'est en modifiant notre attitude qu'il est possible de changer les choses extérieures. Nous aurons toujours le choix de modifier la chaîne des événements, de rendre les illusions plus douces, mais encore faut-il en avoir conscience. Le lâcher prise résulte du désir de ne plus se laisser dominer par les émotions. Il apporte l'apaisement des souffrances ; aussi goûtons-nous la paix intérieure. Or, depuis que j'ai écrit ce livre — cet exercice fut pour moi un trait de lumière — j'ai pris en main mon destin.